KB127562

세상을 읽고 미래를 열다

유은혜의 낭독

세상을 읽고 미래를 열다

유은혜 지음

유은혜의 낭독

이야기공작소

서문

꽃이 피는 만남을 소망하며

유은혜 국회의원

인간의 능력 가운데 가장 으뜸가는 것이면서도 때때로 소홀히 다루어지는 것을 꼽으라면 아마 공감이 아닐까. 우리 모두는 그 어떤 세상을 꿈꾸며 살아간다. 각자가 꿈꾸는 세상의 모습은 조금씩 다를 터. 하지만 그 안에 공통점이 있다면 그건 바로 소통과 공감의 세계에 대한 기대일지 모른다. 좁게는 가족과 동료, 넓게는 이웃과 세상에 이르기까지 말이다.

소통과 공감이 화두가 된지도 오래다. 그만큼 결핍이 크다는 뜻일게다. 하지만 나는 여전히 타인과 공감하며 공존하는 세상을 살려는 마음이 우리의 본성이라고 믿는다.

우연한 기회에 EBS 라디오 〈북카페〉 '책 읽어주는 국회의원'에 출연하게 되었다. 어릴 적부터 책 읽는 것을 좋아했다. 국회의원이 된 뒤엔 마음처럼 책을 읽지 못한다. 동료의원들과 시 읽는 모임도 만들고, '책 읽는 국회의원 모임'에도 참여하는 등 나름대로 이런저런 방법을 찾아 책을 놓지 않으려 하지만 쉽지는 않다. 그런데 책을 통해 세상과 소통할 수 있는 기회가 생겼으니 고맙고 다행한 일이었다.

방송에 맞춰 책 한 권을 정해 일부분을 낭독하고 프로그램 진행자와 이야기를 나눈다. 책을 소개하거나 낭독한 내용에 대한 이야기가 주가 된다. 책을 소리 내어 읽는 것은, 눈으로 읽는 것과는 또 다른 즐거움을 주었다. 손녀가 할아버지 앞에서 책 한 구절을 읽듯이, 아들이 엄마에게 편지를 읽어주듯이, 친구가 마음을 다해 시를 지어 읽듯이, 소리 내어 읽는 것은 '함께' 읽는 것이다.

함께 읽는 책이기에 전문적인 지식을 필요로 하거나, 읽기에 부담스러운 책은 피하고 가급적 많은 분들이 공감할 수 있는 책을 고르려 했다. 이른 봄에는 봄꽃이 만개한 풍경을 살짝 먼저 만날 수 있는 책을, 명절을 앞두고는 온 가족이 둘러앉아 나눌 수 있는 책을 택했다. 프란치스코 교황의 방한을 앞두고는 교황의 말씀이 담긴 책을, 부처님 오신 날을 앞두고는 큰 스님들의 말씀이 담긴 책을 소개했다. 방송은 나 혼자의 시간이 아니기에 청취자들의 일상과 관심에서 동떨어지지 않기를 바라는 마음이었다. 헤아려보니 2014년 3월 25일부터 2015년 11월 27일까지 햇수로 2년, 마흔 권의 책을 들고 청취자들과 만났다. 보다 폭넓게 다양한 분야의 책을 소개하지 못한 아쉬움은 아쉬움으로 남겨두려 한다.

이 책 『유은혜의 낭독』은 그렇게 방송했던 내용의 일부를 모아서 엮은 것이다. 짧은 방송에서는 다하지 못했던 사람과 세상에 대한 이야기, 살아온 길과 의정활동 이야기들을 함께 풀어놓았다. 2013년 한국경제신문에 연재했던 「한경에세이」, 지난해 경향신문에 연재했던

「내 인생의 책」의 일부도 옮겨왔다. 이런저런 지면에 발표했던 글들도 일부 있다. 원고를 정리하고 막상 책으로 내놓으려니 채 단단히 영글지 못한 생각, 서툰 표현이 먼저 눈에 띤다. 하지만 용기를 내기로 했다.

정치인은 부족하더라도 자신의 생각을 말하는 것을 피해서는 안 된다고 믿는다. 내 생각이 옳아서가 아니다. 우리 사회의 현실과 미래에 대한 생각을 밝히고, 이 시대를 함께 사는 사람들과 대화하고 토론하며, 마음을 모아갈 의무가 있다고 믿기 때문이다. 그러므로 무엇보다, 정직하게 쓰기 위해 노력했다. 이 책에서 말한 모든 것은 내가 지켜야 할 초심 그대로 살아가게 할 회초리가 될 것이다.

이제 여기, 부족한대로 생각의 조각을 조심스레 내놓는다. 내놓는 것은 작은 조각들이지만, 이 조각들을 함께 이어 알록달록 조화로운 조각보가 될 수 있다면, 그리하여 우리 모두가 소망하는 '소통과 공감의 세계'로 안내하는 깃발, 그 깃발의 한 귀퉁이에 보탤 수 있다면, 그것으로 족하다.

세상 모든 일이 그렇듯 혼자 힘으로 되는 것은 없다. 이 책 역시 많은 분들의 도움이 있어서 가능했다. 기획부터 출판까지 전 과정을 함께 해준 다랑어스토리 이근욱 이사, 최지애 팀장, 늘 든든한 조력자가 되어주는 보좌진들, EBS 라디오〈북카페〉 제작진과 함께 방송하며 호흡을 맞췄던 진행자들께도 고마움을 전한다. 방송을 출판으로 연결시킨 최초의 아이디어는 김학도 씨의 것이다.

무엇보다 지난 4년 국회의원으로 일하면서 일산에서, 국회에서, 그리고 또 여러 삶의 현장에서 만났던 분들께 마음 깊이 감사드린다. 여기에 있는 글들은 내 것이지만, 처음부터 유은혜 것이었던 건 아무 것도 없다. 만남이 생각을 만들었고, 유은혜를 만들었으며, 만남이 나를 앞으로 나아가게 했다. 그래서 만남은 언제나 설렌다. 유은혜의 정치는 만남이다.

여러 해 전, 삶과 정치의 지침을 삼으라며 신영복 선생이 주신 말씀을 가슴에 새겼다. 언약은 강물처럼 흐르고, 만남은 꽃처럼 피어나리. 오늘도 '꽃이 피는 만남'을 소망하며.

언제나 늘, 고맙습니다.

2016년 1월

일산에서 유은혜

추천사

물이 깊어야 큰 배가 뜬다

도종환 시인 / 국회의원

국회의원들 책 안 읽습니다. 신문도 못 읽는 날이 많습니다. 이동하는 중에 차 안에서 스마트폰으로 주요 기사를 보고, 자기 관련된 뉴스를 검색하는 정도에 그칩니다. 수없이 많은 사람을 만나고, 전화 통화하고, 일을 하기 때문에 시간이 나면 쉬어야 합니다. 그러는 사이 점점 생각하지 않고 행동하는 사람이 되어 갑니다. 19대 국회가 시작하기 직전 선배의원으로부터 4년 동안 책 한 권 못 읽었다는 말을 직접 들었습니다.

유은혜 의원과 함께 '시 읽는 의원 모임'을 하게 된 것도 그 때문입니다. 워낙 많은 일들이 매일 기다리고 있고, 회의하고, 판단하고, 결정하고, 쟁점을 해결하고, 대립과 갈등을 조정하고, 국민들을 대신해서 싸워야 하는 일이 많기 때문에 마음이 거칠어지기 쉽습니다.

좀 덜 거칠어지는 사람으로 살아가자고 매달 한 번씩 시집 한 권을 정해서 읽는 모임을 하게 되었습니다. 그 모임도 바빠서 자주 빠지게 되는 게 현실입니다. 그런데 지난 몇 해 동안 '시 읽는 의원 모임'을 하면서 한 번도 빠지지 않은 사람이 있습니다. 유은혜 의원입니다. 저는 이 모임을 하면서 유은혜 의원이 얼마나 성실하고 책임성이 강한 사람인지 알게 되었습니다. 그리고 부드러우면서도 곧은 사람, 강직하면서도 눈물 많은 사람인지 알게 되었습니다. 그것은 신뢰로 이어졌습니다. 이 분은 믿을 수 있는 분이구나 하는 생각을 하게 되었습니다.

그런데 유은혜 의원은 그 사이에 교육방송에서 책 읽는 프로그램을 진행했습니다. 이번에 나온 『유은혜의 낭독 - 세상을 읽고 미래를 열다』는 유 의원이 방송에서 소개한 책들을 갈무리해서 펴낸 책입니다. 이 책 저 책을 생각나는 대로 소개한 것 같지만 아닙니다. 그 책의 키워드를 보면 유은혜 의원이 관심을 갖는 분야가 어느 쪽인가를 알 수 있습니다.

'희망' '진심' '책임' '헌신' '관계' '공감' '변화' '연대' '인권' '행복' '공동체' '성찰' '용기' '배려' '관심' '공생' '어머니'... 이런 말들 속에는 우리 사회가 나아갈 방향이 있습니다. 한 개인이 의미 있고 가치 있게 사는 길이 들어 있습니다.

유은혜 의원은 성찰하고 사유하며, 실천하고 행동하는 사람임을 알 수 있습니다. 많은 국회의원들이 생각할 여유 없이 판단하고, 생각하지 않은 채 결정하고, 사유 없는 행동을 반복할 때, 사유와 성찰을 게을리 하지 않으며, 바르게 결정하고 책임 있게 행동하는 사람이 있다는 걸 보여주고 있는 겁니다. 특히 이번 책의 키워드를 통해 유 의원이 방향을 바르게 잡고 용기 있게 행동하고 있다는 걸 알게 됩니다.

"우리는 어울려 더불어 살아야 한다. (....) 공감도 능력이라고 한다. 나는 공감하는 능력이 커질수록 더 많은 일, 더 풍요로운 삶을 살 수 있다고 믿는다. 경쟁이 최고가 아니라 협력과 연대가 가능한 사회로 만들어야 한다."

「서로가 서로를 보살피는 마음」 중에서

"정치는 약자의 눈물을 닦아주는 것이다. 사회적 약자, 힘 없는 을의 위치에 있는 개인이나 집단을 돕기로 시작한 을지로위원회나 동구동락이 행복한 성과를 하나씩 쌓아갈 때마다 그 말을 다시 되새긴다."

「함께 나아갈 수 있는 아름다운 세상」 중에서

"완벽한 사람이 세상 어디에 있겠는가. 지우고 싶은 과거와 불안한 미래를 기꺼이 감수하며 현실을 살아낸 자들이 위인이다."

「작은 영웅이 많아 살만한 세상」 중에서

책의 곳곳에서 유 의원의 생각을 알게 하는 말들을 만납니다. 유 의원의 세계관, 유 의원이 지향하는 가치가 어떤 것인지를 알게 됩니다. 그리고 공감하게 됩니다. 정치를 하다 보면 초심을 잃지 말라는 말을 자주 듣습니다. 사람 변했다는 말을 듣는 순간 정치 생명이 무너집니다. 그런데 그걸 잘 지키는 건 쉬운 일이 아닙니다.

"물은 컵에 담기면 컵 모양이 되고 병에 담기면 병 모양이 된다. 때로는 수증기가 되기도 하고, 액체가 되기도 하지만 본질은 변하지 않는다. 형태는 달라져도 본질은 변하지 않는 것, 그것이 내 정치의 핵심이요, 이것이 바로 약한 것이 강한 것을 이기고, 부드러운 것이 굳센 것을 이길 수 있다는 신념이다.”

「부드러움이 강함을 이긴다」 중에서

형태는 달라져도 본질은 변하지 않는다는 유은혜 의원의 말을 나는 신뢰합니다. 국회의원이 되기 전에 지녔던 생각과 태도를 신분이 바뀌어도 그대로 지니고 있는 사람입니다, 지금과 또 다른 사회적 이름을 얻는다 해도 유은혜 의원의 본질은 달라지지 않을 것입니다. 그만큼 믿을 수 있는 사람이고 깊은 사람입니다.

물이 깊어야 큰 배가 뜬다
얕은 물에는 술잔 하나 뜨지 못한다
이 저녁 그대 가슴엔 종이배 하나라도 뜨는가
돌아오는 길에도 시간에 물살에 쫓기는 그대는

졸시 「깊은 물」 중에서

물이 깊어야 큰 배가 뜨는 법입니다. 유은혜 의원의 깊은 사유와 성찰은 그를 큰 인물이 되게 할 것입니다. 사유하고 사색하면서 끝없이 실천하는데 어떻게 큰 그릇이 되지 않을 수 있겠습니까. 그동안의 사색과 모색이 모아진 책의 출판을 진심으로 축하합니다.

추천사

응원하는 일이 흐뭇할밖에

손세실리아 시인

일산동구는 우리 동네다. 영화관과 도서관, 아파트단지 산책로와 호수공원과 정발산에 이르는 길목을 눈 감고도 세밀화로 그릴 수 있을 만큼 오래 살았고, 거기서 초·중·고를 다닌 두 아이가 마음의 고향으로 삼는 곳이기도 하며, 이 책의 저자 유은혜 의원의 지역구이기도 하다.

고양시에서도 일산동구는 문화 · 교육 · 의료 · 주거 · 교통 · 쇼핑의 요지다. 때문에 인구 밀집도도 높고 살림 규모가 방대하며 자연친화적으로 조성된 호수공원과 크고 작은 광장이 곳곳에 있어 주거 만족도가 대단히 높은 편이다.

그녀와 몇 차례 마주한 적이 있다. 주로 마음을 같이하는 행사에 동참해 시를 낭송하는 자리였는데 그럴 때마다 자기가 누구란 수식도 생략한 채 손을 감싸며 "귀한 시 고맙습니다. 오래 기억할게요."라며 진심이 느껴지는 인사를 건네곤 했다. 어떤 자리에서든 발언보다는 경청의 자세가 몸에 밴 차분하되 부드럽고 온화한 미소가 인상 깊어 호감을 갖고 있었는데 가까운 몇몇 선후배 문인을 통해 그녀의 정치적 행보가 하루아침에 이루어진 게 아니라 학생시절부터 이어져온 진정성의 산물임을 전해 듣게 되었다. 정치꾼이 아닌 이런 인물을 정치인으로 갖고 있는 우리 동네가 든든할밖에, 숨어서 응원하는 일이 흐뭇할밖에.

이 책은 그녀가 지난해 1년여 EBS 북카페 코너에서 '책 읽어주는 국회의원'을 진행하며 써낸 옥고의 산물이다. 이는 소통정치를 지향하는 평소 소신을 실천한 결과이자 책과 불가분의 관계를 맺고 살아온 다독가로서의 마땅한 행보라 할 수 있겠다. 자신의 한계를 뛰어넘기 위해 책을 손에서 놓지 않는다는 그녀, 국회 내의 시 읽는 모임인 '사월에 방'과 '책 읽는 국회의원 모임'의 회원이기도 한 그녀가 선정한 책의 면면을 살펴보노라니 사회 · 인문 · 예술 · 사람 · 철학 · 종교 등을 호방하게 넘나들고 있다. 관심사를 미루어 짐작할 수 있다. 저자의 삶과 저술의 배경 등을 소개하고, 본문 중에서 낭독할 부분을 골라 들려준 다음 자신의 삶과 생각을 용기, 공생, 성공, 성찰, 공동체, 어머니, 관심, 응원, 연대, 배려, 위로, 존엄, 꿈, 인권, 행복, 희망, 존중, 진심… 등의 키워드로 축약해 전달하는가 하면 생의 여로에서 만난 인연과 사연들에 대해서도 진솔하게 풀어내고 있는데, 이 과정에서 보여준 사유와 성찰은 도저함 그 자체라 해도 과언이 아니다.

"민주주의는 삶의 자세이자 태도"라 말한 고 김근태 의장을 통해 세상을 배웠고 삶을 닮고 싶노라는 '책 읽는 국회의원 유은혜'를 활자로 만나보는 일, 그것은 매혹적인 인문학 여정이 될 것을 감히 장담하며, 어려운 시절 위로의 선물이 되길 소망한다.

차례

세상을 읽고 미래를 열다
유은혜의 낭독

제1장 세우다

제2장 손잡다

제3장 넓히다

제1장

세우다

존엄
사람의 가치를 지키다

관심
두 손 잡아주는 따뜻함으로

변화
자본주의를 되돌아보다

희망
내일의 힘은 오늘의 쉼표에 있다

책임
기억할 것은 기억해야 한다

배려
넘어진 사람을 일으켜 세우다

행복
불행을 이기는 제도와 태도

꿈
모두에게 있는 평등한 권리

교육
마음 근력과 생각주머니

사람의 가치를 지키다

존엄

김근태는 자신의 존엄을 지키기 위해서 생명을 걸고 싸워야 했고, 타인의 존엄을 지키기 위해 생명을 걸고 싸웠다. 김근태의 민주주의는 인간의 존엄을 향한 것이었다. 그 무엇으로도 사라질 수 없고 박탈될 수 없는 것이 인간의 존엄성이기에 김근태는 특정한 사람들이 아니라 다수 국민의 삶과 자유, 노동의 가치를 파괴하는 부당한 시스템과 싸웠다. 그렇기에 우리는 인간 생명의 존엄이 그냥 지켜지는 것이 아님을 김근태가 감당한 역사적 고통 위에서 확인할 수 있었던 게 아닐까.

다시, 민주주의

당이 처한 상황이 안타깝다. 정치가 처한 현실이 슬프다. 정치가 국민에게 걱정을 끼치고 실망시키는 이 땅의 오늘이 부끄럽다. 그 어느 때보다 죄책감과 책임감이 크다. 벽에 부딪히는 느낌을 받을 때마다 한 사람이 떠오른다. 그에게 왜 이것 밖에 못했느냐, 꾸지람이라도 듣고 싶은 심정이다. 아니, 꾸짖을 분이 아니다. 이미 저만큼 앞장서 어서 오라고 손짓할 것이다. 지치지 말고, 함께 가자고. 그는 그런 사람이니까. 따뜻한 말과 깊은 생각을 가진 그가 세상을 떠난 지 벌써 4년이 지났다. 그의 희생과 함께 우리나라 민주주의가 세워졌다. 하나 오늘 민주주의는 다시금 위기와 시련의 바람 앞이다. 과연 국정교과서는 그와 그의 삶을 어떻게 기록할 것인가. 우리 현대사의 어두운 굴곡을 짊어진 거인의 어눌한 몸짓을 과연 어떠한 진술로 감당해낼 것인가. 그러한 자격이 그들에게 있기는 한 건가. 이제 우리가 희생과 헌신으로 민주주의를 바로 세워야 할 때이다. 2015년 11월 18일, 서울시청 시민청 갤러리에서 그를 다시 만났다. 문화예술인들이 자발적으로 기획하고 준비한 추모전시회. 노순택 작가의 작품 〈그럴 줄은 몰랐다는 듯 바르르〉 앞에서 발길이 떨어지지 않는다. 민주주의자 김근태는 용산 참사 사진 속에서 다른 이들 곁에 우비를 입고 앉아 있다. 고인의 영정을 그러안은 사람들의 뒤에서 김근태는 생생히 살아있었다.

사실을 넘어서는 진실이 있다

『그들이 내 이름을 부를 때』라는 책은 방현석 소설가가 고인이 된 김근태 의장의 삶에 관해 쓴 장편소설이다. 일반적인 평전과는 다르게 한 인물의 삶이 소설로 쓰였다. 작가는 소설의 일부로 쓰인 '책 머리에'에서 이렇게 이야기한다.

> 그가 한 이야기가 많지 않았으므로 내가 기록할 것도 많지 않았다. 나는 지난 몇 달 동안 그가 남긴 이야기의 편린들을 퍼즐 맞추듯이 이어 붙였다. (중략) 그러나 여전히 빈곳이 많다. 내 능력의 부족으로 끝내 채우지 못한 부분도 있고, 그가 원치 않았으므로 채우지 않은 부분도 있다. 그러나 그가 밝히지 않기를 원했지만 밝힌 부분도 있다. 나는 그처럼 선량하고 사려 깊은 사람이 아니다. 그러므로 여기서 처음으로 밝히는 내용에 대한 책임은 모두, 내게 있다.
>
> 이야기를 조금 더 근사하게 하려는 소설가의 습성을 버리지 못해 더러 사건의 순서를 바꿔 놓은 것들이 있다. 너무 많은 사람을 등장시키지 않으려다 보니 한 이름을 여러 사람이 나누어 쓴 경우도 있다. 한 사람을 여러 이름으로 쪼개 쓴 경우도 있다. 그러나 없는 진실은 여기에도 없다.

사실을 넘어서는 진실이 있다고 믿는다. 사실보다 훨씬 깊은 진실을 담고 있는 것이 바로 문학이다. 소설보다 인간 삶의 복잡 미묘함을 더 잘 다룰 수 있는 장르가 또 있을까. 현상에 가려진 본질을, 사실 너머의 진실을, 표면 아래 가려진 이면을, 그리하여 현실이 감춘 가장 높은 층위의 진실을 드러내고자 작가 방현석은 인간 김근태의 삶을 소설로 담아낸 것이다. 나는 그제야 모든 것을 이해할 수 있었다. 소설을 통해 그의 삶과 인품, 평생을 걸고 지키고자 한 진실, 철학이 더 많은 이들에게 전해지길. 내내 그런 마음으로 책을 읽어나갔다.

고단한 세월을 견뎌내며

1

경제학으로 마음이 기운 것은 나라가 급변하는 과정에서 역할을 할 수 있으리라는 막연한 기대 때문이었다. 경제학을 공부해서 정직하고 성실한 사람이 가난 때문에 무시당하고 모욕당하지 않는 세상을 설계하는 일에 기여하겠다는 막연한 생각을 했다. 경제학으로 마음을 정한 나는 후배들에게도 경제학의 중요성을 설파하는 전도사가 되었다.

내가 경제학을 공부하게 된 것도 김근태 선배의 충고가 크게 작용했습니다. 김 선배는 나라가 급변하는 상황에서 인문계로 가서 사회구조를 바꾸는 데 기여하는 게 어떠냐고 조언했어요. 나는 결국 경제학과를 선택했습니다. 그리고 지금까지 그 선택을 후회해본 적이 없습니다. – 정운찬

그러나 기쁨도 잠시였다. 어렵게 마련한 집을 잃고 다시 보증금도 없는 셋방으로 밀려난 처지에서 입학금과 등록금이 있을리 없었다. 삼선동 셋방에서는 침묵이 흘렀다.

아버지는 신문에 우리 집안 사정을 내서 근태의 등록금을 마련하자고 했어요. 우리를 등지고 벽을 쳐다보며 미안하다는 말을 되풀이하면서요. 우린 모두 울었어요. 엄마도, 오빠도, 저도요. 근데 근태만 울지 않더라고요. 아무 말도 않고 가만히 앉아있더군요. 그런 근태를 본 아버지는 정말 정말 미안하다, 하며 다시 벽을 향해 돌아앉으셨어요. – 김태련

누나가 전화를 한 건 등록 마지막 날이었다. 며칠이라도 더 연기를 해 달라고 사정해 보려고 학교에 갔는데 이미 입학금과 등록금을 냈더라는 것이다.

"넌 누가 냈는지 아니? 혹시 거기 주인집에서 내준 거 아닐까."

그랬다. 엄 선생은 아주 조심스럽게 말했다.

"기분 나쁘게 생각하지 않았으면 좋겠구나."

"장학금 받은 걸로 생각해 둬."

돌아오는 길에 눈발이 흩날렸다. 눈이 오는 길을 되짚어 종암동으로 돌아오면서 나는 어떤 감정이 가장 정직한 것일까를 생각했다.

"고맙습니다." 나는 엄 선생에게 고개 숙여 인사했다. 그것이 가장 정직한 감정이라고 생각했다.

2

나와 누나는 한 번도 어머니에게 차비를 달라고 해 보지 않았다. 우리는 매일 이른 아침을 먹고 집을 나섰다. 누나가 다니는 창덕여고는 재동에 있고 내가 다니는 경기고는 화동에 있었다. 배가 빨리 고팠지만 점심시간이 기다려지지 않은 날들이 많았다. 도시락을 싸오지 못한 날에는 수돗가에서 물을 마시고 철봉에 매달려 운동을 했다. 허기가 졌지만 철봉과 평행봉을 하면 스스로가 강해지는 것 같은 느낌이 들었다.

"점심은 어떻게 했느냐?" 우리에게 점심시간에 대한 것은 묻고 답할 대상이 아니었다. 다른 많은 시간이 그런 것처럼 그 시간도 우리에게는 견뎌 내야 할 대상일 뿐이었다. 어머니도, 형도, 누나도, 나도 각자의 방식으로 우리 앞에 닥친 시간을 묵묵히 견뎌 가고 있었다. 내가 그 시간을 견디는 방법은 공부하고 책을 읽는 것이었다. 아무도 말한 적이 없지만 다른 방법이 없다면 말하지 않는 것이 우리의 원칙처럼 되어 있었다. 그것을 아버지만 모르고 있었다.

우리가 견뎌야 할 시간을 아버지는 자신의 잘못과 책임으로 받아들였다. 우리와 눈을 마주치지 않던 아버지는 며칠 뒤 자리를 털고 일어났다. 아버지는 예전에 함께 근무했던 후배 교사들을 찾아다니며 양말을 팔았다. 누나는 눈물을 쏟았다. 그러나 나는 아버지가 미웠다. 비록 전철을 타지 못하고, 점심도 굶었지만 우리는 잘 견디고 있었다. 나는 우리가 견디는 일을 아버지가 비참하게 만들어버렸다고 생각했다. 그러나 아버지의 양말 장사도 오래가진 못했다. 협심증이 악화된 아버지는 다시 자리에 누워 지내는 시간이 많아졌다.

나는 과외비로 받은 돈을 한 푼도 쓰지 않고 고스란히 누나에게 가져다주었다. 책과 학용품은 가끔 엄 선생 부부가 주는 용돈으로 해결했다. 형도 입주 과외와 번역으로 번 돈을 누나에게 가져다 주었다. 누나도 지도책 외판을 해서 번 돈과 과외를 해서 번 돈을 모아 저금했다. 그렇게 세 형제가 번 돈이 든

통장을 어머니에게 주었다. 통장을 받아든 어머니는 우리에게 눈물을 보이지 않으려고 돌아앉았다. 어머니가 우리 앞에서 들썩이는 등을 보인 건 처음이었다.

EBS 북카페 '책 읽어주는 국회의원' 2014년 11월 7일 낭독 원고
_『그들이 내 이름을 부를 때』, 방현석 저, 이야기공작소 中

인간 생명의 존엄성을 향해

김근태 의장에 대해 꽤 많은 것을 알고 있다 생각했는데, 모르는 것이 많았다. 어릴 적 이야기, 숨겨져 있던 개인적 이야기 등 지난한 삶의 궤적이 소설로서 다시금 말을 건네는 듯했다. 특히 평소 가장 존경하는 부분인, 겸손하고 이타적인 삶의 뿌리를 발견할 수 있어 기뻤다. 사람들은 김근태 의장이 별다른 고생 없이 어린 시절을 보낸 줄 안다. 아마도 당시 엘리트 코스라 불리던 경기고, 서울대를 졸업한 이력과 귀공자 스타일의 외모 때문일 것이다. 하지만 넉넉하게 살아왔으리라는 추측과 달리 그는 가난한 어린시절을 보냈다. 교장선생님이었던 아버지가 학교를 그만두면서 살림이 어려워졌다. 어머니는 생활력이 있었던 반면, 아버지는 교육자로서 훌륭한 분이었지만 가정의 살림살이에는 좀처럼 보탬이 되지 못했던 것이다. 소년 김근태는 어느 집의 입주 가정교사가 되어 집에 생활비를 보탰다. 서울대에 합격은 했지만 등록금이 없어 가지 못할 처지가 되

었을 때, 그 집 어른들이 아무도 모르게 입학금과 등록금을 내주었다. 후에 김근태 의장이 민주화운동을 하다가 옥에 갇혔을 때, 친남매처럼 지냈던 그 집의 동생과 주고받은 편지를 본 적이 있다. 오랜 시간이 흘렀지만 그때의 일을 잊지 않고 있는 마음이 느껴졌다.

많은 사람들이 김근태, 하면 고문과 민주화운동을 떠올린다. 반복되는 전기고문과 물고문, 집단폭행. 알몸이 된 채 칠성판에 눕혀지고 바닥을 기면서 살려달라고 애원하며 빌라는 요구를 받았던, 지옥보다 더 끔찍했던 남영동에서의 스물 사흘. 처음엔 그 잔혹한 고문을 견뎌냈다는 사실이 믿기 어려울 만큼 놀라웠다. 하지만 곱씹을수록 다른 것이 보였다. 그는 몇 번이나 사경을 넘나드는 극한 상황에서 좁은 창문으로 들어오는 빛과 어둠으로 날짜를 가늠하고, 고문관들이 찬 손목시계로 고문당한 시간을 기억했다. 그 필사적인 노력으로 김근태는 고문 앞에서 무너지지 않았고, 그의 일목요연한 증언은 우리 사회를 한 걸음 더 나갈 수 있게 하는 디딤돌이 되었다. 그랬다. 그의 후배 이인영의 표현을 빌자면, 김근태는 자신의 존엄을 지키기 위해서 생명을 걸고 싸워야 했고, 타인의 존엄을 지키기 위해 생명을 걸고 싸웠다.

김근태의 민주주의는 인간의 존엄을 향한 것이었다. 그 무엇으로도 사라질 수 없고 박탈될 수 없는 것이 인간의 존엄성이기에 김근태는 특정한 사람들이 아니라 다수 국민의 삶과 자유, 노동의 가치를 파괴하는 부당한 시스템과 싸웠다. 그렇기에 우리는 인간 생명의 존엄이 그냥 지켜지는 것이 아님을 김근태가 감당한 역사적 고통 위에서 확인할 수 있었던 게 아닐까.

정치인 김근태의 소신인 민주대연합도 다르지 않다. 대연합은 힘을 합쳐 이기는 정치전략이다. 대연합이 이뤄지려면 참여하는 사람들의 양보와 희생이 필요하다. 대통령선거를 6개월 앞둔 2007년 6월 김근태 의장은 대선 불출마를 선언했다. 고백하건대 말릴 수 있으면 말리고 싶었다. 하지만 누군가의 희생이 필요하다면 김근태가 하겠다는 결단 앞에 도리가 없었다. 김근태 의장은 재집권 가능성이 희박해지자 스스로 불출마를 선언하고 대선주자 연석회의와 대통합신당 창당합의를 이끌어낸 것이다. 그것이 민주대연합론자로서 김근태의 실천이었고, 대연합을 이루는 다수의 뜻에 복종하고 실천하는 것이 김근태의 민주주의였다. 야당 지도자들이 각자 자신의 주장만을 내세우며 분열의 길, 패배의 길로 치닫고 있는 요즘, 김근태 의장이 더욱 그리운 까닭이다.

김근태 의장을 만나 그의 곁에서 정치를 배우고 함께 해 온 것은 과분한 축복이었다. 첫 만남은 우연과도 같았다. 성균관대 민주동문회 일을 하던 당시 우연히 김근태 의장이 주축이 되어 만든 재야단체 '통일시대민주주의국민회의'와 같은 사무실을 사용하게 된 것이 계기였다. 내 일, 네 일 가리지 않고 일하다보니 아예 국민회의에 들어와 일 해보는 게 어떻겠느냐는 제안을 받았다. 학생운동과 노동운동을 하면서 이루고 싶었던 꿈, 정의와 진실이 통하는 더불어 사는 따뜻한 사회를 만드는 길에 작은 힘이나 보태기 위해 민주개혁세력의 상징인 김근태 의장을 돕겠다고 나섰다. 그렇게 시작해 20년 가까운 세월을 그와 함께 한 곳을 보며 걸어왔다. 2011년 12월, 김근태는 고문 후유증으로 세상을 떠났지만, 김근태와 함께 한 '민생-민주-평화의 꿈'은 내 정치의 근본이며 가장 큰 자산이다. 언젠가 내가 살아온 길을 인터뷰한 작가가 이렇게 썼다. "김근태와 유은혜, 둘 사이에는 눈에 보이지 않는 자기장이 있었다. 민주주의에 대한 갈망을 지남철처럼 품고 살았던 그들은 교란된 민주주의의 길에서 반드시 만날 운명이었다." 김근태 의장과의 만남이 우연이었든 운명이었든 중요한 것은 김근태의 뜻을 잇고 정신을 실천하는 것. 마음이 바쁘다.

한 사람의 영향으로 어떤 한 사람이 전혀 다른 생의 길을 걷게 되기도 하고, 한 사람의 정신으로 어떤 한 사회가 전혀 다른 이상을 향해 가기도 한다. 한 사람의 몸짓으로 어떤 한 세상은 그 이전과 전혀 다르게 정의와 존엄을 지켜낼 수 있었다. 이 책은 고 김근태 의장의 1주기 전에 발간되었다. 어느덧 4주기가 지났다. 그가 세상을 떠났어도 세상은 변함없어 보이는 듯하다. 하지만 그를 기억하는 사람들의 온기로 세상은 변할 것이다. 우리 사회에 따뜻하고 아름다운 삶을 만드는 데 김근태 의장의 삶이 기억됐으면 좋겠다. 자신을 필요로 하는 어려운 사람들의 곁에서 생생히 살아 숨 쉬는 죽음, 그도 그것을 바랄 것이다.

두 손
잡아주는
따뜻함으로

관심

독일의 메르켈 총리는 과거를 직시하고
과거에서 배워야 한다고 말했다.
살아있는 사람들과 생생한 증언들이 증명하는
역사에 책임을 다해 통감하고 반성해야 한다.
다시는 그런 일이 반복되지 않도록 국민적 합의와 역사적
교훈이 아이들에게 전해져야 함은 물론이다.
그러나 일본은 그리 생각지 않는 듯하다.
과연 일본의 아이들은 아시아 전역에 뿌리내린 자국에
대한 적개심을 목도하며 어떤 생각을 하게 될까.
그런 걸 생각하면 굉장히 섬뜩해진다.

반성하지 않는 역사

성균관대 민주동문회에서 일할 때, 지인들과 경기도 광주시 퇴촌에 있는 '나눔의 집'으로 수련회를 간 적이 있다. 1992년 10월 서울 마포구 서교동에 개관했던 나눔의 집은 1995년 12월 퇴촌으로 이전했다. 나눔의 집은 일제 강점기였던 제2차 세계대전 말기, 일본군에게 강제로 끌려가 성적 희생을 강요당했던 군 위안부 생존 할머니들이 계시는 곳이다. 우리 사회는 생존 할머니들의 증언을 통해서 비로소 군 위안부라는 충격적인 역사적 사실을 인지할 수 있었다. 그 증언은 일제의 잔혹한 반인륜적 범죄에 대한 국제사회와 한국정부의 침묵, 군 위안부에 대한 낙인을 찍은 가족과 이웃 공동체의 침묵, 그리고 희생자들의 침묵을 뚫고 등장한 것이다. 어느 학자의 말처럼 피해자의 증언은 '공동체에 책임을 청원하는 것'이기도 하기에 나눔의 집을 찾아간 것은 공동체의 책임을 함께 하겠다는 의지의 표현이기도 했다. 당시 내가 할 수 있었던 건 그렇게 간혹 할머니들을 찾아뵙거나 후원하는 마음으로 매달 5,000원을 자동이체 해두는 정도였다.

2015년 8월 10일, 광복 70주년을 기념해 국회에서 '역사가 된 그림' 전시회가 열렸다. '역사가 된 그림'은 일본군 위안부 피해 할머니들의 임상미술치료 작품이다. 동명의 저작을 발간한 김선현 CHA의과학대학교 미술치료대학원 교수가 2006년부터 2012년까지 7년간 경기도 광주 나눔의 집에 방문해 미술치료를 하는 과정에서 할머니들이 직접 그린 그림 100

여 점을 전시하였다. 위안부 피해자가 직접 그린 이 그림들은 지난 2014년 12월 국가지정기록물로 지정되기도 하였다.

전시는 의원회관 3층 로비에서 열렸다. 입장 시간에 제한 없이 많은 사람이 관심 있게 보았다. 그 자리에서 이용수 할머니는 국회의원들과 함께 다니면서 한 컷 한 컷 직접 설명도 해주셨다. 할머니는 죽을 날이 얼마 남지 않았는데, 일본이 여전히 과오를 인정하지 않고 있다며 분해하셨다. 과거, 얼마나 많은 여성의 삶을 짓밟고 유린해 왔는지 반성하지 않고 오히려 이를 국가적으로 외면하려는 행태를 참을 수 없다는 것이다. 다른 건 다 필요 없다, 명예회복이 가장 절실하다, 일본의 침략을 받은 다른 나라와 연대해서 함께 과거의 역사를 치유하고 극복해야 한다. 그리고 다시는 전쟁이 되풀이되지 않아야 한다는 할머니의 당부를 잊지 말아야 한다.

마음 다스리는 미술치료

이 책『역사가 된 그림』은 위안부 할머니들의 미술치료 사례집이다. 저자는 위안부 할머니들의 삶의 터전인 '나눔의 집'에서 할머니들의 미술치료를 해왔다. 책에는 김화선 할머니, 강일출 할머니, 김순옥 할머니, 박옥선 할머니, 배춘희 할머니, 이옥선 할머니, 김군자 할머니의 이야기가 담겨 있다. 처음 낯선 미술치료를 접했을 때부터 서서히 마음을 열게 된 과정, 꼭꼭 빗장을 닫아걸었던 마음을 열고 감정을 그림으로 솔직히 담아낸 모습들까지. 이 책을 통해 저자는 여러 갈래의 의미 있는 길을 마련한 듯 보였다. 조금이나마 할머니들의 트라우마를 치유해드릴 수 있는 길, 그림을 통해 우리가 할머니들의 내면을 바라볼 수 있는 길, 그리하여 아픈 역사의 한 장면을 마주하도록 하는 길을 말이다. 이제 우리가 그 길을 따라 할머니들의 기억으로, 전쟁의 상흔이 얼룩진 역사의 현장으로 걸어가 진실을 마주할 때이다.

끝나지 않는 속임수

|

기억에 남는 전래동화가 있는지 묻자, 바로 거북이와 토끼라고 말했다. 거북이와 토끼의 이야기 중에서 가장 생각나는 장면을 그려 보자고 제안하자 토끼가 거북이의 등을 타고 바다 속의 용궁으로 가는 장면이라고 말했다. 거북이를 먼저 그린 후 등 위에 앉아 있는 토끼를 그렸고, 바다 속의 오징어와 불가사리, 물고기, 해초 등을 그렸다. 김화선 님은 물고기와 해초를 그리면서 여러 번 "사람 같아, 사람이 움직이는 것 같아" 라고

말했고, 치료사가 왜 그렇게 보이는 것 같은지 묻자 "사람이랑 닮았잖아" 라고 말했다.

거북이는 일본군을, 그 위에 있는 토끼는 화자를 상징한다. 거북이가 토끼를 속여 용궁 속으로 데려가듯 자신은 일본군에 끌려 위안소로 오게 되었다. 아직은 어떤 상황이 펼쳐질지 모르는 토끼의 표정은 미소를 머금고 있다. 하지만 발의 모양을 보면 바짝 긴장하며 거북이 등에 붙어 있는 듯 보인다. 사람처럼 느껴진다는 주변 물고기나 오징어의 시선을 통해 토끼가 위험 신호를 느끼길 바라는 화자의 심리가 느껴진다. 그리고 그 중 누구라도 자신에게 가면 안 된다고 말해 주기를 바랐던 건지도 모른다.

2

天地日月

天 玄黃

李 玉 善 이옥선

十月十日

"나는 공부가 너무 하고 싶었어. 집이 가난해서 학교에 못 간 것이 한이 돼. 젊을 때는 일본말도 배우고 한글도 곧잘 했는데 이제는 늙어서 배우는 게 어려워. 아무리 책을 봐도 돌아서면 잊어버려서 힘들어. 나는 일본말을 배우고 싶어" 라고 말했고, 왜 일본어를 배우고 싶은지 묻자, "위안부에 있을 때 고문을 많이 받았어. 칼로 생살을 찢기도 하고, 일본 놈들이 발로 내 몸을 짓밟았지. 하지만 증언을 할 때 통역하는 사람들이 내가 겪은 일들을 자세하게 전달하는지는 모르겠어. 그래서 내가 직접 배워서 내가 당한 일도 이렇게 써서 증언하고 싶어. 죽기 전에 일본에게 진심 어린 사과를 받고 싶어. 꼭 그렇게 하게 만들 거야." 그러시면서 일본어 기초라고 적혀 있는 책 한 권을 보여 주었다. 이것을 계기로 글을 써 보는 작업을 진행하였다.

EBS 북카페 '책 읽어주는 국회의원' 2015년 8월 21일 낭독 원고

_『역사가 된 그림』, 김선현 저, 이담북스 中

부끄러움을 알아야 진전이 있다

원수를 갚겠다는 말, 복수를 하겠다는 날선 말 뒤에 존재하는 뜨거운 아픔과 눈물을 본 듯하다. 위안부로 끌려가기 직전 자신의 모습을 그린 열여섯 박옥선 할머니를 본 듯도 했다. 웨딩드레스를 입은 신부의 가슴에 달린 붉은 꽃에는 다시 태어난다면… 나도 결혼하고 싶다는 애틋한 소망이 담겨 있었다. 할머니들이 그린 그림은 서툴지만 감동적이었다. 가슴 아팠지만 아름다웠다. 기억을 더듬어 떠올리는 것과 기억을 숨기려 발버둥치는 몸짓이 그림 안에 공존하고 있었다. 진심이 담겨 진실로 다가오는, 그 아픈 마음이 숭고해 두 손으로 고이 받아들고 싶은 심정이었다. 위안소 생활을 그린 고 김화선 할머니, 기억에 남는 동화, 토끼와 거북이를 그린 고 배춘희 할머니, 고향 생각을 담은 김순옥 할머니를 떠올린다. 그분들께 내가 부끄럽지 않은 사람일 수 있을까.

일본은 아주 오랫동안 역사 교과서를 통해 자국민에게 위안부 문제와 독도 문제를 왜곡해서 가르치는 행위를 끊임없이 반복해오고 있다. 작년 초에는 아베 총리가 미국에 가서 70년 동안 한 번도 없었던 미 의회 연설을 처음으로 했는데, 그때에도 침략의 역사를 정확하게 반성하지 않았다. 같은 전범국인 독일의 메르켈 총리는 과거를 직시하고 과거에서 배워야 한다고 말했다. 살아있는 사람들과 생생한 증언들이 증명하는 역사에 책임을 다해 통감하고 반성해야 한다. 다시는 그런 일이 반복되지 않도록 국민적 합의와 역사적 교훈이 아이들에게 전해져야 함은 물론이다. 그러나 일본은 그리 생각하지 않는 듯하다. 과연 일본의 아이들은 아시아 전역에 뿌리내린 자국에 대한 적개심을 목도하며 어떤 생각을 하게 될까. 그런 걸 생각하면 굉장히 섬뜩해진다.

일본군 위안부 문제를 해결하기 위해서 1992년에 집회가 시작되었다. 일본대사관 앞에서 매주 수요일 12시마다 진행하는 수요집회가 2015년 연말까지 1,211회를 기록했다. 집회를 거듭할 때마다 피해 할머니들은 같은 말씀을 반복한다. 한 번 떠올리기도 힘든 기억을 번번이 끄집어내어 허공에 흩뿌리는 격이다. 어느 때는 할머니들이 건강상의 이유로 나오지 못하는 경우도 생긴다. '세월 이기는 장사 없다'는 말이 유난히 서글퍼진다.

일각에서는 외교적 입장에서 한일관계를 위해 적당히 하자는 소리가 불거져 나오기도 한다. 하지만 덮어둔다고 해결되는 게 아니다. 미뤄둔다고 극복되는 게 아니다. 전시에 여성을 성노예로 강제 동원한 행위는 국제법상 전쟁범죄다. 인류사회의 보편적인 인권문제다. 일본이 법적 책임을 인정하고 공식적 사과와 배상을 하지 않는 한 종결될 수 없는 문제라는 뜻이다. 우리가 일본으로부터 과거사에 대한 반성과 사죄를 정확히 받고자 하는 것은, 우리 할머니들의 명예회복을 바라는 일이요, 다름 아닌 인간 존엄에 관한 인정이다. 그럴 때마다 등장하는 돈, 보상이라는 단어는 그것을 상징하는 부수적인 매개일 뿐이다. 그동안 청춘을, 삶을 짓밟

히며 산 그분들의 아픔과 상처를 치유할 방법이 과연 있기나 한지, 도리어 묻고 싶다. 그런 점에서 최근 '한일 위안부 합의'는 피해 할머니들의 존엄과 명예회복이라는 기본원칙을 망각한 부끄러운 처사다. 이 세상 어느 누구에게도 피해 할머니들의 짓밟힌 삶을 10억 엔의 돈과 바꿀 수 있는 권한은 없다.

위안부 할머니들이 겪은 정신적·육체적 아픔과 고통의 시간들은 해방 후에도, 아니 지금도 계속되고 있다. 수요집회나 토론회를 비롯한 모든 수단과 방법을 동원해 서로 문제인식을 공유하고, 아픔과 상처에 대한 치유, 공동의 해결방안을 모색하는 연대의 노력을 지속해야 한다.

여기서 중요한 사실이 하나 있다. 위안부 문제는 우리만의 문제가 아니라 국제적 문제다. 제2차 세계대전 당시 일본은 주로 식민지인 조선과 타이완에서 여성을 동원했지만 전쟁이 길어지자 중국 여성들도 위안부로 끌고 갔다. 필리핀, 인도네시아, 베트남, 미얀마 등에서도 피해자가 있다. 지난해 8월 13일, 나는 '일본군 위안부 문제 해결을 위한 한·중 협력의 현황과 과제' 토론회에 참여했다. 같은 피해국이지만 우리와는 사뭇 다른 양상으로 전개되고 있는 중국과 대만의 대응을 보면 울분이 더 커지기도 한다. 중요한 것은 더 이상 촉구만 할 것이 아니라 문제의 해결에 이르러야 한다는 사실. 일본은 무려 70년 동안이나 이 문제를 외면했다. 한·중이 연대해서 압박해야 한다. 우리 정부의 의지와 능력이 필요함은 물론이다.

거듭 말하지만, 피해 할머니들은 물론 대다수 국민이 받아들 수 없는 합의는 합의가 아니다. 2015년은 광복 70주년으로 굉장히 뜻 깊은 역사적인 해였다. 하지만 어느 위안부 할머니의 말씀처럼 일본정부의 진정한 사죄와 배상이 이루어지는 날이 우리 모두가 바라는 또 하나의 광복일이 되지 않을까 생각한다. 일본정부가 법적 책임을 인정하는 것이 출발이고 전제다.

김화선

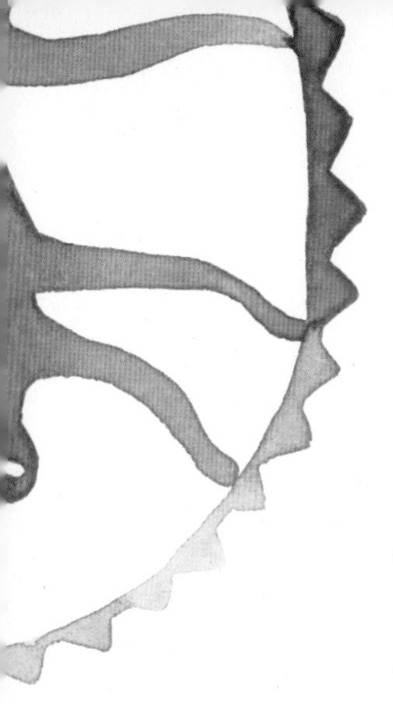

자본주의를 되돌아 보다

변화

자본주의는 인류가 부를 생산해내는 데서는
최적의 시스템이지만,
그 부가 '누구를 위한 부'인가 하는 문제에서는
불평등의 문제를 낳을 수밖에 없다.
그것이 자본의 아이러니한 숙명일지 모르겠다.
여기서 우리가 간과하지 말아야 할 점은
가난하고 고된 삶을 산다고 해서 그것이 전적으로
그 사람의 잘못이나 능력 때문이 아니라는 사실이다.
고장 난 자본주의를 고칠 방법으로
복지문제를 다루고 있다.
자본주의와 복지는 우리의 삶을 이루는
두 개의 바퀴이다.

불편해지는 자본주의

자본이란 단어가 주는 불편함이 있다. 그럼에도 우리는 자본 속에서 일상을 살아간다. 어쩔 수 없다. 그것이 우리들의 삶이니까. 대다수 사회인들이 경제생활을 하면서 느끼는 문제는 아무리 열심히 일해도 다람쥐 쳇바퀴 도는 것 같다, 쉬지 않고 일은 하는데 돈이 없다, 결국 현실은 돈이 돈을 버는 것이다, 등등이다.

대부분 개인이 해결책을 찾기 어려운 고질적인 자본주의 병폐들. 아무리 발버둥 쳐도 나아질 길이 없는 생활고, 절대적이거나 상대적인 박탈감과 희망 없음. 지난 2014년 우리 사회에 불어 닥쳤던 '피케티 열풍'도 그런 상심들이 반영된 현상일지 모른다. 자본주의, 즉 시장경제는 강력한 장점을 가지고 있는 동시에 적절한 통제가 없으면 민주주의와 양립하기 어려운 속성을 갖고 있다.

열심히 일하면서도 때때로 턱턱 무릎이 꺾이는 것 같은 현실을 체감하는 건 그래서일 것이다. 그렇다면 왜 그런 일이 일어나는지 알아야 한다. 우리 삶의 환경에 대한 문제이므로, 또한 알아야 바꿀 수 있으므로. 쉬운 일은 아니겠지만, 분명한 것은 어느 시대고 변화는 있었다는 것이다.

자본주의에 던지는 물음표

이 책 『자본주의』는 EBS 자본주의 제작팀이 지었다. 많은 분들이 알고 계시듯 EBS에서는 좋은 내용의 다큐멘터리가 많이 제작되고 있는데, 이 책 역시 자본주의를 쉽게 풀어내 큰 호평을 받았던 〈EBS 다큐프라임 자본주의〉 5부작을 바탕으로 엮은 것이다. 방송은 2012년 9월 말 방영했던 걸로 기억한다.

임기 첫해 정기국회 기간이라 그 시기를 지나 한 번에 몰아서 집중해 봤던 기억이 있다. 그 뒤 이 책으로 다시 자본주의에 대한 생각과 인식을 리와인드한 셈인데, 방송에서 미처 다 보여주지 못한 내용들이 심층적으로 보완·정리된 점이 가장 큰 장점으로 읽혔다. 일종의 사회 교과서로서 제 역할을 톡톡히 해내는 것이다.

또한 우리가 자본주의나 경제학을 어렵다 느끼는 이유가 평소 자주 사용하지 않은 '용어'에서 오는 낯선 인상 때문인데, 정말 부담 없이 읽을 수 있도록 설명이 잘 되어 있어 비교적 쉽게 읽히는 편이기도 했다. 굉장히 오랫동안 자료조사를 방대하게 한 것 같은데, 어쩌면 그래서 더 쉽게 풀어서 쓸 수 있지 않았을까 하는 생각이 들었다.

내가 대학에 다닐 때에는 전공이 아니더라도 여러 이론서를 읽고 친구, 선후배들과 함께 세미나를 하며, 우리 사회의 구조와 역사를 이해할 수 있는 사회과학 공부를 반드시 했었다. 그 의도적 학습이 지금껏 꽤 많은 영향을 미친다는 걸 고려한다면, 요즘 젊은이들에게도 이러한 공부의 기회와 함께하는 학습을 권하고 싶다.

분배 우선의 자본주의를 주장한다

자본주의는 인류가 부를 생산해 내는 데 있어서는 최적의 시스템이라고 볼 수 있다. 아담 스미스가 완전히 자유로운 시장체제를 주장하는 것도 바로 이런 이유에서였다. 아담 스미스는 자유시장이 가지고 있는 놀라운 부의 생산능력을 제대로 보았던 것이다. 그렇다면 자본주의가 가진 이러한 장점은 고스란히 살리면서 자본주의가 만들어낸 소득의 불균형을 보완할 수 있는 방법은 어떤 것이 있을까. 먼저 소득의 불균형으로 고통받는 사람들을 위한 사회적인 안전망을 생각해볼 수 있다. (중략) 그래서 우리는 고장 난 자본주의를 바꾸기 위해 국민을 위한 복지를 생각해야만 한다. 정부도 시장도 아닌 국민이 주인이 되는 사회를 만들어야 한다. 현재 자본주의가 낳은 양극화, 불평등, 빈부격차를 해결하기 위해서는 '복지 자본주의'가 필요하다는 이야기다. 대부분의 사람이 행복한 자본주의로 새롭게 바꿔보자는 것이다. 복지는 자본주의 하에서 불안한 미래에 대한 일종의 보험이라고 할 수 있다. 우리가 세금을 내서 그 돈으로 보험을 싼 값에 공동구매하는 것과 같다.

경제발전을 위해서는 공급이 늘어나는 데에 따라 수요가 늘어나야 된다. 그런데 만약 경제성장의 결과가 사회의 구성원들에게 골고루 분배되지 않으면, 생산의 증가를 따라갈 수 있는 소비의 증가가 수반되지 않는다. 그렇게 되면 과잉생산이 발생하여 공황이 일어나게 된다. 한마디로 공황은 '분배의 불균형'에서 발생한다는 것이다. 역으로 말하자면, 경제성장은 제대로 된 분배에 의해서만 달성될 수 있다는 뜻이기도 하다.

맬서스는 이렇게 말한다.

'가난한 자의 주머니를 채워라. 그러면 소비가 촉진된다.'

가난한 사람이 많다는 것은 그만큼 사회적인 비용이 많이 들게 되므로, 방치하는 만큼 더 큰 부메랑이 되어 모두를 힘들게 할 것이라는 뜻이다. 그러므로 복지를 하는 것이 더 경제적이라고 할 수 있다. 하지만 복지 얘기가 나오면 우리는 으레 도덕성부터 부추기고, 동정심을 가지라는 결론으로 끝을 맺곤 한다. 가난한 사람들을 어떻게 그냥 두냐고, 같이 살아야 하지 않겠느냐고, 그것이 바로 정의로운 사회가 아니냐고. 하지만 사실상 복지 문제는 그저 동정심에 기대 해결할 문제가 아니다. 오히려 복지를 해야만 자본주의가 붕괴되지 않기 때문이다.

미국 저널리스트인 데이비드 케이 존스턴의 이야기다.

"빈곤은 자유재지만 매우 비쌉니다. 가난한 사람들이 있으면 돈이 많이 들어요. 세금을 내지 않고 세금을 받기만 하죠. 복지의 목적은 사람들이 힘든 시기를 지나서 생산적이 되도록 돕는 것이어야 합니다. 그러기 위해 일자리가 있어야 하죠".

우리가 해야 할 복지는 '퍼주기식 복지'가 아니다. 일자리를 만들어내는 생산적인 복지이며, 약자들이 스스로 자립할 수 있도록 도움을 주는 건강한 복지다. 이런 방법을 통해 소비가 촉진되고, 자본주의는 활력을 되찾을 수 있다. 복지와 성장을 서로 상충하는 개념으로 생각하는 것은 오해다. 자본주의가 만들어내는 부, 그리고 엄청난 성장력이라는 장점을 고스란히 유지시키기 위해서라도 우리는 복지라는 대안을 생각할 수밖에 없다.

EBS 북카페 '책 읽어주는 국회의원' 2014년 11월 28일 낭독 원고
_『자본주의』, EBS 자본주의 제작팀 저, 가나출판사 中

고장난 자본주의의 대안, 복지

자본주의는 인류가 경험했던 그 어떤 체제보다 엄청난 부의 생산능력을 보여줬다. 자본주의의 아주 강력한 장점이다. 그런데 소득불평등 역

시 점점 심해지고 있는 게 현실이다. 흔히 말하는 빈익빈부익부의 문제, 또 시장이 모든 것을 해결해준다는 시장만능주의 속에서 교육과 일자리, 주택 같은 삶의 기본 조건조차 보호받지 못하는 사람들이 늘어나고 있다. 이런 것들이 '고장 난 자본주의'의 모습으로 느껴진다. 앞서 말했듯 자본주의는 인류가 부를 생산해내는 데서는 최적의 시스템이지만, 그 부가 '누구를 위한 부'인가 하는 문제에서는 불평등의 문제를 낳을 수밖에 없다. 그것이 자본의 아이러니한 숙명일지 모르겠다. 여기서 우리가 간과하지 말아야 할 점은 가난하고 고된 삶을 산다고 해서 그것이 전적으로 그 사람의 잘못이나 능력 때문은 아니라는 사실이다. 이 책 마지막 장에는 고장 난 자본주의를 고칠 방법으로 복지문제를 다루고 있다. 자본주의와 복지는 우리의 삶을 이루는 두 개의 바퀴이다.

복지는 누구나가 최소한의 인간다운 삶을 살 수 있는 사회안전망을 갖추는 것이다. 그래야만 사회 전체의 생산성과 활력이 높아진다. 우리는 사람이 살아가는 데 있어 필요한 아주 기본적인 것을 '의식주'라고 표현해 왔다. 하지만 지금 이 시대를 사람답게 살기 위해서는 적어도 교육, 일자리, 주택만큼은 시장에 맡기지 말고 공공성을 강화해야 한다. 일명 '교식주' 문제이다. 교육복지, 노동복지/일자리복지, 주거복지 등 개인의 힘으로 해결하기 어려운 부분인 동시에 기본적인 생활을 영위하기 위해 반드시 필요한 부분에 대해서는 보다 적극적인 사회적 논의가 필요하다. 이것이 바로 이 책에서 '복지는 공동구매'라고 하는 근본적인 이유이다.

또 한 가지 재미있는 부분을 소개할까 한다. 처음 다큐멘터리를 기획한 PD는 '왜 미국의 리먼사태가 내 지갑 속 돈에 영향을 끼치지?' 라는 궁금증에서 이 작업을 시작했다고 한다. 그래서 자본주의를 다루겠다고 생각했는데, 막상 시작해보니 내용이 너무 방대했던 거다. 그래서 먼저 자본주의 최전선에서 삶을 일구는 30~50대 사람들을 만나보았는데, 이 분들의 가장 큰 관심사가 '금융'과 '소비'였다. 실제로 금융과 소비는 자본주의를 관통하는 핵심이 될 수 있다. 그런 점에서 이 책에서 다루고 있는 재테크의 개념은 돈 많이 버는 법으로 귀결되는 일반론이 아니다.

자본주의에서 금융의 원리와 금융상품의 본질을 정확하게 이해할 수 있도록 돕는다는 점에서 이 책은 여타의 재테크 서적과 분명한 입장 차이가 있다. 오히려 이 책을 통해 우리가 배울 수 있는 점은 현대인의 일상이 금융과 떼려야 뗄 수 없는 불가분의 관계라는 현실인식일지 모르겠다. 이따금씩 우리는 '아무리 열심히 일해도 늘 돈에 허덕이게 된다'는 자조적인 하소연을 나눌 때가 있는데, 이 책에 따르면 우리가 좋아하든 싫어하든 그 가치판단과 무관하게 사회와 경제가 복잡해질수록 금융 부문은 더 성장하게 되고, 따라서 금융에 관한 지식과 활용 능력도 그만큼 더 중요해진다는 것이다. 한 마디로 '금융지능이 있어야 살아남는다.'는 것이다. 그러므로 우리가 이 책을 통해 배워야 하는 점은 단기간에 돈을 잘 버는 법이 아니라, 우리의 경제생활을 규정하고 있는 조건 혹은 원리에 관해 잘 이해해 삶을 오래 버티는 법이다. 그래야 우리의 삶이 자본주의의 지배에서 벗어나 조금은 더 행복해질 수 있는 까닭이다.

이 책은 우리가 당연하다 믿어왔던 상식을 가볍게 전복한다. 그리고 자본주의와 돈의 비밀에 대해 조곤조곤 이야기한다. 예컨대 우리는 흔히 물가가 오르락내리락 한다고 생각하고, 익히 알고 있는 상식으로 물건의 가격은 수요와 공급이 만나는 지점에서 형성된다고 알고 있다. 하지만 이 책은 우리가 상식이라고 생각해왔던 자본주의 경제에 대해 숨겨진 사실들을 꺼내놓는다. 50년 전 자장면 값은 15원이었는데, 지금은 적어도 4천원이다. 물가는 오르기만 하고 결코 내려가지 않는다. 자장면 값이 계속 오른다면, 자장면 공급이 지속적으로 부족했든가 아니면 소비가 지속적으로 늘었어야 한다. 과연 정말 그런 것인가?

지갑 속 돈과 통장, 매달 갚아야 할 대출금과 이자, 살고 있는 집의 가격 등 이 모든 것이 자본주의 시스템과 관련 있다. 결국 자본주의를 제대로 이해하고 있는지, 내가 알맞게 돈을 쓰고 있는지, 나를 지키며 소비할 수 있는 방법이 무엇인지 생각해야 한다. 이와 더불어, 함께 살아가는 이 사회의 복지 문제를 어떻게 바라봐야 할지에 대해서도 질문을 던질 수 있으면 좋겠다. 점점 심각해지는 사회양극화와 일할수록 커지는 상대적 박탈감, '부자들에게 쓰는 돈은 투자라 하고 가난한 사람들에게 쓰는 돈은 비용'이라 하는 복지비용 논쟁. 지금 이 시대, 여기서 한 번쯤 걸음을 멈춰 함께 생각하고 답을 내려야 할 시점이 아닐까.

내일의 힘은 오늘의 쉼표에 있다

희망

작가 박범신은 세월호의 비극 앞에서
"나도 유죄"라고 말했다. 동의한다.
"슬픔은 몸속의 가시가 되고 분노는 병이 되는 것 같다"고도
말했다. 동의한다.
그럼에도 "사랑이 가장 큰 권력"이라는 말을 잊지 않았다.
동의한다. "고통과 외로움이 우리를 덮칠지라도
결국 우리를 구원할 것은 사랑뿐"이라는 말에도
나는 결국 동의할 수밖에 없었다.

지켜져야 할 것을 지켜내지 못한 미안함

세월호 사건이 있고 두 달이 지났을 때쯤 EBS 북카페에 출연했다. 사회자가 질문을 했다. "세월호 참사 이후 첫 출연이신데, 정치권에서도 무겁게 책임감을 느끼시겠어요?" 오랜만에 출연했기 때문에 최근 사회 현안을 곁들인 질문을 한 것이었지만 대답을 해야 하는 나로서는 여간 힘든 질문이 아닐 수 없었다. 국민들의 안전을 지켜야 할 정치인의 한 사람으로서 고개를 들 수 없는 송곳 같은 질문이었다. 잠시 망설일 수밖에 없었다. 지난 두 달이 주마등처럼 스쳤다.

2014년 5월 1일, 세월호 참사가 일어나고 보름 정도 지났을 때 국회에서 교육문화체육관광위원회 전체회의에 서남수 교육부 장관을 출석시켜 안산 단원고 수학여행 사고 관련 현안보고를 받았다. 질의를 하려는데 눈물이 먼저 앞을 가렸다. 어찌 이런 일이 있을 수 있을까. 국가가 학생들을 지켜주지 못한 것에 대한 미안함에 한동안 말문을 열 수 없었다. 시급하지 않은 것이 없었다. 많은 것을 주문했다. 그중에서 특히 제2의 피해가 속출하지 않도록 안산은 단원고 학생뿐만 아니라 마을 전체가 심리 치료를 받아야 하는 상황임을 재차 강조했다. 최소한 10년 이상 장기 계획을 세우고 마을 전체에 필요한 조치들을 취해야 한다는 것을 인식시키기 위해 반복해서 주문했다. 책임의 문제를 정부 여러 부처가 함께 통감하는 것이 중요하다. 그래야만 사건을 통합적으로 인식하게 될 것이기 때문이다. 문제를 함께 해결해나가야 한다는 인식을 바탕으로 통합적 지원 체계를 구축하고, 그 안에서 우선순위를 결정해야 한다. 그것도 신속하게 해야 한다. 다른 부처에 책임을 전가하며 차일피일 미루게 되면 사회 전체적으로 슬픔이 퍼지게 될 것이다. 회의 내내 계속 흘러내리는 눈물을 나도 어쩔 수 없었다.

쉼이 있어야 나아감도 있다

마침표가 아니라 쉼표가 된 문장들. 책『힐링 : 마침표가 아니라 쉼표가 된 문장들』을 읽으면서 가장 먼저 눈에 들어왔던 글귀다. 마침이 아닌 쉼, 지금 이 순간 끝나는 것이 아니라 희망과 용기를 얻고자 잠시 쉬어 가는 것. 박범신 작가가 논산에 머물며 써내려간 짧은 글을 모아 엮은 책이다. 작가는 평소 트위터를 통해 독자들과 소통해 나갔는데, 그래서인지 한 구절 한 구절 일상에서 느끼는 소소함과 따뜻한 위로, 용기 그리고 희망이 담겨 있었다. 어쩌면 그가 젊은 독자들에게 전하고자 한 메시지가 바로 이런 것들이 아니었을까. 지금을 살아내는 우리에게 조금이나마 위안이 되지 않을까, 하는 마음으로 이 책을 골랐던 기억이 있다.

책을 읽으며 그 안에서 치유의 시간, 휴식의 공간을 발견할 수 있었다. 일상의 잔잔함을 담은 짧은 글로 이루어져 있어 늘 곁에 두고 읽으면 마음의 안정을 찾을 수 있을 것 같았다. 칠순인 작가와 그의 경륜이 묻어난 글이 가만히 등을 토닥여주는 느낌이었다. 작가는 짧은 글에서만큼은 마침표를 자제하고 있었다. 실제로 그는, 마침표는 문장에서만 사용해야지, 삶이나 사랑에서 사용할 것이 아니라고 말한 바 있다. 끝이라고 쓰는 것이 제일 무섭다고. 그래서 모든 사람이 모든 관계에서 희망의 끈을 놓치지 않기를 바란다고. 소통과 희망, 사랑과 열정 그리고 끝없는 희망을 일궈내는 샘물 같은 용기. 서로를 따뜻하게 위로하고 서로에게 더 큰 용기를 얻는 그런 나날이 되어야만 하는 시기에 손에 들린 책이었다.

나만의 걸음걸이로 나아가기

자신에게 먼저 너그러워지는 연습을 해야 한다

비 많이 와
피할 데 없으니 차라리 온몸으로 비를 맞는 게 상수지.
인생이라고 뭐 다르겠어.
힘들고 어려울 땐 그 고통에게 온몸을 맡겨봐.
최소한 두려움은 이겨낼 수 있어.
두려움만 이겨낼 수 있다면
어떤 고난이라도 이겨갈 수 있어.

두려움이야말로 우리의 가장 강력한 적이지.

언덕 있으면 넘어가고 산 막히면 돌아가야지.
모두가 '엄홍길'이 될 수는 없을 걸.
큰일 났다고 생각하고 겁먹지 마.
뒤뚱뒤뚱 걷다 보면 괜찮아져.
히말라야 사람들은 3천, 4천 미터의 산도
그냥 Hill, 언덕이라고 불러.
마운틴이라고 안 해.
아무리 높은 산도 언덕이라고 부르면 겁 안 나잖아.

높아지면 추락하고 삼키면 토해내는 게 사람이야.
분노, 슬픔, 욕망도 그래.
끝끝내 참고 견뎌야 하는 건 시간밖에 없어.
그러니 너무 자신을 오래 가둬두지 마.
몸에 안 좋아.
화도 내고 울기도하고 그래.
남들도 다 그리 살아.
(중략)

호수를 한 바퀴 돌고 왔네.

그냥 캄캄하데.

그래서 호수 대신 달을 봤어.

만월이었거든.

밝은 건 보이는 쪽뿐이야.

그 너머 숨겨진 달의 반면을 생각해봐.

삶이 온통 환한 사람이 어디 있겠어?

당신이 지금 어둡다고 해도 괜찮아.

반이 어두운 그것이 정상인거야.

놀빛에 닿은 호수가 내 맘처럼 붉다.

오래전부터 지우고 싶은 그 단심(丹心)이다.

마음이 붉으면 몸이 힘들기 때문이다.

그러나 단심을 다 지우고 나면 무엇이 남을까.

붉은 마음으로 살면 몸이 고단하고

붉은 마음을 버리면 삶이 권태로운 것

그것이 딜레마다.

그래서 자주 나 혼자 오늘도 붉었다 말다 한다.

EBS 북카페 '책 읽어주는 국회의원' 2014년 6월 10일 낭독 원고

_『힐링』, 박범신 저, 열림원 中

사랑의 불꽃만은 지켜내기

그 큰일이 일어나고도 해야 할 일들은 눈앞에 켜켜이 쌓여갔고, 마음과 달리 몸은 주어진 일에 얽매여 일상을 살아내야 했다. 어떤 책인들 눈에 들어올까. 온 국민이 겪은 아픔을 어떻게 함께 치유하고 극복해낼 수 있을 것인가, 도대체 나라의 역할이 무엇이고 책임이 무엇인가 하는 질문에 대답하고 실천해야 하는 직업을 가졌기에 더 큰 책임감이 가슴을 억눌렀다.

작가는 세월호의 비극 앞에서 "나도 유죄"라고 말했다. 동의한다. "슬픔은 몸속의 가시가 되고 분노는 병이 되는 것 같다"고도 말했다. 동의한다. 그럼에도 "사랑이 가장 큰 권력"이라는 말을 잊지 않았다. 동의한다. "고통과 외로움이 우리를 덮칠지라도 결국 우리를 구원할 것은 사랑뿐"이라는 말에도 나는 결국 동의할 수밖에 없었다.

어쩌면 그 말을 부여잡고 간곡히 믿고 싶었는지도 모르겠다. 무엇이든 믿지 않고서야 아무 것도 믿을 수 없을지 모른다는 막연한 공포가 마음에 깃들어갔다. 더불어 행복한 사회, 꿈꾸는 공동체를 만들어 함께 살아가자는 소신이 크나큰 아픔과 고통 앞에서 산산조각 나는 듯했다. 영영 그 꿈을 이룰 수 없을지도 모른다는 생각에 두렵기까지 했다. 하지만 어디에서든, 누구에게든 희망을 이야기할 수밖에 없었다. 그래야 했으므로, 그 믿음을 신앙으로 여기지 않고서야 다시 시작을 이야기할 자신이 없던 탓이었다.

우리의 기억에 단단히 뿌리내린 희망이 현실에서 확산되어야 하는데, 그렇지 못한 것 같아 마음이 아프다. 그 이후에 꼬리에 꼬리를 물듯 터지는 크고 작은 문제들에 근본적인 대책을 마련하지 못한, 한 나라의 정치인으로서 어깨가 무겁다. 물심양면 노력한다고 말한들 그것이 충분할리 없다. 그래서 더는 참지 않기로 했다. 감추지 않기로 했다. 고개를 들어 주변을 살폈고 그들과 함께 아파하는 길을 택했다. 그 아픔이, 그 상처가 혼자만의 것이 아니라고, 그 외롭고 힘든 길을 함께 하겠다고 다짐하고 희망을 말하기로 했다. 우리 곁의 사람들이, 당신의 가족과 친구와 이웃이 함께 한다는 걸 알려주고 싶었다. 온 국민이 함께 아파하고 슬퍼하고, 그 고통을 함께 치유할 수 있는 희망과 용기를 품고자 지금 이 길을 함께 걸어가고 있다고 믿기로 한 것이다. 그렇게 서서히 내 안의 희망이 채워지고 있었다.

기억할 것은 기억해야 한다

책임

세월호 참사 진상규명을
선거 유불리나 정치적 흥정 대상으로
여기는 것은 그 자체로 용서받지 못할 범죄이다.
국민을 두 번 버리는 일이기 때문이다.
이대로 진실이 묻힌다면 당장 내일이라도
세월호 참사는 또 일어날 수 있고,
누가 제2, 제3의 희생자가 될지 모른다.
분명한 것은 힘 없고 가진 것 없는 국민일수록
그 위험에 보다 가까이 있을 거라는 사실이다.

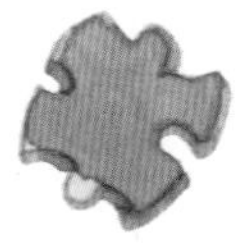

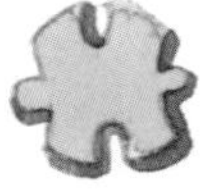

믿어지지 않는 순간들

2014년 4월 16일 믿을 수 없는 일이 일어났다. 인천항 연안여객선터미널에서 출발해 제주로 가던 여객선 세월호가 전남 진도군 인근 바다에서 침몰 했다, 눈으로 보고도 믿을 수 없었다. 이 배에는 수학여행을 가던 경기도 안산의 단원고등학교 학생을 비롯해 476명의 탑승객이 타고 있었다. 처음, 사건이 발생하고 몇 시간 동안 언론은 대수롭지 않은 것처럼 보도했다. 텔레비전 화면에 반쯤 잠긴 배 주변으로 구조를 위해 달려간 해경과 민간인 배가 여러 척 보였다. 그리고 빨간색으로 뉴스속보라고 쓰고 아래에 '안산 단원고 학생 338명 전원 구조'라고 적힌 문구가 오랫동안 비쳤다. 뉴스를 지켜보던 국민들은 철렁했던 가슴을 쓸어내렸다.

긴박한 상황을 정리하기 위해 여기저기 분주하게 알아보았다. 시간이 느리게 지나가면서 세월호에서 일어나고 있는 상황과 뉴스 보도가 다르다는 것을 알았다. 탑승객 수가 얼마인지 제대로 알지 못했다. 시시각각 숫자가 바뀌었다. 배가 뒤집혔기 때문에 물속에 가라앉기 전에 구조를 진행해야 했고, 몇 명이 탔는지 정확히 알지 못했기 때문에 더욱 신속하게 진행되어야 했지만 실상은 반대였다. 신고를 받고 사고 해역으로 출동한 해경은 배 밖으로 탈출했거나 선체에 나와 있던 승객들만 구조했을 뿐, 300명 이상 남아 있는 배 안으로 진입하지 않았다. 사람들을 구출할 수 있었던 시간을 허비해버린 채 배는 점점 가라앉아갔다. 점심때가 지나자 사건은 더욱 심각해졌다. 국민 안전을 최우선으로 하겠다던 현 정부의 재난대응체계는 제대로 작동하지 않았다. 아니, 처음부터 제대로 작동할 체계가 없었다고 해도 과언이 아닐 정도로 허둥거렸다. 해양수산부, 교육부, 해양경찰청 등 사고 관련 대책본부만 10여 개에 달할 정도로 지휘체계가 형편없었다. 배 안의 승객들을 구조할 아까운 시간이 자꾸 흘러갔고, 8시간이 지나서야 잠수부를 투입할 수 있었다. 시계바늘이 벌써 오후 5시를 향해 달려가고 있었고, 그것은 구조작업을 어두운 밤에 해야 한다는 것을 의미했다. 국민 모두가 뜬 눈으로 밤을 지새우며 구조작업을 지켜봐야 했지만 모두가 돌아오리라 여겼던 간절한 마음은 차츰 무너져 내렸다. 그렇게 며칠이 지나고, 한 해가, 두 해가, 시간이, 세월이 속절없이 흐르고 있다.

슬픔을 나눈다고 덜어내어질까

『금요일엔 돌아오렴』은 세월호 참사 이후 240일간 세월호 유가족의 육성을 담고 있다. 작가 열두 명과 만화가 여덟 명이 힘을 모았다. 사회적 참사 이후, 유가족의 기록을 담은 책은 그 존재 자체로 사건의 증거물이며, 기억의 저장고이며, 희망의 시발점일지 모르겠다. 함께 아픔을 나눠지려는 연대의 작업물. 치유의 길을 걸으려면 반드시 밝혀져야 하는 진실의 보고. 말도 안 되는 일이 다시는 벌어지지 않아야 한다는 굳은 결의가 한 글자 한 글자 문신처럼 새겨졌다. 아마도 이 책을 읽어 본 독자라면 나처럼 눈물이 나서 책장을 넘기기 어려웠을 것이다. 아이들이 수학여행을 갔다가 돌아오기로 되어 있던 금요일. 지금이라도 금요일엔 돌아오렴, 이라고 말할 수 있으면 참 좋겠다. 허튼 희망이 기억의 옷자락을 움켜쥐고 놓을 줄 몰랐다.

그런데도 일각에선 이제 그만했으면 좋겠다는 식의 거친 발언들이 쏟아지고 있었다. 유가족에게 큰 상처가 될 텐데, 걱정이 앞선다. 손으로 눈과 귀를 대신 막아주고 싶은 심정이다. 주변의 아픔과 슬픔조차 공감하지 못하는 그들의 곤궁한 삶의 자세와 태도도 가슴 아프다. 진상규명도 이루어지지 않은 채 갈등만 고조되는 상황에서 유가족이 얼마나 고통 받고 있는지 지난 1년을 되돌아보는 계기를 마련할 필요가 있겠다. 책을 통해 우리의 노력이 어디까지 와 있는지 되짚어 보고자 했다.

되새기고 기억해야

저는 앞으로도 오래 살려구요. 오래오래 살아서 우리 아들 기억해줘야죠. 시간이 지나면 우리 아들 잊는 사람들도 많아질 거고 벌써 잊은 사람도 있을 텐데 나는 오래 버텨야 되겠는데… 이런 생각이 들었어요. 그래서 어느 날은 그랬어요. “건우 아빠, 나는 아흔 살 백 살까지 살거야. 내가 건우를 혼자서라도 끝까지 기억해줘야 할 것 같아.”라고 했더니 “아흔 살? 너무 많지 않아?”라고 해요. 그래도 나는 그때까지 살 거라고 했어요. “그런데 기억이 온전해야 하는데. 치매 걸리면 안 되는데... 하지만 나는 치매 걸려도 다른 사람은 다 기억 못해도 우리 건우는 생각할거야” 그랬더니 건우 아빠도 “그래, 그렇게 살아”라고 하대요. 저는 진짜 평범한 사람이었어요. 아이가 클 때는 뇌 기능에 좋게 모차르트 음악을 들어야 된다길래 계속 그 말을 신경쓰면서 틀어줬어요.

어릴 때부터 아이들이 영어를 접해야 한다고 해서 계속 영어 테이프를 틀어줬었고, 영어학원은 어디를 보내야 하고 애 스케줄은 어떻게 잡아야 하며, 애는 어떻게 움직여야 하고 요리는 어떻게 해야 하나 등등만 생각했어요. 전혀 몰랐죠. 저만 삐뚤어지지 않고 열심히 살면 된다고 생각했어요. 근데 그게 아니더라구요.

제가 한창 슬픔에 젖어 있던 무렵에 삼풍백화점 붕괴사고로 딸과 아들을 잃은 부모를 만났어요. 그분이 고맙게도 위로를 해주고 가시더라구요. ‘아, 그 당시에 나는 뭐했나’ 하는 생각이 들었어요.

그때는 남의 얘기였고 나와 먼 얘기였는데 이렇게 내가 위로를 받는구나... 다른 사람의 아픔을 껴안는다는 거 그전에는 전혀 생각 못했어요. 내가 경험하지 않았다고 모른 체하고 살았던 게 문제라는 생각이 들었어요.

EBS 북카페 '책 읽어주는 국회의원' 2015년 4월 17일 낭독 원고

_『금요일엔 돌아오렴』, 416 세월호 참사 기록위원회 저, 김보통 그림, 창비 中

내 아이의 이름을 가슴으로 부르다

김순천 작가는 사건 당일, 단원고에서 사고 소식을 듣고 진도로 향하는 버스에 올라탄 학부모들을 보았다. 그리고 그 순간부터 이야기는 시작되었다. 작가들은 부모님 열세 분과의 인터뷰를 통해 언론에서 보도하지 못했던 사연들에 집중했다. 지금까지도 현재진행형인 어려움들을 담아서 기록하려고 노력했고, 그것은 혼자가 아니란 것만으로 오롯이 아픔을 치유하는 하나의 과정이 될 수 있을 터였다. 이 책을 가지고 유가족들은 각 지역에서 북 콘서트를 했다. 유가족 대표들이 전국을 다니면서 책을 소개했다. 단순히 같이 울어달라는 것이 아니라 함께 사는 공동체로서 기억해 주길, 관심을 가져 주길 바라는 거다. 내 아이의 이름을 불러주고, 기억해 주는 이가 있을 때 정말 반갑고 좋았다는 말이 기억난다.

그랬다. 일 년 전과 그 후의 삶이 완전히 달라진, 전혀 예상하지 못했던 삶을 살고 있는 유가족들은 잊히는 것을 가장 걱정하고 있었다. 왜 우리 아이가, 왜 우리 부모가 목숨을 잃어야 했는지에 대한 진실이 밝혀지지 않는 것을 답답해했다. 진실이 밝혀진다면 무엇이라도 하겠다는 분들이었다. 나에게도 똑같은 나이의 아들이 있다. 작년에도 그랬고, 부모님을 만나 뵐 때마다 마치 내 일 같이 느껴져서 더 아파졌다. 함께 아파하고 더 힘을 보태고 싶어졌다. 그들을 기억하는 것이 함께하는 삶의 출발이라 여겼다.

2014년 7월 20일, 같은 당 여성의원인 남인순, 은수미 의원과 함께 세월호 희생자 가족들의 단식농성 중단과 세월호 특별법 제정을 촉구하며 단식농성을 시작했다. 이후 강동원 의원도 합세해 힘을 보탰다. 단식은 열하루를 이어갔다. 곡기를 끊었던 스물네 분의 가족들이 차례로 병원에 실려 간 뒤에도 여섯 분의 가족이 단식을 이어가고 있는 것을 보면서 도저히 보고만 있을 수 없었다. 저희들이 할 테니 가족들은 단식을 중단해달라고 간청이라도 해야 했다. 4월 16일 그날 이후, 몸과 마음 모두 절대적인 치유가 필요한 분들이었다. 결코 단식이라는 극한 상황으로 내몰아서는 안 되는 분들이었다. 곡기를 끊는다는 것은 목숨을 내놓는 것과 다름없다. 목숨을 내놓아서라도 내 새끼들이 왜 그렇게 허망하게 죽어갈 수밖에 없었는지를 알아야겠다는 가족들의 절박함을 누가 어떤 말로 대신할 수 있겠는가. 국민 모두는 자식을 빼앗긴 부모의 피눈물을 두 눈으로 보았다. 그런데도 그 절규가, 온 국민이 똑똑히 지켜본 그 절규가 새누리당과 청와대의 문턱만은 넘지 못하고 있는 현실이 너무도 참담했다.

7월 27일, 대통령과 새누리당의 결단을 촉구하는 결의문도 발표했다. 정부는 세월호 참사에 대한 진실을 밝히려고 노력하기는커녕 유병언 사체, 국정원 문건 등 참사를 둘러싼 의혹만 눈덩이처럼 키우고 있었고, 모든 것이 내 책임이라며 눈물로 진상규명을 약속한 대통령은 뒤돌아서서 휴가를 떠날 준비를 했으며, 새누리당은 협상과정에서 이미 합의에 도달한 보상과 지원 문제가 마치 특별법 제정을 가로막고 있는 것처럼 거짓 선동을 해 유족들을 욕보였다. 세월호 참사 진상규명을 선거 유불리나 정치적 흥정 대상으로 여기는 것은 그 자체로 용서받지 못할 범죄이다. 국민을 두 번 버리는 일이기 때문이다. 이대로 진실이 묻힌다면 당장 내일이라도 세월호 참사는 또 일어날 수 있고, 누가 제2, 제3의 희생자가 될지 모른다. 분명한 것은 힘 없고 가진 것 없는 국민일수록 그 위험에 보다 가까이 있을 거라는 사실이다. 우리는 촉구했다.

"새누리당은 진상규명에 한정한 특별법을 우선 29일까지 처리하자는 새정치민주연합의 제안을 즉각 수용하고, 진상조사위원회 구성과 수사권보장에 대한 분명한 입장을 밝혀야 한다. 더 이상 죄짓지 말고 사람이 지켜야 할 최소한의 도리를 지키는 일에 협력할 것을 촉구한다. 선거가 아무리 중요하다 한들 사람 목숨에 우선할 수는 없다. 7월 29일이 세월호 가족들께 실낱같은 희망이라도 안겨드리는 날, 여전히 4월 16일을 살고 있는 대한민국에 새로운 출발이 시작되는 날로 만들어야 한다. 대통령과 새누리당의 결단을 촉구한다.”

농성이 이어지면서 동료 의원들이 동참했지만 끝내 유가족들의 눈물을 닦아드리지 못한 채, 열하루 만에 단식을 마무리했다.

2015년의 마지막 달 중순, 12월 14일에서 16일까지 어렵게 세월호 특별조사위원회에서 청문회를 열었다. 서울 중구 명동 서울 YWCA에서 열린 청문회에는 여당측 특별조사위원 전원이 불참했고, 청문회에 출석한 증인들은 ‘기억나지 않는다’ 혹은 ‘모르겠다’와 같은 무성의한 답변을 이어갔다. 사건이 발생한 날부터 지금까지 감사원과 검찰에서 여러 번 조사를 받았기 때문에 자신들에게 불리한 내용은 아예 말을 하지 않았다. 위증죄에 걸리지 않기 위해서다. 방청석에 앉아 있던 수많은 피해가족들이 울분을 토했다.

단적인 예지만 경향신문이 2015년 12월 진행한 ‘청년 미래인식 조사’에서 2015년 가장 충격이 컸던 사건이 무엇인가, 하는 주관식 질문에 응답자 42퍼센트가 세월호 사건을 꼽았다. 치명적인 상처와 슬픔, 들끓는 분노와 아픔에 무너진 가슴이 아직 회복되지 않았건만, 시간은 잘도 흘러가고 있다. 함께 아파하며 잊지 않겠다고, 달라진 대한민국을 만들겠다고 한 우리의 약속도 그저 흘러가고 있는 건 아닐까. 되돌아보는 심정이 무겁다.

세월호 가족과 시민단체 등으로 이뤄진 4.16연대 회원들은 새해 소망으로 '단원고 교실 존치, 미수습자 9명 수습' 등을 희망했다. 이미 2016년이 밝았지만 피해가족 분들은 장시간 사건의 흔적에서 벗어나지 못하고 있다. 오히려 점점 더 어려운 상황을 겪고 있다. 그 시간까지 더해져 벗어날 수 없는 트라우마로 남을까 두렵다. 어떻게 해야 할지 안타까운 마음만 타들어간다. 신속하게 특별조사위원회를 통해 진실이 밝혀지고, 피해가족들이 의문으로 가지고 있던 의혹들이 해소되어야 한다. 한데 그런 것들이 이루어지지 않으니 진전은 없고 제자리걸음만 하는 셈이다.

조은화. 허다윤. 남현철. 박영인. 권혁규. 양승진. 고창석. 권재근. 이영숙. 아직도 차가운 바다 속에서 가족의 품으로 돌아오고 있지 못한 9명의 실종자. 함께 가족을 찾아달라고 통곡하는 실종자 가족 지원과 세월호 인양 문제도 우리가 풀어야 할 문제로 남아 있다. 아이들을 구하다가 희생됐지만 단지 기간제 교사라는 이유로 죽음조차 차별받고 있는 김초원, 이지혜 교사의 순직 인정도 함께 해결해야 할 과제다.

슬픈 현실. 하지만 우리가 외면하거나 기억하지 않으려고 하면 할수록 상처는 더 깊어질 것이다. 이제 몇 달 후면 아무런 잘못도 없이 우리 아이들이 세상과 작별한 지 2년이 된다. 그해 봄 절박하고 안타까운 심정을 함께 기억해야 한다. 그래야 이 문제가 해결되고, 그해 여름 우리가 그토록 한 목소리로 요구하고 다짐했던 것처럼 사회가 변화될 것이다. 세월호 참사와 같은 아픔을 기억하는 것은, 기억을 다짐하는 것은 새로운 희망을 찾기 위한 과정이라고 생각한다.

기억은 실천이고, 기억으로부터 우리를 떼어놓으려는 것들과의 투쟁이다. 세월호 가족에게 용기와 희망이 될 수 있도록, 우리 모두가 사회의 미래에 대한 희망을 조금 더 나눠가질 수 있도록 모두 함께 기억해주고, 희망을 만드는 데 힘을 보탰으면 좋겠다. 그것이 우리의, 이 사회의 마땅한 책임이리라.

넘어진 사람을 일으켜 세우다

배려

인생은 오뚝이 같아야 한다.
길을 가다가 넘어졌다고 해서 그대로 엎어져
있을 수는 없다. 살다보면 어쩔 수 없이 넘어질 때도 있고,
다른 사람에 의해 떠밀려 넘어질 때도 있다.
하지만 그때마다 우리는 우뚝 일어서야 한다.
사회 공동체의 기본은 넘어진 사람이 주위의 손길을 통해
스스로 일어설 수 있는 근력을 기르도록 돕는 데 있다.
절망에서 회복할 수 있는 힘을 줘야 한다.
당연히 넘어진 사람을 일으켜 세워줄 수 있어야
건강한 사회 아닌가.

사회의 영혼인 예술의 가치

홍대 거리는 볼거리 즐길거리로 넘쳐난다. 그 시작은 1980년대쯤일 것이다. 미술대학을 다니는 학생들이 창고를 개조해 작업실을 만들고, 그들이 거리미술제를 만들었다. 이후 피카소거리가 만들어지고, 독립예술제, 프리마켓, 클럽데이, 도서 축제가 결합하면서 젊음의 거리가 되었다. 지금은 이색 카페와 소규모 갤러리가 합세해 외국인 관광객을 불러 모으고 있다.

홍대가 문화의 거리가 된 데에는 많은 가난한 예술가들의 공이 크다. 하지만 지금 홍대에는 그 젊은 예술가들이 설 자리가 많이 좁아졌다. 건물 임대료가 비싸지면서 작업실을 내놔야 했다. 그리고 임대료가 비싸지 않은 변두리로 밀려나고 있다.

1990년대 미국 뉴욕 맨해튼 그리니치빌리지도 홍대처럼 가난한 예술가들이 모여 살던 곳이다. 미국 뉴욕 시민들의 생활을 낭만적으로 묘사했던 소설가 오 헨리의 소설 『마지막 잎새』의 배경지가 이곳이다. 오 헨리는 가난한 예술가들의 애환을 소설을 통해 가슴 저리게 그리고 있다.

몇 해 전 가난한 예술가들이 생활고를 이기지 못하고 숨진 사건이 발생했다. 2011년 1월, 한국예술종합학교 영화과를 졸업한 재원으로 단편영화 〈격정 소나타〉를 연출했던 최고은 씨가 자신의 자취방에서 숨진 채 발견되었다. 이웃집 문에 남긴 그녀의 마지막 쪽지는 가슴을 저리게 만든다. "그

동안 너무 도움 많이 주셔서 감사합니다. 창피하지만 며칠째 아무것도 못 먹어서 남는 밥이랑 김치가 있으면 저희 집 문 좀 두들겨 주세요.”

2015년 6월에도 이와 비슷한 사건이 일어났다. 연극배우 김운하 씨가 1평 남짓한 고시원에서 숨진 채 발견되었다. 이들은 생활비가 거의 없어 삶의 하루하루가 고통이었다. 예술 활동을 업으로 하는 사람들을 국가가 보호할 수 없을까. 이들의 가슴에서 불타올랐던 열정과 재능을 꽃 피울 수 있게 도와야 한다. 지금도 늦지 않았다.

극복할 수 없는 절망이 있어서는 안 된다

『회복탄력성』의 저자인 김주환 연세대 언론홍보학부 교수는 휴먼커뮤니케이션연구소장으로 긍정적 정서가 주는 효과, 대인관계와 커뮤니케이션 분야에 관심을 갖고 연구하는 학자다. ‘시련을 행운으로 바꾸는 유쾌한 비밀’이라는 부제로 이 책을 출간했는데, 처음에는 부제를 보고 책을 골랐다. 내게도 ‘회복탄력성’이라는 단어가 무척 낯설게 느껴졌던 탓이다. 반대로 시련을 행운으로 바꾸는 유쾌한 비밀이란 과연 무엇일까, 궁금했다.

살다보면 누구나 크든 작든 시련을 마주하는 때가 있다. 의지나 계획, 포부가 꺾이게 되는 시간들, 행복한 일도 있지만 그보다는 힘든 일, 슬픈

일, 가슴 아픈 일이 더 많은 것 같은 기분. 불행한 일은 항상 행복한 일보다 양도 더 많고 질적으로 강도도 더 센 것처럼 느껴진다. 이 책에 따르면 그럴 때 우리를 오뚝이 같이 다시 일어서게 하는 게 바로 마음의 근육이다. 저자는 마음의 근육이 은유적인 표현이 아니라 실재하는 존재라고 말한다. 마음 근육은 체계적이고 반복적인 훈련을 통해서 키울 수 있다고. 어쩌면 그 말을 믿고 싶은 마음으로 책을 읽었는지 모르겠다. 절망과 시련, 어려움을 극복하고 용기 내 일어설 수 있는 힘, 그 힘이 정말 우리 모두에게 있을까. 이런 질문에 대한 답을 과학적으로 제시하고, 어떻게 난관을 극복할 수 있을까 함께 이야기 나눠주는 책. 내 마음, 삶에 대한 나의 태도를 다잡는 데 도움이 되리라 생각했다.

마음의 문을 여는 것이 우선

긍정적 정서를 뇌에 유발시키는 가장 간단한 방법은 그냥 웃는 것이다. 웃는 표정을 짓게 되면 뇌는 즐겁고 기분 좋다고 느끼게 되며, 쉽게 긍정적 정서에 돌입할 수 있는 상태가 된다. 웃음과 관련된 근육이 수축되기만 해도 뇌는 우리가 웃는다고 판단하고는 긍정적 정서와 관련된 도파민을 분비하게 된다.

타인을 바라본다는 것은 결국 타인에게 비친 내 모습을 바라본다는 뜻이다. 이것이 긍정적 감정이 원만한 대인관계를 가져오는 이유다. 행복한 인간관계가 행복을 가져온다기 보다는 행복함이 행복한 관계를 가져온다. 대인관계의 성공적인 유지를 위해서는 먼저 긍정적 정서를 길러야 하는 이유다.

일상생활에서 원만한 대인관계를 원한다면 우선 마음의 문을 열고 상대방의 말을 잘 들어야 한다. 상대방의 말을 들을 때는 말하는 사람의 표정을 그대로 따라하는 습관을 들이도록 한다. 인간의 얼굴 근육은 감정에 관여하는 뇌와 직접 연결되어 있다. 얼굴은 사람의 감정상태를 나타내는 거울이다. 말하는 사람의 표정을 따라하면서 들으면 상대의 감정 상태를 훨씬 더 잘 느낄 수 있게 된다. 이를 공감적 경청이라 한다. 성공적인 소통의 핵심은 말을 잘하는 데 있는 것이 아니라 잘 듣는 데 있다. 공감적 경청은 보다 높은 수준의 공감능력과 소통능력을 얻기 위한 가장 효율적인 방법이다. 표정 따라하기가 어렵다면 긍정적이고 환한 표정이라도 짓도록 해야 한다. 억지로라도 웃어야 한다. 밝은 표정을 짓는 것만으로도 공감능력이 상당 부분 향상될 수 있기 때문이다.

EBS 북카페 '책 읽어주는 국회의원' 2015년 6월 12일 낭독 원고

_『회복탄력성』, 김주환 저, 위즈덤하우스 中

회복탄력성의 핵심 요인은 인간관계

저자가 책을 쓴 가장 큰 동기는 입시지옥에서 살아가는 청소년들에게 힘을 주고 싶어서였다고 한다. 책을 쓸 당시, 본인의 아이들이 중·고생이었다고 한다. 그래서 자식을 비롯한 젊은 세대에게 긍정적 정서의 훈련이 문제해결능력과 업무성취능력, 창의성 등을 급격히 향상시킨다는 점을 말해주고 싶었던 것이다. 실제로 친구관계와 가족관계가 좋을수록 학업성취도와 업무성취도가 좋아진다는 연구결과가 있다고 한다.

회복탄력성은 "자신에게 닥치는 온갖 역경과 어려움을 오히려 도약의 발판으로 삼는 힘"을 말한다. 그래서 학자들은 회복탄력성의 핵심은 약점이나 결함이 없는 것이 아니라, 변화하는 상황에 알맞고 유연하게 대처할 수 있는 데에 있다고 말한다. 역경을 극복했기 때문에 역경을 긍정적으로 보는 것이 아니라, 역경을 긍정적으로 봤기 때문에 역경을 극복할 수 있다는 것이다. 역경을 긍정적으로 받아들여 그것을 도약의 기회로 삼는 것, 그것이 바로 회복탄력성의 핵심인 셈이다.

그런데 여기서 주목할 것은 무엇이 회복탄력성을 키워주는가이다. 1950년대 하와이의 카우아이섬은 실업자와 알콜, 마약중독자가 많고 범죄율도 매우 높은 피폐한 섬이었다. 에미 워너 교수는 1950년 카우아이섬에서 태어난 신생아 800명을 대상으로 40년간 추적조사를 했다. 환경과 사회부적응, 범죄율의 관계를 연구한 것이다. 버려진 아이나 범죄자의 자녀 등 가장 열악한 환경에 있는 아이들, 이른바 고위험군 아이들에게 집중해 연구를 하던 워너 교수는 놀라운 발견을 했다. 가장 열악한 환경에서 자란 아이들의 35%에서 예외가 발생한 것이다. 어려운 환경에서도 잘 자란 아이들에게서 예외 없이 발견된 공통점은 그 아이를 철저하게 믿고 지켜주던 어른이 최소한 한 명 이상 있었다는 것이다. 40년에 걸친 연구를 정리하면서 발견한 회복탄력성의 핵심적 요인은 바로 인간관계였다.

저자가 강조한 것처럼 선천적으로 몸이 약한 사람도 꾸준한 운동을 통해 건강해 질 수 있고, 음치도 훈련을 통해 노래를 잘 부를 수 있게 되는 것처럼, 회복탄력성도 꾸준한 노력을 통해 얼마든지 향상될 수 있다. 나는 여기에 한마디 더 보태고 싶다. 마주치는 손바닥이 있어야 한다. 가장 열악한 환경에 있던 카우아이섬 아이들에게 성장의 버팀목이 되어줬던 어른들처럼 말이다. 한 개인의 회복탄력성을 구성해낸 핵심적 요인에 자신을 철저하게 믿어준 사람이 있었다면, 한 사회의 회복탄력성을 높이기 위해서는 무엇이 필요할까. 인간관계의 확장된 이름, 공동체가 아닐까. 최고은 씨를 비롯한 젊은 예술인들의 희생을 그들의 잘못이라고 말할 수 없는 이유다.

인생은 오뚝이 같아야 한다. 길을 가다가 넘어졌다고 해서 그대로 엎어져 있을 수는 없다. 살다보면 어쩔 수 없이 넘어질 때도 있고, 다른 사람에 의해 떠밀려 넘어질 때도 있다. 하지만 그때마다 우리는 우뚝 일어서야 한다. 사회 공동체의 기본은 넘어진 사람이 주위의 손길을 통해 스스로 일어설 수 있는 근력을 기르도록 돕는 데 있다. 절망에서 회복할 수 있는 힘을 줘야 한다. 당연히 넘어진 사람을 일으켜 세워줄 수 있어야 건강한 사회 아닌가. 하지만 아직 우리 사회의 회복탄력성은 건강하지 못하다.

2011년 일어난 최고은 씨 사건을 계기로 그해 11월 '예술인복지법'이 제정되었다. 이 법은 예술인의 직업적 지위와 권리를 법으로 보호하고, 복지지원을 통해 예술인의 창작 활동을 증진시켜야 함을 명시한 것이다. 나는 보좌진들과 함께 예술인의 생활을 개선하기 위한 다양한 방법을 모색해보았다. 2013년에는 학교 일선에서 문화예술교육에 참여하고 있는 예술강사들의 강사료를 점검했다. 문화체육관광부를 통해 파견된 3,960명의 예술인 강사에 대한 처우를 전수 조사했다. 이들이 받는 월 평균 급여는 174만 6,000원이었다. 좀 더 자세히 들여다보면, 이들 가운데 월 10만 원도 받지 못하는 강사가 16명, 100만 원도 안 되는 금액을 받는 사람은 568명으로 한 달에 100만 원도 안 되는 급여를 받는 예술강사가 전체의 22퍼센트에 이르는 것으로 조사되었다. 수입이 적은 것은 예술강사들의 한 달 평균 수업시수가 20시간에 채 미치지 못하고 있기 때문으로 분석되었다. 비용도 비용이지만 대부분 계약이 10개월 단위로 나눠져 있었다. 예술강사들은 예술활동을 본업으로 하면서도 생계를 위해 예술강사를 병행하지 않을 수 없다. 이들의 생계를 안정적으로 보장해주려면 예술강사 활동을 안정적으로 지원해야 한다는 생각을 했다. 이를 법적 근거로 만들어야 했다. 먼저 계약을 10개월 단위에서 1년 단위로 하도록 문화예술교육지원법을 대표 발의했다. 불공정 계약으로부터 창작자들의 지적 재산권을 보호하기 위한 법안도 대표 발의했다.

사회와 국가를 이루는 다양한 주체들이 스스로의 영역에서 꿈을 실현할 수 있도록 돕는 최소한의 장치가 보다 적극적으로 마련되어야 한다. 이처럼 사회 곳곳에 민주주의가 꽃 피도록 하는 것은 교육에서 출발해야 한다. 사회는 누구 하나의 힘으로 움직이는 것이 아님을, 다양한 재능을 가진 사람들의 협동과 창의가 새로운 세상을 여는 원동력임을 아이들에게 말해주어야 한다. 교육 현장에까지 물질만능 현상이 번지고 있다. 넘어진 사람을 일으켜 세우는 일을 주저하도록 가르쳐서는 안 된다. 아이들은 우리의 자화상이다. 사회의 외면 속에 쓸쓸히 사라지는 개인이 있어서는 안 될 것이다.

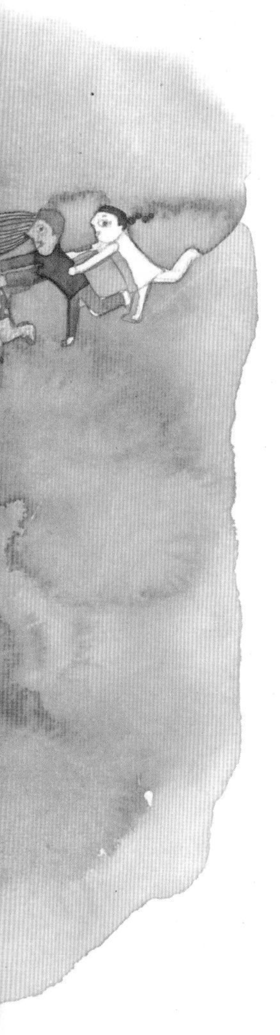

불행을 이기는 제도와 태도

행복

누구나 주인이 되는 학교, 교사도 학생도 즐거운 학교.
덴마크는 교사의 자율성이 높은 편인데,
우리 역시 교사들의 자율적 참여가 시급히 보장되어야 할
것이다. 학교의 중요한 결정을 할 때 교사나 학생, 학부모의
자발적 의지와 참여, 활동이 보장되어야
모든 사람들이 책임감과 주인의식을 가지고
학교의 혁신을 꾀하게 될 것이다.

나보다 남이 먼저다

'얀테의 법칙(Law of Jante)'이 있다. 일명 '보통 사람의 법칙'이라 불리는데, 누가 언제 만들었는지는 불확실하다. 덴마크를 포함해 스웨덴, 노르웨이, 핀란드 등 북유럽 사람들의 일상에 녹아든 일종의 관습법, 생활 속의 실천적 지혜로 오랜 세월 전해지는 지침이다. 내용을 살펴보면 다음과 같다.

1. 자신이 특별한 사람이라고 생각하지 말라.
2. 자신이 다른 사람만큼 좋은 사람이라고 생각하지 말라.
3. 자신이 다른 사람보다 똑똑하다고 생각하지 말라.
4. 자신이 다른 사람보다 잘났다고 착각하지 말라.
5. 자신이 다른 사람보다 많이 안다고 생각하지 말라.
6. 자신이 다른 사람보다 중요하다고 생각하지 말라.
7. 자신이 다른 사람보다 유능하다고 생각하지 말라.
8. 다른 사람을 비웃지 말라.
9. 누가 혹시라도 네게 관심을 갖는다고 생각하지 말라.
10. 자신이 누군가를 가르칠 수 있다고 생각하지 말라.

북유럽 어머니들이 아이들을 키울 때 잊지 않는다는 얀테의 법칙. 처음에는 언뜻 이해하기 힘들었다. 우리가 어렸을 때부터 들었던, 우리가 아이들에게 주입하는 것과는 사뭇 다른 내용인 까닭이었다. 예컨대 우리는 늘 아이들에게 너는 특별한 사람이야, 하고 말한다. 또는 다른 사람에게 관심을 가져라, 다른 사람을 가르쳐 줘라, 하고 말한다. 좋은 사람이 되어라, 중요한 사람이 되어라, 유능한 사람이 되어라 등등을 요구하기도 한다. 이런 요구 속에는 오로지 내 아이밖에 없다. 하지만 얀테의 법칙을 이야기하는 북유럽 어머니들은 늘 상대를 고려한다. 얀테의 법칙 십계명을 요약하면 결국은 혼자 잘난 척하거나 다른 사람을 무시하지 말라는 말. 가만히 들여다보니 이 안에서 덴마크인들의 행복을 발견하게 된다. 자신과 타인을 동등한 위치에서 바라보고 저울질하지 않는다면 오히려 그 지점에서 자신에 대한 절대적 가치가 발휘된다는 것을 어려서부터 알게 되는 사람들. 이것이 바로 세계에서 가장 행복한 나라를 만드는 사람들의 가치관이다.

관계 속에서 행복을 발견하다

『우리도 행복할 수 있을까』는 '행복 지수 1위인 덴마크에서 새로운 길을 찾다'라는 부제를 달고 있는 책이다. 2013년 UN이 발표한 세계행복보고서에 의하면 덴마크가 2년 연속 1위를 차지했다. 반면 우리나라는 41

위를 차지했다. 이 책의 저자는 과연 1위인 덴마크와 41위인 우리나라 사이에 어떠한 차이가 있는지, 무엇이 두 나라의 사람들이 가진 행복수준을 이토록 다르게 만드는지 그 답을 찾는 여정을 떠났다. 미리 덧붙여 말하자면 이 책은 덴마크의 복지제도를 소개하는 책이 아니다. 물론 안정된 삶을 가능하게 하는 조건이라는 점에서 복지제도는 행복지수와 관련이 있다. 실제로 든든한 복지제도 위에서 사는 사람들은 행복지수가 높을 수밖에 없을 것이다. 만약 사회가 만들어놓은 복지 시스템이 공고하다면 실업 위기 같은 문제를 개인적 차원에서 해결해야 한다는 스트레스가 적을 테니 말이다. 덴마크처럼 대체로 행복지수가 높은 북유럽 국가들이 복지제도가 잘 마련되어 있기도 하다. 하지만 1년 6개월간 덴마크 곳곳을 돌아보며 심층 취재한 저자가 발견하고자 한 것은 덴마크 사람들의 인상적인 문화, 삶의 태도, 가치관 등이었다.

기꺼이 남을 위하는 마음

운전을 하면서 쉴 새 없이 말을 이어가는 그에게 행복이란 무엇이라고 생각하는지 물었다.

"행복은 소유가 아니라 삶입니다. 친구가 있고, 집이 있고, 그 안에서 가족과 함께 사는 것이 행복입니다. 그런 점에서 나는 지금 행복하다고 말할 수 있죠. 여기서는 대학 등록금도 병원비도 무료입니다. 직장을 잃어도 정부가 2년간 실업보조금을 주고, 직업 훈련을 시켜서 다른 회사에 취직하도록 적극적으로 도와줍니다. 그러니 생활하는 데 큰 걱정이 별로 없어요. 그래서 덴마크 사람들의 행복지수가 세계 1위이지 않겠습니까?"

걱정 없는 안정된 삶을 가능하게 만드는 사회복지 시스템. 이런 제도가 택시기사 밀보에게 여유를 가져다주고, 자식들이 어떤 직업을 갖든 크게 신경 쓰지 않으며, 돈보다 더 중요한 것이 있다고 이야기할 수 있게 만드는 배경이 아닐까.

행복한 삶, 행복한 사회는 어떻게 가능할까? 이 질문을 붙잡고 수년째 '현장체험'을 하고 있는 사람이 있다. 코펜하겐에서 덴마크인 남편과 사는 30대 미국인 샤미 알브렛슨이다.

"덴마크에서는 높은 세금으로 두꺼운 중산층을 만들어냅니다. 물론 빈부격차가 없을 수 없지만, 가난한 덴마크인도 부자 덴마크인만큼 행복하죠. 이것이 미국과 다른 점이죠. 미국에서는 가난하면 엄청나게 불행해지잖아요. 덴마크인들은 그런 걱정이 없습니다. 사회복지가 잘 돼 있어서 길거리에 나앉을 염려가 없는 거죠. 그래서 부자들도 수익의 절반을 세금으로 내는 데 자부심을 느낍니다."

그는 물론 이러한 복지제도만으로 '행복한 덴마크인들'을 다 설명할 수 없다고 덧붙였다.

"독일 역시 복지제도가 잘 돼 있는데도 왜 덴마크인들이 더 행복하다고 할까요? 그것은 제도 이전에 태도의 문제입니다. '우리는 모두 똑같다'는 정신적인 태도, 가치관이 중요하죠. 어찌 보면 덴마크 사회는 사람들을 행복하게 만들려고 하기보다는 사람들을 불행하게 만드는 것을 먼저 제거했다고 할 수 있습니다".

EBS 북카페 '책 읽어주는 국회의원' 2015년 1월 9일 낭독 원고

_『우리도 행복할 수 있을까』, 오연호 저, 오마이북 中

제도와 태도로 사회 행복망 만들기

행복한 사회를 만들려면 어떻게 해야 할까. 아직까지 우리 사회는 이 진부한 고민에 명확한 해답을 제시하지 못한 상태다. 반면 여유를 가지고 인생을 즐기는 덴마크인들은 그에 대한 해답을 이미 가지고 있었다. 그것은 두 가지 요소가 결합된 결과인데, 바로 제도와 태도이다. 높은 세금과

사회적 합의를 기반으로 한 복지제도와 타인을 부러워하지도, 무시하지도 않는 태도 말이다. 특히 인상적인 부분은 제도 이전에 태도의 문제가 먼저라는 이야기였다. 사람들을 행복하게 만들려고 하기보다 불행하게 만들지 않도록 하는 힘이 필요하다는 말. 우리를 불행하게 하는 것 중 하나가 바로 '비교'일 것이다. 오죽하면 엄친아, 엄친딸 같은 말이 생겨날까. 비교하고 경쟁하는 태도와 문화가 대표적으로 우리를 불행하게 하는 요인일 것이다.

방송에서 낭독한 본문에 등장하는 밀보의 아들은 열쇠 수리공이다. 택시기사 밀보가 자신의 아들을 자랑하는 내내, 저자는 그들이 참 부러웠다고 한다. 남이 큰 집을 가졌든, 좋은 대학을 나왔든, 어떤 직업을 가지고 돈을 많이 벌든, 전혀 부러워하지 않는다는 점 때문이었다. 모든 사람이 저마다 특별하고 소중하고 평등하다는 인식이다. 이것이 바로 덴마크 사회를 지탱하는 가치일터. 상대와 비교 우위에서 행복을 찾으려는 우리네 삶의 방식은 부단한 교정의 노력을 필요로 한다.

행복을 만드는 성숙한 문화는 하루 이틀에 완성되는 것이 아니다. 150년 전 독일과의 전쟁에서 패한 뒤, 덴마크는 국토의 3분의 1을 잃었다. 전시 상황에서 많은 사람이 목숨을 잃었던 것은 물론이요, 전쟁배상금까지 물어줘야 하는 그야말로 폐허가 된 나라였다. 그 암울한 상황에서 그룬투비 목사가 앞장서 시민운동을 일으켰다. 1882년부터 협동조합운동과 농민학교 운동을 이끌었다. 덴마크 곳곳에 동상이 세워질 만큼 국부로 칭송

받는 그룬투비는 시민정신, 교육정신의 기초를 확립했다고 평가받는다. 위기를 기회로 삼아 덴마크 사회를 재건하는 데 성공한 것이다. 지금도 덴마크는 협동조합이 굉장히 잘 되어 있다. 전역에서 협동조합과 관련한 교육을 받을 수 있고, 연대의식과 공동체의식 역시 생활 속에 깊이 배어 있다. 훌륭한 리더, 좋은 제도, 깨어있는 시민이 패전국을 복지국가로 재건했으며, 세계에서 가장 행복한 나라로 만든 것이었다.

또 한 가지 인상적인 것은 교육에 관한 이야기였다. 개인적으로 교육상임위에 있다 보니까 학교 이야기가 마음에 와 닿았는데, 학교에서 배운 것이 그대로 사회에서 통한다는 상식이 조금 부러웠던 것도 사실이다. 우리는 학교에서 배운 것이 학교에서 배운 것으로 끝난다. 사회에 나오면 학교에서 배운 것이 자신의 인생에 별다른 도움이 되지 않는다는 것을 깨닫게 된다.

덴마크 공립학교에 대한 소개글을 보면 시험도, 등수도, 왕따도 없는 학교라는 설명이 있다. 우리가 바라는 이상적 지향이 이미 현실화 되었다. 누구나 주인이 되는 학교, 교사도 학생도 즐거운 학교. 덴마크는 교사의 자율성이 높은 편인데, 우리 역시 교사들의 자율적 참여가 시급히 보장되어야 할 것이다. 학교의 중요한 결정을 할 때 교사나 학생, 학부모의 자발적 의지와 참여, 활동이 보장되어야 모든 사람들이 책임감과 주인의식을 가지고 학교의 혁신을 꾀할 수 있지 않을까. 실제로 지금까지 '성공적인' 혁신 모델로 제시되고 있는 학교에서 나타나고 있는 공통점은 '학교자치'가 화두였다는 사실에 주목할 필요가 있다. 이 점에 착안하여 학부모회, 교사회, 학생회를 법제화하고 학교자치를 활성화하기 위한 법률안을 대표발의했지만 국회에선 제대로 논의조차 안 돼 아쉽기만 하다.

저자는 말한다. 덴마크인들이 추구하는 혁신은 "개인에게 선택의 자유를 주면서 주인의식과 자존감을 심어주는 것, 더불어 소통하고 연대하는 것, 이 두 가지가 중심에 있다"고. 전 세계적으로 경제적 불황을 겪고 있는 현 상황에서도 덴마크인들은 행복하느냐는 질문에 망설임 없이 행복하다고 답한다. 결국 우리의 현실과 저울질할 수밖에 없다. 타인과 나를 비교하지 않는 삶에서 행복을 찾자고 말하고는 덴마크와 우리나라를 계속해 비교한 셈이니 아이러니하다. 변명하자면, 그들에 비해 우리가 행복하지 않다는 식의 단순 비교가 아니라, 현실의 차이를 인정하고 그 차이를 만들어낸 요인을 찾아보자는 의미다. 행복한 사회가 행복한 개인을 만든다고 하였으니, 행복한 사회를 만들기 위해 우리는 또 무엇을 해야 할 것인가 생각해보자는 것이다. 덴마크의 행복사회를 지탱하는 정신적 가치, 6개의 키워드는 '자유, 안정, 평등, 신뢰, 이웃, 환경'이라고 한다. 그렇다면 우리는 어떤 키워드를 찾을 수 있는가. 앞서 말했듯 덴마크 역시 처음부터 이렇게 살기 좋은 나라는 아니었다. 150년 전 만해도 패전국이었다는 걸 잊지 말자. 우리도 우리가 가진 여건, 우리 사회의 문화 관습에서 혁신의 물꼬를 만들어 나가면 된다. 큰 방향을 잡고 사회적 합의를 이루어 보다 나은 사회를 만들어 나가는 데 힘쓰면 변화할 수 있다.

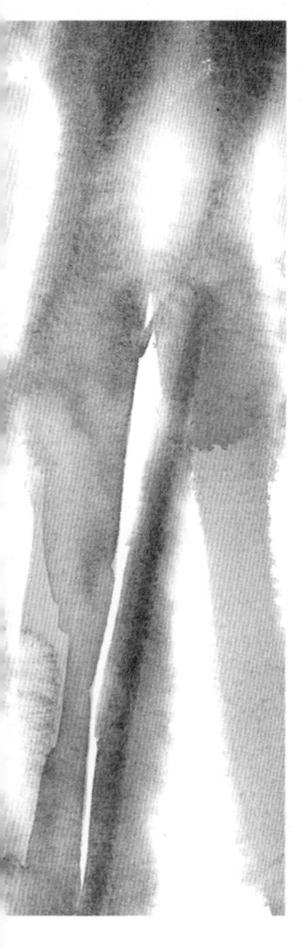

모두에게 있는 평등한 권리

꿈

나는 어렸을 때 선생님이 되고 싶었어.
온전히 꿈을 이루지는 못했지만,
지금도 가끔은 강의를 하기도 하고,
너희들을 만나기도 하니까.
그럴 때면 나는 아직도 꿈꾸고 있는 거고,
그 꿈에 한발 다가서고 있는 거겠지.
그리고 사실 이건 비밀인데 말이지,
지금은 머리 아픈 국회의원으로 살아가지만,
더 나이가 들면 노래하는 삶을 살고 싶어.
친구들과 합창단을 한 적이 있었는데,
그 매력에 매료되었거든.
그리고 또 하나 평생 간직하며 이루고자 하는 꿈은
소중한 것을 지키고자 하는 꿈이야.

얘야, 웃는 아이야. 너는, 너의 꿈은 뭐니?

꿈도 전염된다

보육원을 자주 찾는 후배가 있다. 언젠가 그 후배에게 전해들은 이야기가 잊히지 않는다. 후배가 찾아간 보육원은 중학교 1학년생부터 고등학교 3학년생까지 고루 섞여 자매들처럼 생활하는 여자아이들이 많은 곳이라고 했다. 동그랗게 모여 앉아 수다를 떨며 마음을 포개가다 자연스레 꿈에 관해 이야기를 나누게 됐다고 한다. 나중에 커서 뭐가 되고 싶어, 하는 질문에 먼저 한 아이가 미용사요, 하고 답했다. 아무렴, 머리를 아름답게 가꿔주고 멋을 내주는 미용사도 좋은 직업이지, 하는 생각을 하며 웃었단다. 이번엔 그 옆에 앉은 아이가 답할 차례, 저도 미용사요. 미용사가 되려는 아이들이 많구나. 멋 내는 데 관심이 많을 나이여서일까. 하지만 그 옆에 앉은 아이마저 미용사요, 하고 말했을 때 그제야 깨달았다는 것이다. 아, 학습된 꿈이었구나.

아이들은 보육원을 떠난 언니들이 대다수 미용사가 된다는 것을 알고 있었다는 후배의 이야기가 가슴을 쳤다. 미용 기술을 배워야 보육원을 나가 독립할 수 있을 터였다. 현실이니 어쩔 수 없는 일이겠지만, 내가 안타까웠던 건 그 꽃 같은 아이들이 미용사 말고는 다른 꿈이 있다는 걸, 다른 꿈도 꿀 수 있다는 걸 알지 못한다는 사실이었다. 자신이 가진 엄청난 잠재력과 무수한 가능성을 전혀 알아채지 못한 채, 다른 세계에 대한 호기심이나 관심 자체를 거세한 채, 옆에 있는 아이들의 꿈을 자신이 꾸는 꿈이라 착각한 채, 학습된 꿈을 그대로 생으로 받아들이며 순응하며 살아갈 것이라 생각하니 가슴이 저릿해졌다. 어쩌나, 이걸 어쩌나, 오랫동안 마음이 무거웠다.

꿈을 즐기는 사람들

리옹, 이름만 들어도 가슴이 설레는 도시이다. 아직 가본 적 없는 프랑스 남동부에 있는 도시. 파리 다음으로 큰 도시이며, 파리로부터 370킬로미터 정도 떨어진 곳으로 론 강과 손 강이 교차하는 곳이다. 리옹은 켈트어로 '새들의 언덕'이라는 뜻을 가지는데, 리옹 성을 건설할 때 많은 새들이 날아들었다는 유래가 전해진다. 벨쿠르 광장, 푸르비에르 대성당과 루이 14세 동상 등 눈을 사로잡는 수많은 볼거리가 있지만, 이 도시가 매력적인 이유는 예술가들과 장인들의 이야기가 있는 도시이기 때문이다.

『리옹, 예술이 흐르는 도시』에는 여러 예술가들과 장인들의 이야기가 담겨 있다. 이 책에 귀 기울이다보면 각자의 삶을 들춰 언제, 어떻게 꿈을 가지게 되었는지 소곤소곤 털어 놓는 그들의 목소리를 듣게 된다. 꿈을 키우고 지켜온 사람들의 인생이기에, 한 사람 한 사람의 이야기가 특별하지 않을 수 없다. 험난한 시간을 헤치고 고난의 숲을 지나 양지바른 꿈의 땅에 도달한 사람들. 삼사십 년의 세월을 꿈의 도정으로 삼아 자신의 분야에서 장인이 된 사람들. 초콜릿, 악기, 신발 등 일상 여기저기에서 만나는 대수롭지 않은 사물에 혼신을 불어 넣어 그것을 세상 단 하나의 존재로 우뚝 서게 하는 사람들. 노동을 가치로 지켜온 사람들을 보며 지나온 걸음을 되돌아보게 된다.

일하는 즐거움을 알다

"왜 신발 만드는 사람이 되셨어요?"

"어릴 때 신었던 신발이 항상 발을 아프게 했어요. 발이 아프지 않은 신발을 만들고 싶었지요."

티에리는 열두 살 때 아버지가 사준 신발 때문에 발이 많이 아팠던 기억을 떠올렸다. 스물두 살에 우연히 가방 만드는 친구를 만나 가죽 깁는 일을 배웠고, 신발을 만들어 '장인의 장터'라는 곳에 내놓았다고 한다.

"놀라운 일이 벌어졌어요. 하루 만에 다 팔린 거예요. 세상에 하나밖에 없는 신발이라며 사람들이 행복해했어요."

그날 이후 티에리는 '아르포'라는 이름의 가게를 열었다. 티에리는 이제 더 이상 발이 아프지 않다며 싱긋 웃어 보였다.

로랑이 연장을 보여줬을 때 깜짝 놀랐다. 연장 대부분이 낡아 있었다. 장인과 함께 세월을 보내며 형태가 변한 것이다. 손잡이가 휘고 닳아 있는 펜치를 눈앞에 두고도 믿기지 않았다. 무수한 양의 신발이 30년 동안 이 펜치를 거쳐 갔다는 사실에 경이로운 마음까지 들었다. 하나의 펜치 속에 셀 수 없는 손의 움직임이, 어마어마한 시간의 초침이 고스란히 배어 있었다. 그러고 보니 작업장 안에는 낡은 것 투성이었다. 로랑의 작업대에는 접착제가 덕지덕지 붙어 있었고 티에리의 작업대는 칼에 긁혀 생채기가 나 있었다. 밑창 가는 기계 위에는 가죽 먼지가 무늬처럼 박혀 있었고 에르베의 단단한 작업대는 스펀지처럼 염색약을 먹은 상태였다. 낡은 것들의 형언할 수 없는 수고로움이 구석구석 자리를 차지하고 있었다.

로랑은 밑창 붙이는 작업을 하는 중이다. 발 모양의 모형과 밑창을 고정시키기 위해 그는 신발을 가슴에 안고 못을 박았다. 못을 내리칠 때마다 '아야' 하고 그의 심장이 외치는 것 같았다. "아프지 않아요?" 라고 물었더니 로랑은 전혀 아프지 않다고 말하고는 다시 망치질을 했다.

땅과 가장 가까운 곳에 놓이는 밑창, 사람이 서서 땅을 밟을 수 있게 해주는 밑창, 걸을 때의 충격을 다 받아준다는 밑창을 붙이기 위해서 심장으로 끌어안고 망치를 두들겨야 한다는 것을 한 번도 생각해본 적이 없었다.

"신발은 당신의 삶에서 뭐예요?"

에르베에게 물었다. 그는 선뜻 답하지 않았다. 그에게 있어 신발이 삶의 전부라는 것을 이미 충분히 느끼고 있었지만 다시 한 번 듣고 싶었다.

"생각을 좀 더 해볼게요."

에르베는 25년 전 아르포의 고객이었다. 가게에서 사 신은 신발이 아주 편해서 여기에서 신발 만드는 일을 하게 되었다고 한다. 2주가 흐른 뒤, 내가 건네준 노트에 에르베는 글을 써 내려갔다.

"내가 만든 신발은 세상 어디든지 여행할 수 있어요. 내가 더 이상 이 세상에 존재하지 않을 때에도 누군가는 내가 만든 신발을 신고 자유로운 여행을 할 거예요. 내게 있어 신발은 그것을 신고 있는 사람과 함께 세상을 여행하는 일이에요."

본드와 염색 약품이 묻은 손으로 펜을 잡고 글을 썼다. 가죽과 연장과 실이 잠시 그의 손을 떠났다. 이 짧은 문장을 써 내려가면서 그는 순박한 마음을 다 쏟아냈다.

EBS 북카페 '책 읽어주는 국회의원' 2014년 9월 19일 낭독 원고

_『리옹, 예술이 흐르는 도시』, 구지원 저, 삶창 中

길에서 만나는 길동무, 꿈

프랑스답게 초콜릿 장인이 등장하는데, 세계적인 초콜릿 장인 베르나숑을 소개하는 부분에는 다음과 같은 구절이 있었다.

"베르나숑의 쇼콜라띠에 들을 보러 갔다. 그들이 함께 모여 내는 소리는 행복의 소리였다. 표정은 기쁨으로 충만해 있었다. 초콜릿에 마법가루라도 들어가 있는 걸까? 서로의 꿈을 나누며 자신의 일을 사랑스러운 일이라고 입을 모으는 사람들에게서 행복이 전염되는 듯했다."

또 현악기 장인 클로드에 대해서는 이런 구절이 나온다.

"오래도록 나무의 숨길을 찾다가 클로드의 심장은 가슴이 아닌 열손가락 끝에도 생겼나보다. 클로드의 손은 눈에 보이지 않는 것까지도 민감하게 감지했다. 그는 결코 서두르지 않고 나무의 들숨과 날숨을 헤아렸다. 하나의 바이올린을 만드는 일에는 무서운 집중력이 필요했다. 몇 시간째 꼼짝도 하지 않고 앉아 나무를 깎아내는 그는 큰 바위를 닮았다."

우리가 일상에서 흔히 접하는 것들, 대수롭지 않게 여겼던 것들에 숨을 불어 넣는 사람들을 만나 깨닫게 된 행복. 저자는 장인들을 만나고, 그들이 인생을 바쳐 살아내는 예술적인 삶을 우리에게 소개하며 자신이 깨달은 행복을 나눈다. 살면서 아주 우연히 만나게 되는 꿈. 너무 사소하고 소박해서 어디에도 말할 수 없는 비밀. 그래, 우리도 분명 그런 꿈을 꾼 적이 있었다. 대통령, 사업가, 외교관, 과학자 말고 더 따뜻하고 소중하고 꼭 이루고 싶던 꿈을 간직한 적이 있었다. 화려한 직업이나 이름 있는 기업이 아닌 착한 친구, 좋은 엄마, 훌륭한 어른, 타인을 위해 사는 사람이 되길 간절히 바랐던 적이 있었다.

어려서 꾸었던 꿈이 어느 사이 홀연 사라지고, 자취를 감춘 꿈을 기억해내지 못하며, 그렇게 우리는 잃어버린 꿈을 또 한 번 잊어버리는 어른이 되었다. 일상에 쫓기다 보면 내 꿈이 무엇이었지, 반문하는 시간조차 갖기 어렵고, 어떤 꿈을 꾸었는지 그 꿈을 이루기 위해 어떤 노력을 얼만큼이나 했었는지 물음표를 던져도 답을 얻기 어렵다. 그렇게 늙어가는 거라고 애써 자위해보지만, 시간이 흐를수록 또 어른이 되어 갈수록 허탈함과 공허함도 비례해 쌓인다는 것을 알게 된다.

꿈을 꾸기에도 이루기에도 결코 늦은 때는 없다. 꿈을 위해 무엇이든 한다면 지금이 바로 꿈꾸는 시간이다. 꿈꾸는 사람이라면 먼지가 쌓일 만큼이나 오랜 시간, 수고스러운 현장과 낡은 연장을 가져야 한다. 결코 서두르지 않는 숨결과 바위를 닮은 집중력을 가져야 한다. 순박함이 때 묻은 삶의 철학과 아픔을 느끼지 않는 망치질을 가져야 한다. 심장으로 사람을 끌어안는 마음을 가져야 한다.

얘들아, 리옹에서 행복을 짓는 사람들처럼 초콜릿을 만들어도 좋고, 가방이나 신발, 악기를 만드는 사람이 되어도 좋아. 그래, 너희 말처럼 미용사가 되어도 좋겠지. 다만 세상에는 정말 많은 직업이 있고, 너희들은 그것을 꿈꿔도 된단다. 그건 욕심이 아니란다. 미리 호기심을, 가능성을 막을 필요가 없어. 그건 너희들에게 주어지는 당연한 꿈꿀 권리고, 꿈꿀 권리는 꿈을 이루고자 노력하는 사람에게는 평등하게 주어지는 기회니까. 이 아줌마는 어렸을 때 선생님이 되고 싶었어. 온전히 꿈을 이루지는 못했지만, 지금도 가끔은 강의를 하기도 하고, 너희들을 만나기도 하니까. 그럴 때면 나는 아직도 꿈꾸고 있는 거고, 그 꿈에 한발 다가서고 있는 거겠지. 그리고 사실 이건 비밀인데 말이지, 지금은 머리 아픈 국회의원으로 살아가지만, 더 나이가 들면 노래하는 삶을 살고 싶어. 고등학교 때, 명동성당 합창단 로고스에서 친구들과 노래한 적이 있었는데, 그 매력에 매료되었거든. 그리고 또 하나 평생 간직하며 이루고자 하는 꿈은 소중한 것을 지키고자 하는 꿈이야.

얘야, 웃는 아이야. 너는, 너의 꿈은 뭐니?

마음 근력과 생각 주머니

교육

넓고 깊은 상상력을 가진 아이는
커서 자연스럽게 지식을 받아들일 수 있지만,
어려서 지식만을 외운 아이는 넓고 깊은
사고를 할 수 없다.
세상이 경쟁의 무대로 인식된 아이는
평생 경쟁하며 살게 될 것이다.
반면 세상이 사랑으로 이뤄졌다고 인식한 아이는
스스로의 행복, 사회의 행복을 위해 사랑을
실천하게 될 것이다. 후회하지 않아야 한다.
세상의 관심과 사랑을 받으며 자란 어릴 적 추억을
어른의 욕심으로 빼앗아서는 안 된다.
더 늦기 전에 아이들에게 행복을 되돌려줘야 한다.

나를 알아야 근심이 준다

사람마다 행복한 순간이 다르다. 좋아하는 것도 다르다. 돈과 명예가 따르는 직업을 가졌다고 행복한 것은 아니라는 걸 부모들도 이미 알고 있다. 물론 가난하고 인정받지 못하면 행복할 가능성은 훨씬 낮고, 그래서 부모는 기왕이면 우리 아이가 더 근사한, 잘 나가는 직업을 갖게 되길 바라고 또 그렇게 되길 요구한다. 하지만 아이들의 진로를 고민할 때, 출발은 우리 아이의 특성이다.

무엇을 좋아하고, 싫어하고, 잘하는지. 다시 말해 적성과 소질을 있는 그대로 인정하는 것이라고 생각한다. 이것은 아이의 미래에 굉장히 중요하다. 사실 지금 잘나가는 직업이 아이가 성장한 뒤에도 그대로 인기 있으라는 법이 없다. 7,980 / 1만 1,165라는 숫자가 있다. 앞의 숫자는 2003년의 직업 수이고, 뒤의 숫자는 2012년 3월 기준 직업 수이다. 10년 사이 3,185개의 직업이 새로 생겼다.

이 사실이 우리에게 말해주는 것은 우리 아이들을 세태를 쫓아가는 사람이 아닌, 변화에 대응할 수 있는 역량을 가진 사람으로 키워야 한다는 것이다. 물론 부모 입장에서는 미래 사회를 예측하고 그에 대비하게끔 준비시켜야 한다고 생각할 수 있다.

하지만 예측보다 더 중요한 것은 상상이다. 왜냐하면 급변하는 미래를 정확하게 예측한다는 것은 매우 어려운 일이기 때문이다. 게다가 변화에 대응하는 힘은 자신의 내면에서 나오기 때문에 남의 것, 강요된 것을 내 무기처럼 자유자재로 쓰기란 거의 불가능한 일이다.

절망의 친구는 희망

『부모와 자녀가 꼭 함께 읽어야 할 시』는 도종환 시인이 해설을 달아 엮은 시집이다. 부모와 자식 간의 사랑, 가족의 의미를 일깨우는 시 쉰아홉 편이 실려 있다. 교육문화체육관광위원회에서 함께 활동하며 내가 겪은 도종환 의원은 가슴이 따뜻한 국회의원이다. 버거운 삶을 지탱하는 힘의 근원이 사랑이라는 것을 일찍이 시로 노래한 시인이다. 「흔들리지 않는 꽃」의 한 대목을 기억한다. '흔들리지 않고 피는 꽃이 어디 있으랴/ 이 세상 그 어떤 아름다운 꽃들도 다 흔들리면서 피었나니/ 흔들리면서 줄기를 곧게 세웠나니/ 흔들리지 않고 가는 사랑이 어디 있으랴' 절망은 언제고 끝나며 절망 끝에는 희망이 있음을 노래하는 시인이다. 부드러우면서도 곧은 시인이다.

시인의 삶 역시 평범한 우리의 삶과 다르지 않았다. 그는 어느 인터뷰에서 "살면서 수많은 벽을 만났다. 어떤 벽도 나보다 강하지 않은 벽은 없었다. 그러나 벽에서 살게 됐다는 걸 받아들였다. 비슷한 처지에 있는 잎을 찾아가 손을 잡고 연대하고 협력하여 마침내 절망적인 환경을 아름다운 풍경으로 바꾸는 담쟁이처럼 살기로 했다"고 말한 바 있다. 매순간 아름답기만 한 삶이 있으랴. 그것을 아름답게 기억할 수 있는 건 담쟁이의 사랑이 아닐까 싶다.

곁에 있는 사람이 먼저

내가 만일 아이를 다시 키운다면
– 다이애나 루먼스

내가 만일 다시 아이를 키운다면
먼저 아이의 자존심을 세워주고
집은 나중에 지으리라

아이와 함께 손가락 그림을 더 많이 그리고
손가락으로 명령하는 일을 덜하리라

아이를 바로 잡으려고 덜 노력하고
아이와 하나가 되려고 더 많이 노력하리라

시계에서 눈을 떼고
아이를 더 많이 바라보리라

내가 만일 다시 아이를 키운다면
더 많이 아는데 관심 갖지 않고
더 많이 관심 갖는 법을 배우리라

자전거도 더 많이 타고
연도 많이 날리리라

더 많이 껴안고 더 적게 다투리라
덜 단호하고 더 많이 긍정하리라

힘을 사랑하는 사람으로 보이지 않고
사랑의 힘을 가진 사람으로 보이리라.

EBS 북카페 '책 읽어주는 국회의원' 2014년 4월 8일 낭독 원고

_ 『부모와 자녀가 꼭 함께 읽어야 할 시』, 도종환 엮음, 나무생각 中

다시보다 만일을

‘다시’라는 단어는 후회를 품고 있다. 시간적으로 과거의 어느 때이고, 공간적으로 내가 지나온 그곳이다. 그 시간과 공간은 안타깝지만 이제 ‘다시’ 돌아갈 수 없을 것이다. 반면 ‘만일’은 그때로 되돌려 놓으려는 의지의 단어로 느껴진다. 동시에 이와 같은 일이 또다시 닥쳤을 경우에는 과거와 같은 바보 같은 짓을 되풀이하지 않겠다는 미래의 단어기도 하다. 다이애나 루먼스 시인의 시 「내가 만일 아이를 다시 키운다면」은 절망보다 희망을, 부정보다는 긍정을 주는 시이다. 개인적으로는 ‘아이와 함께 손가락 그림을 더 많이 그리고 손가락으로 명령하는 일을 덜하리라’ 구절이 가장 인상 깊었다. 바쁘다보니 늘 아이들을 마주하면 이렇게 해라, 저렇게 하라 잔소리만 늘어놓게 되곤 했었다. 지금에 와서 아이들이 다 크고 나니까 이렇게 아이들을 키웠어야 했구나, 하는 생각이 든다.

오래 전, 둘째를 가지면서 하던 일을 잠시 쉬기로 했다. 다른 엄마들과 함께 아이들을 돌보고, 돌아가면서 공부도 봐주고 간식도 챙겼다.

엄마들의 이야기 주제는 늘 아이들 교육이었다. 반에서 공부를 잘하는 아이가 누구인지, 그 아이가 어떻게 공부하는지, 아이들이 많이 가는 학원은 어디인지, 평소 학원은 몇 개나 다니는지 등 교육에 관한 이야기가 끝없이 이어졌다. 그러다보니 자연스레 아이들에 대한 걱정도 산더미처럼 쌓여갔다. 마음 놓고 뛰어놀게 해야 하는데 내 아이만 뒤쳐질까봐 그렇게 못하겠다, 친구들이 모두 학원에 가니 텅 빈 놀이터에서 혼자 놀더라, 아이를 아이답게 키우고 싶어도 다른 애들 공부하는 게 무서워 이러지도 저러지도 못하겠다는 탄식이었다. 아이들이나 엄마들과의 대화는 늘 미래에 대한 걱정으로 끝이 났다. 모임은 둘째를 낳고 아이가 돌이 될 무렵까지 대략 2년 가까이 이어졌다. 나로서는 교육과 양육의 중요성을 다시 인식하는 하나의 계기가 되었다.

당시의 아이들도 요즘의 아이들처럼 시간에 쫓겨 어른보다 바쁜 빡빡한 일과를 보냈다. 또래 아이들 모두가 공부에 파묻혀 있었다. 서로에게, 함께 뛰어놀며 다양한 놀이를 찾아 협동하고 도와주는 친구가 되어주지 못했다. 어른들의 잘못된 생각이 아이들을 잘못된 길로 안내하고 있었다. 넓고 깊은 상상력을 가진 아이는 커서 자연스럽게 지식을 받아들일 수 있지만, 어려서 지식만을 외운 아이는 넓고 깊은 사고를 할 수 없다. 세상이 경쟁의 무대로 인식된 아이는 평생 경쟁하며 살게 될 것이다. 반면 세상이 사랑으로 이뤄졌다고 인식한 아이는 스스로의 행복, 사회의 행복을 위해 사랑을 실천하게 될 것이다. 후회하지 않아야 한다. 세상의 관심과 사랑을 받으며 자란 어릴 적 추억을 어른의 욕심으로 빼앗아서는 안 된다. 더 늦기 전에 아이들에게 행복을 되돌려줘야 한다.

아이가 돌이 되면 돌상을 차리고 돌잡이를 한다. 내가 아이를 키울 때만 해도 돌상에는 장수를 비는 실, 부를 모으는 돈, 공부를 잘하라는 책이나 연필 등이 올랐다. 요즘은 세태를 반영해 마이크, 스케이트, 축구공,

판사봉까지 다양하게 올라간다. 사실 돌잡이는 태어나 일 년, 생의 한 고비를 넘긴 아이의 무병장수를 빌며 아이가 마음대로 잡은 물건을 가지고 장래를 점쳐보는 일종의 의식 같은 전통문화이다. 그런데 세태에 따라 추가되는 용품들을 보면 아이의 복된 생을 비는 숭고함은 저 멀리 사라지고 오로지 진로, 직업에 대한 부모의 욕심이 반영된 단순한 이벤트처럼 느껴진다. 더구나 아무 것도 모르는 젖먹이 아이를 품에 안고 엄마가 원하는 물건이 있는 쪽으로 관심을 유도하는 모습을 보자면 가슴이 답답해지기도 한다.

몸의 근육을 키우는 것보다, 어떠한 상황에서도 굴하지 않는 마음 근력을 키우는 것이 더 중요하다. 다리에 힘이 있어야 높은 산을 오를 수 있는 것처럼 마음에 힘이 있어야 어려움도 견디고 고난도 헤쳐가면서 주어진 인생을 살 수 있다. 아이들의 마음 근력을 기르는 방법이 몇 가지 있는데, 그중 가장 중요한 한 가지는 바로 칭찬이다. 무조건 칭찬해주고 격려해줘야 한다는 것은 아니다. 나는 나로서 고유한 존재라는 것을 알려줘야 한다는 것이다. 다른 사람과 생김새도 다르고, 좋아하는 것, 잘하는 것도 다르지만, 결코 다른 것일 뿐 내가 틀린 것은 아니라는 것을 아이들이 알 수 있도록 해줘야 한다. '혹시 내 생각이 틀린 건 아닐까'하는 주눅에서 온전히 벗어나 자유롭게 자랄 수 있는 토양을 마련해줘야 한다. 그러면 아이들은 더 큰 상상과 생각을 담아 자기만의 생각주머니를 키워나갈 거고, 살아가며 만나게 되는 수많은 문제 앞에서 그 주머니를 열어 스스로 필요한 해답을 찾아낼 것이다.

아이들을 있는 그대로 인정해주기. 세상에 단 하나 뿐인 소중한 존재로서 자존감을 가질 수 있게 해주기. 엉뚱하고 기발한 상상이나 생각도 주눅 들지 않고 자신 있게 표현할 수 있도록 도와주기. 더 나아가 내 생각이 중요한 만큼 다른 사람의 생각도 중요하다는 것을 깨닫게 해주기. 「내가 만일 아이를 다시 키운다면」, 나는 그 토대 위에서 자신을 사랑하고, 다른 사람과 공감할 수 있는 마음이 자라도록 교육하고 싶다. 그리고 이런 내 마음과 의지, 실천이 필요하다면 언제나 우리의 아이들 곁에서 무릎을 꿇고 눈을 맞춰줄 것이다.

제2장

손잡다

용기
나아가는 곳이 길이 된다

관계
천 개의 눈을 만드는 힘

공생
뜻 모아 일구는 아름다운 세상

연대
부드러움이 강함을 이긴다

헌신
실천이라는 이름의 위로

인권
두 눈 가운데 한 눈은 남의 것이어야

공동체
서로가 서로를 보살피는 마음

성공
연대가 만드는 유쾌한 결실

나아가는 곳이 길이 된다

용기

일산에 있는 국립특수학교에서 학생폭행사건이 일어났다.
아이의 몸에 멍 자국이 있는 것을 발견한 부모가
문제를 제기했다. 문제가 발생하면서 학교와 학부모 간에
갈등의 골이 깊어졌다.
학교 측과 교육부 관계자, 학부모들을 번갈아 만나
논의를 지속한 끝에 갈등을 해소하고 합의를 이끌어냈다.
사실 내가 이 문제에 더 몰입한 건 스물 몇 해 전,
도망자의 처지에 있던 나를 품어준 언니가 생각나서였다.
의사소통이 자유롭지 못한 자식의 몸에서 멍 자국을
발견한 부모의 심정이 어땠을까.
언니의 얼굴이 떠올랐다. 아이보다 딱 하루만 더 사는 게
소원이라는 언니의 말 역시 언니만의 소원은 아니었다.

사람을 살리는 사람

1980년대 중반에는 민주화운동을 하면서 감시의 눈을 피해 다니는 일이 다반사였다. 나 역시 단기 월세와 친구 집을 돌아다니며 생활하던 때였는데, 한 번은 남편 친구의 누나 집에서 잠시 머무르게 됐다. 집에는 한 살 터울 자매가 있었는데, 그 중 큰아이가 뇌성마비를 앓았다. 세 살 동생은 아픈 언니를 무척 챙겼다. 먹을 것이 있으면 나눠먹고, 항상 곁에서 잠을 잤다. 제 언니가 가는 곳이면 어디든 따라다녔다. 큰아이는 말을 잘하지 못해 표정과 눈빛으로 의사소통했다. 처음에는 몰랐지만 한두 달이 지나자 맑은 눈빛과 미소가 전하는 말이 무엇인지 서서히 알 수 있었다.

뇌성마비를 앓는 딸과 그보다 어린 아이를 키우는 엄마를 가까이에서 보며 장애를 가진 아이를 키우는 가정의 어려움을 실감하게 되었다. 일주일에도 서너 번씩 서울 신촌에 있는 세브란스병원을 다녀야 했다. 아이를 업고 계단을 오르내리며 그 기약 없는 길을 묵묵히 오간 탓에 디스크에 걸렸다고 했다. 더딘 걸음 탓에 교통사고가 날 뻔한 아찔한 순간을 맞닥뜨린 날도 있었다. 그러나 누굴 원망할 수 있는가. 모든 것은 못난 어미의 탓이다. 머뭇거림 끝에 어렵게 꺼낸 엄마의 소원은 아이보다 딱 하루만 더 사는 것이었다.

그런 언니가 잘 알지도 못하는 나까지 한 집에 품어준 것이다. 불편할 수도, 위험할 수도 있는데 오히려 내게 개의치 말고 있으라 했다. 엄마로서 아이들에게 서로 도우면서 함께 사는 거라고 말해준다고. 과연 사람을 살리는 것은 사람이었다. 마음의 추위가 가시는 듯했다. 내가 하고자 하는 일, 해야 하는 일을 꼭 해내리라, 따뜻한 의지가 손끝 발끝까지 퍼져갔다. 사람의 삶을 아끼는 사람, 사람에게 용기를 나누는 사람, 작으나마 희망을 전하는 사람으로 살아가리라. 아직도 그 순간을 잊을 수 없다, 나는.

꿈과 희망을 주는 메시지

'바람의 딸'이라는 멋진 별명을 가진 한비야 씨는 2002년을 기점으로 오지여행가에서 국제난민운동가로 영역을 달리해 활동해왔다. 이미 십년을 훌쩍 넘겼다. 그녀에게는 '오지를 다닐 때는 육로로만 다닌다'는 자신만의 원칙이 있었다. 그 원칙을 지키는 과정에서 그녀는 아프가니스탄에 처음 발을 디뎠고 그곳에서 전쟁의 참혹한 피해자인, 팔다리를 잃은 아이들을 만났다. 천진하게 웃는 아이가 건네는 귀한 빵 한 조각을 받아 삼키며, 그녀는 국제난민운동가로서 살 것을 결심했다.

그녀는 이 책『1그램의 용기』에 '망설이는 마음에 보내는 작은 응원'이라는 부제에 걸맞게, 젊은이들에게 꿈과 희망을 주는 메시지를 담았다. 물론 결정의 순간을 주저하는 우리 같은 중장년층 생활인에게도 용기를 준다. 자신의 삶과 경험을 담은 책은 총 4장으로 이루어졌는데 1장 사소한 일상, 2장 단단한 생각, 3장 각별한 현장, 4장 씩씩한 발걸음이라는 소제목으로 나뉜다. 보통의 용기로는 할 수 없는 백두대간 1,000킬로미터를 걸은 이야기, 보스턴에서 하루에 2~3시간 자면서 논문을 써 최우수 평가를 받은 이야기, 아프리카 남수단 현장에서의 구호활동과 아프리카 주민들과의 일상생활, 구호활동가를 꿈꾸는 친구들에게 보내는 이야기와 세계시민학교 이야기 등 남다른 일상의 경험이 가슴 뭉클하게 다가와 어느 한 부분을 꼬집어 말하기 어려울 정도로 흥미롭다.

가슴 뛰는 삶을 위한 용기

어느 날 꽃에 물을 주며 생각했다. 꽃도 각각 타고난 특성을 잘 파악해서 키워야 예쁘게 피울 수 있는데 하물며 사람은 어떻겠는가? 전 세계 70억 인구 한 사람 한 사람마다, 자기라는 꽃이 가장 예쁘게 필 수 있는 조건은 다 다를 게 분명하다. 어떤 사람은 칭찬을 많이 해주어야, 어떤 사람은 가만히 지켜보아야 활짝 피어난다. 어떤 사람은 목표를 비현실적으로 높게 잡아야, 또 어떤 사람은 목표를 낮게 잡아 조금씩 이루어가는 재미를 느껴야 더욱 분발하게 된다. 그러니 나라는 꽃을 활짝 피우기 위해서는 내가 어떤 사람인가를 아는 게 무엇보다 중요하다. 나는 누구인가? 무엇이 내 가슴을 뛰게 하고 내 피를 끓게 하는가?

안타까운 건 우리 사회의 꽃봉오리인 중·고등학생들, 심지어 대학생들조차도 이런 근본적인 질문들을 비현실적으로 느끼는 현실이다. 아이들은 이렇게 세뇌당하고 있다. "가슴 뛰는 일? 그런 건 다 쓸데없어. 너흰 딴 생각 말고 공부만 열심히 해. 그래서 좋은 대학 가고 좋은 직장에 취직하는 거야. 이런 생각은 나중에 해도 돼. 아니 안 해도 상관없어."

며칠 전 날 찾아온 사범대 학생도 그랬다.

"국제 구호가 제 적성에 딱 맞는 것 같아요. 일찍 알았으면 좋았을 걸, 정말 아쉬워요"

"지금도 전혀 늦지 않았는데 무슨 말이야?"

"지금 교사 임용고시 준비 중이거든요. 교사가 썩 내키진 않지만..."

"뭐라고?"

얘기인즉, 자기는 학생들을 잘 가르칠 자신도 그럴 열정도 없다는 거다.

"자신도 열정도 없는데 평생 그 일을 어떻게 하니?"

"그래도 직업으로는 최고잖아요?"

가슴이 쿵 떨어졌다. 교사가 되고 싶지 않는 교사라니... 갑자기 사막에서 두리번거리는 호랑이가 떠올랐다. 날카로운 이빨과 발톱을 가진 호랑이는 숲에 있어야만 제 능력을 마음껏 발휘하며 동물의 왕 노릇을 할 수 있다. 그런 호랑이도 사막에 가는 순간 열등한 존재가 되고 만다.

사막에선 물이 없어도 견딜 수 있는 혹이 있고 넓적한 발바닥으로 모래 위를 걸을 수 있는 낙타가 동물의 왕이다. 낙타도 숲에 있다면 최대의 장점인 혹과 넓적한 발바닥이 최대의 장애물이 될 뿐이다. 그러니 능력과 특성의 최대치를 발휘하고 살려면 낙타는 사막에, 호랑이는 숲에 있어야 한다. 반드시 그렇게 해야 한다. 우리 집 베란다 꽃처럼 제자리에서 가장 예쁘고 향기롭게 피어나려면 말이다.

EBS 북카페 '책 읽어주는 국회의원' 2015년 5월 29일 낭독 원고

_『1그램의 용기』, 한비야 저, 푸른숲 中

나의 항로는 내가 정한다

대학 새내기가 저자에게 "제가 뭘 해야 할지 잘 모르겠어요." 라는 질문을 했다. 그 순간, 저자는 '아, 이 친구가 인생에 대해 생각을 시작했구나.'

하고 내심 반가웠다. 그 마음에 대해서 나 역시 동의한다. 나는 아이들 스스로 내가 무엇을 하고 싶은지 모른다는 것을 너무 심각한 문제로 받아들이지 않기를 바란다. 지금부터 찾으면 되는 거니까, 그것을 찾는 게 곧 인생이니까 말이다. 실제로 우리 아이들은 어릴 때부터 부모님으로부터 공부나 해, 하는 말을 듣고 자란다. 하지만 공부만 잘한다고 인생이 성공하는 게 아니라는 걸 깨닫는 순간이 찾아온다. 대개는 그 무렵부터 '뭘 하고 싶은 거지, 내가 진짜 원하는 게 뭐지, 앞으로 어떻게 살아야 하지' 하는, 훈련되지 않은 고민에 직면하게 된다. 검색에는 능숙하지만 사색에는 서투른 환경에서 나고 자란 아이들의 당혹스러움이 가슴 절절히 이해된다. 어릴 때부터 그러한 기회를 마련해주지 않은 어른들 탓이 크다.

특히 요즘 아이들은 일찍이 진로 교육을 많이 하는데, 그게 단순히 직업 체험에 그치는 것 같아 안타깝다. 다양한 체험의 기회를 확대하고 사람들과 소통할 수 있는 장을 만들어 주어야 한다. 세계를 골목처럼 누비고, 곳곳의 사람과 친구가 되는 일상을 살아야 할 아이들이다. 그런 아이들의 상상력과 창의력은 경험이라는 텃밭에서 희망과 용기의 물줄기로부터 길러진다.

한비야 씨를 직접 만날 기회가 있었는데, 말이 굉장히 빨랐던 게 기억에 남는다. 조금이라도 더 자신의 이야기를 전하고 싶은 마음, 그리하여 자신이 하는 일에 더 많은 사람의 관심과 사랑을 보태고자 하는 의지에서 비롯된 것일 터. 그녀가 자신의 습관에 관해 말하길, 예전에는 말이 빠른 것을 단점으로 생각해 고치려고 했다는 것이다. 하지만 그녀는 결심을 바꿔 이 습관을 차츰 강점으로 키워야겠다고 생각했다. 말의 속도를 늦추는 대신 발음을 정확히 해야겠다고. 확실히 그녀의 목소리에는 힘이 넘치고 어조에는 열정이 실려 있다. 그것은 듣는 사람들의 가슴을 뛰게 하는 생동이다. 그녀를 바라보며 한순간 단점을 장점으로 역전시키는 게 바로 긍정의 힘이요, 용기의 힘이라고 생각했다.

저자는 본문에서 분별력 있는 우리가 어떤 일을 앞에 두고 할까 말까, 망설이는 건 불안과 두려움 때문이라고 말한다. 불가능해 보여도 한 걸음 내딛으면 힘이 솟아난다는 것을 자신의 경험을 통해서 이야기한다. 그것이 내가 나를 이기는 잠재력이다. 하고 싶은 일을 하기 위해서는 하기 싫은 일을 견뎌야 한다. 하고 싶은 일 덕분에 하기 싫은 것을 견딜 수 있는 것이다. 견딤 끝에 자라난다. 또 무슨 일이든 하다 보면 반드시 끝이 있다. 내가 무엇을 할 때 가장 행복한지, 내 가슴을 뛰게 하는 것이 무엇인지, 그것을 발견하고 깨달아야 한다. 아이들은 자신에 대한 사색을 시작하며 비로소 성장한다.

모든 가능성은 불가능을 이긴다

그간의 활동 내용과 삶의 내력이 진솔히 담긴 이 책을 보면서 이러한 일들을 어떻게 앞장서 해낼 수 있었을까, 존경스러운 마음마저 들었다.

그 과정에 어찌 삶의 고투가 없었을까. 저자는 현재 '세계시민학교' 교장을 맡고 있는데, 2007년 50명으로 시작한 학교의 규모는 2014년 50만 명이 되었다. 이 일 역시 할까 말까, 망설임 끝에 시작하게 되었을 것이다. 그녀뿐 아니라 우리 또한 그러하다. 망설임 끝에 한 선택, 깊은 고민 끝에 내린 결정이 삶을 바꾸어 놓는다. 전혀 다른 삶은 아닐지라도, 내가 예상하지 못했던 모양과 색깔과 무게를 가진 사람으로 살게 한다. 그녀 역시 첫발을 오지로 내딛지 않았더라면, 지금의 행보와는 다른 삶의 여정을 꾸렸을 것이다.

교육문화체육관광위원회에서 활동하면서 특별히 관심을 가졌던 의제 중의 하나가 장애학생의 교육권이다. 실제로 내가 대표 발의해 국회를 통과한, '유은혜의 1호 법안'도 장애학생의 건강과 안전을 위해 특수학교 기숙사에 응급 간호인력을 의무적으로 배치하도록 하는 '장애인 등에 대한 특수교육법'이다. 나는 이 법안을 준비하면서 헌법이 명시한 '누구나 균등하게 교육받을 권리'를 생각했다. 교육현장에서 차별과 소외의 그늘을 걷어내는 일을 하겠다고 다짐했다. 국정감사를 통해 턱없이 부족한 특수교사 증원을 이끌어내고 특수교육 여건 개선을 지속적으로 촉구한 것도 그래서였다.

한 번은 일산에 있는 국립특수학교에서 학생폭행사건이 일어났다. 아이의 몸에 멍 자국이 있는 것을 발견한 부모가 문제를 제기했다. 문제가 발생하면서 학교와 학부모 간에 갈등의 골이 깊어졌다. 학교 측과 교육부 관계자, 학부모들을 번갈아 만나 논의를 지속한 끝에 갈등을 해소하고 합의를 이끌어냈다. 사실 내가 이 문제에 더 몰입한 건 스물 몇 해 전, 도망자의 처지에 있던 나를 품어준 언니가 생각나서였다. 의사소통이 자유롭지 못한 자식의 몸에서 멍 자국을 발견한 부모의 심정이 어땠을까. 언니의 얼굴이 떠올랐다.

아이보다 딱 하루만 더 사는 게 소원이라는 언니의 말 역시 언니만의 소원은 아니었다. 특수학교 폭행사건을 계기로 장애를 가진 아이를 둔 부모들과 만날 기회가 늘었고, 이야기를 나누다보면 가장 큰 근심이 아이의 장래였다. 지금은 내가 보살펴주지만 내가 죽고 나면 우리 아이는….

세상에는 누군가의 근심을 자신의 일로 여기고 헤쳐 나가는 사람들이 많다. 18세 이상의 성인 지적장애인에게 평생 기능교육을 제공함으로써 자립생활의 기회를 주고 경제인으로서의 사회적응을 돕는 '강화도 우리마을'도 그런 곳이다. 특수학교 학부모들과 함께 이곳을 견학하기도 하고, 장애학생의 취업 현실과 특수교육 여건을 진단한 국정감사 정책자료집을 내는 등 나도 함께 마음을 모으고 있다.

지난 연말에는 사단법인 한국자폐인사랑협회의 고양시지회가 창립했다. 자폐성장애는 사회적 상호작용과 의사소통에 어려움이 있는 장애다. 자폐인 스스로 자기 목소리를 낼 수 없기에 그 목소리가 되겠다는 것이 이 단체의 취지다. 2014년 '발달장애인 권리보장 및 지원에 관한 법률'이 제정되긴 했지만, 다른 사람들과 다르다는 이유로 오해와 편견, 때로는 배척의 대상이 되곤 하는 장애인과 그 가족들의 삶을 법만으로는 온전히 품을 수 없다. 그런 점에서 나는 이 단체의 창립 우리 모두가 감사할 일이라고 생각한다. 우리 사회를 더 넓고 따뜻한 공동체로 만들어가자고, 장애인과 그 가족들이 아픔을 딛고 먼저 내밀어준 손이니 말이다. 고양시지회 활동에 흔쾌히 함께 해주신 지역의 많은 분들과 더불어 나도 마음을 보태고자 한다.

이 책에는 재미있는 아프리카 속담이 여럿 나온다. "거미줄도 모이면 사자를 묶는다. 빨리 가려면 혼자가고 멀리가면 여럿이 가라. 우기에는 모기도 많다. 동이 트면 가젤도 뛰고 사자도 뛴다. 사자가 말하기 전에는 모든 사냥꾼은 영웅이다." 등이 그러하다. 그중에 내 마음에 들어온 속담 하나는 '잔잔한 바다는 노련한 사공을 만들지 않는다.'는 것이다. 해보지 않으면 알 수 없다. 하고 싶은 게 무엇인지, 잘할 수 있는 게 무엇인지, 계속하고 싶은 게 무엇인지.

섣불리 변화의 가능성을 꺾지 말기를, 경솔하게 용기의 한계치를 두지 말기를. 우리가 현실에서 이럴까 저럴까 망설일 때, 작은 용기로 한 걸음 내딛으면 큰 길을 여는 출발점이 생긴다. 어디서건 배우지 못할 게 없다. 어디서건 나누지 못할 게 없다. 어디서건 희망은 피어오른다. 50 대 50으로 실천을 망설이는 그대에게 1그램의 용기를 보태는 사람, 나도 그러한 사람이 되고 싶다. 그런 사람이 되겠다는 나의 선택과 결정에 오늘 1그램의 용기를 더한다.

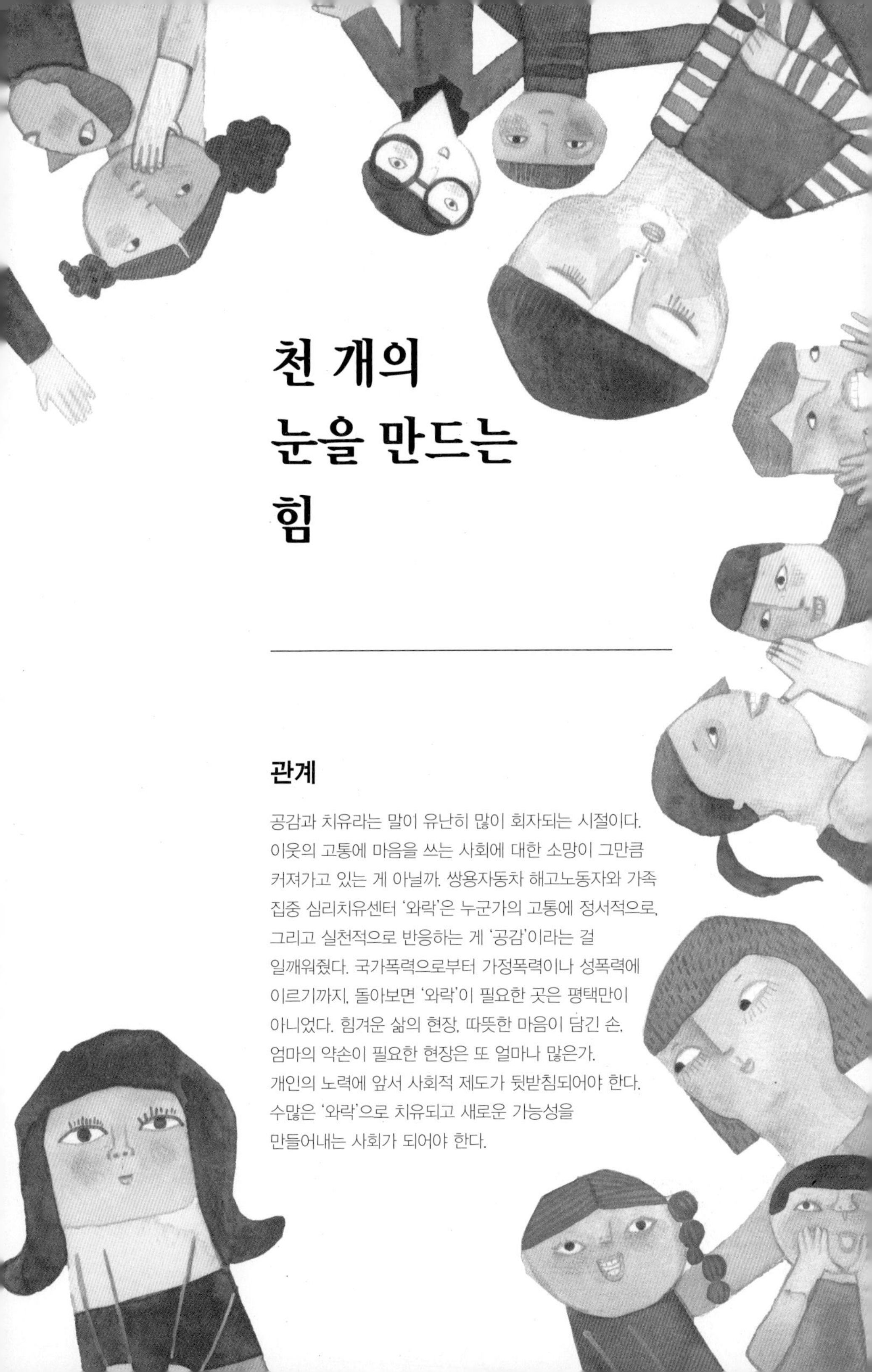

천 개의 눈을 만드는 힘

관계

공감과 치유라는 말이 유난히 많이 회자되는 시절이다. 이웃의 고통에 마음을 쓰는 사회에 대한 소망이 그만큼 커져가고 있는 게 아닐까. 쌍용자동차 해고노동자와 가족 집중 심리치유센터 '와락'은 누군가의 고통에 정서적으로, 그리고 실천적으로 반응하는 게 '공감'이라는 걸 일깨워줬다. 국가폭력으로부터 가정폭력이나 성폭력에 이르기까지, 돌아보면 '와락'이 필요한 곳은 평택만이 아니었다. 힘겨운 삶의 현장, 따뜻한 마음이 담긴 손, 엄마의 약손이 필요한 현장은 또 얼마나 많은가. 개인의 노력에 앞서 사회적 제도가 뒷받침되어야 한다. 수많은 '와락'으로 치유되고 새로운 가능성을 만들어내는 사회가 되어야 한다.

정을 나누며 한솥밥 먹는 관계

'와락'은 갑자기 행동하는 모양 또는 어떤 감정이나 생각이 갑자기 솟구치거나 떠오르는 모양을 나타내는 말이다. 와락 눈물이 솟았다거나 와락 안았다는 말이 그렇다. 나는 그 말을 2013년 1월 경기도 평택에서 만났다. '와락'은 쌍용자동차 해고노동자와 가족들을 위한 심리치유공간의 이름이다.

처음에는 긴장이 되기도 했다. 30미터 철탑 위의 목소리가 절박한 만큼이나 '와락'으로 향하는 발걸음도 무거울 수밖에 없었다. 억울한 아빠와 버거운 엄마, 그리고 그들의 자녀들. 아이들의 작은 얼굴에서 천진난만한 웃음을 만날 수 없다면 마음을 추스를 수 없을 것 같았다. 만일 내가 성인 남성만 봐도 공포와 불안을 느끼는 아이, 아빠를 지켜야 한다며 장난감 총을 허리춤에 차고 다니는 아이의 엄마라면, 어떤 말로도 위로 받지 못하리라. 그런데 아니었다. 밥 짓는 것을 거들거나 너른 책상에 어울려 앉아 노는 아이들에게서는 바깥세상의 또래와 같은 활기가 느껴졌다. 가족과 아이들을 위한 다양한 프로그램을 만들어내고, 정성껏 차린 밥상을 서로 나누면서 생긴 변화였을 것이다.

밝은 표정과 씩씩한 목소리, 과연 내가 만난 '와락'은 놀라운 희망이 있는 곳이었다. 해고자와 가족들이 겪고 있는 어려움을 극복할 수 있도록 심리적 치료와 정서적, 경제적 지원이 필요하다는 것을, 그래야 살아갈 수 있다는 것을 먼저 느낀 사람들의 마음과 마음이 차곡차곡 쌓여서 만들어진 곳. 문득 어릴 적, 엄마 손이 닿으면 아프던 배도 금세 가라앉았던 기억이 났다. 엄마의 마음이 담긴 손이라 엄마 손은 약손이 되었다. 위로는 오히려 내가 받는 것 같았다. 아, 함께한다는 것, 함께 산다는 건 이런 것이로구나. 고맙고 또 고마웠다.

함께 살아내는 성숙

모든 사람은 관계로부터 자기 성찰의 기회를 만난다. 칭찬은 칭찬대로, 비판은 비판대로 자기를 되돌아 볼 수 있는 계기를 마련할 수 있다. 신영복 선생의 『감옥으로부터의 사색』에는 이런 부분이 나온다. "겨울은 너무 춥고 여름은 너무 더운데 살기에는 여름이 편하다. 하지만 여름은 사람 곁에 있기를 사람들이 싫어하므로 사람과 사람을 떨어뜨려 놓는다. 반면 겨울은 춥기는 하지만 서로 껴안게 하여 서로 살을 비비며 살게 한다. 그래서 살기 편한 건 여름이지만 사람 관계를 생각하면 겨울이 더 좋다." 그렇다. 결국 사람이란 혼자서는 살 수 없는 존재이다. 서로 살 비비며 살아가야 그 안에서 나의 성숙도 이룰 수 있는 법, 이러한 모든 사람에 대한 애정, 사람 관계를 통해 자기 삶을 바라보는 그 시각이 선생의 『나무야 나무야』에서 보다 확장되고 있다는 생각이 들었다.

신영복 선생은 1968년 통일혁명당 사건으로 무기징역형을 선고받고 대전, 전주 교도소에서 20년간 복역하다가 1988년 8·15 특별 가석방으로 출소했다. 1976년부터 1988년까지 감옥에서 휴지와 봉함엽서 등에 깨알같이 써 가족에게 보냈던 편지를 묶어 『감옥으로부터의 사색』이란 책을 펴냈다. 『나무야 나무야』도 신영복 선생께서 사람과 우리 사회와 역사에 대해 진지하게 성찰한 내용을 담고 있어, 저서 두 권의 어울림이 참 다정스럽다.

『나무야 나무야』도 1996년도에 출간되었으니까, 꽤 오래된 책이다. 다른 책에서도 살펴볼 수 있듯 어디를 가나 신영복 선생의 한결같은 뿌리는 늘 인간에 대한 애정과 희망에 있는 듯하다. 역사와 현실, 이야기가 살아 숨 쉬는 전 세계 스물다섯 곳을 직접 다니면서 쓴, 사람을 향한 깊은 애정을 담고 있다. 20여 년을 감옥에서 억울하게 지내신 분이 어떻게 이렇게 인간에 대한 한결같은 사랑을 간직할 수 있을까. 이 책에서 그 따뜻한 시선을 다시금 느낄 수 있었다.

생각하는 손

등에는 아기를 업고, 양손에는 물건을 들고, 머리에는 임을 이고, 그리고 치맛자락에 아이를 달고 걸어가는 시골 아주머니를 한동안 뒤따라간 적이 있습니다. 어릴 적의 일이었습니다. 무거운 짐에다 아기까지 업고 있는 아주머니의 고달픔도 물론 마음 편하게 바라볼 수 있는 것은 아니었습니다만 내가 가장 걱정했던 것은 머리 위의 임이었습니다.

등에 업힌 아기는 띠로 동였고 양손의 물건은 손으로 쥐고 있어서 땅에 떨어질 염려는 없었습니다만 머리에 올려놓은 임은 매우 걱정스러웠습니다. 삐뚜름하게 머리에 얹혀서 발걸음을 떼어놓을 때마다 떨어질 듯 떨어질 듯 흔들리는 임은 어린 나를 내내 불안하게 하였습니다.

'저 아주머니에게 손이 하나 더 있었으면….' 어린아이였던 내가 생각해낼 수 있었던 소망의 최고치였습니다. 나는 그 뒤 훨씬 철이 들고 난 후에도 가끔 '또 하나의 손'에 대하여 생각하는 버릇을 갖고 있습니다.

3개의 손, 4개의 손, 수많은 손을 가질 수는 없을까. 짐이 여러 개일 때나 일손이 달릴 때면 자주 그런 상상을 하였습니다. 추운 겨울 아침에 찬물 빨래를 할 때에도 생각이 간절하였습니다. 여벌의 손 두 개만 있더라도 시린 손을 교대로 찬물에 담글 수 있겠다는 생각을 하기도 하였습니다.

천 개의 손을 가진 천수보살(千手菩薩)의 후불탱화(後佛幀畵) 앞에서 불현듯 어린 시절의 기억이 되살아났습니다.

'천 개의 손'

수많은 짐을 들 수 있는 손은 참으로 감동적이었습니다. 그러나 우리에게는 어차피 두 개의 손밖에 없습니다. 그래서 우리는 많은 손을 갖기 위하여 학교를 다니기도 하고 기술을 익히기도 합니다. 많은 손을 구입하기 위하여 돈을 모으기도 하고 많은 손을 부리기 위하여 높은 지위를 선호하기도 합니다.

그리하여 수많은 손을 가진 사람들이 실제로 세상에는 많이 있기도 합니다.

세상에서 가장 능력이 있는 사람은 수많은 손을 움직일 수 있는 사람이라는 철학을 우리는 이미 완성해놓고 있습니다.

그러나 오늘 천수관음보살의 손을 자세히 쳐다보고 깜짝 놀랐습니다. 천 개의 손에는 천 개의 눈이 박혀 있었습니다. 천수천안(千手千眼)이었습니다. 그냥 맨손이 아니라 눈이 달린 손이었습니다. 눈이 달린 손은 맹목(盲目)이 아닙니다.

생각이 있는 손입니다. 마음이 있는 손이라는 사실입니다. 세상에서 가장 능력이 있는 사람이 수많은 손을 가진 사람임에는 틀림이 없지만 그러나 그것은 마음이 있는 손이어야 한다는 사실입니다.

EBS 북카페 '책 읽어주는 국회의원' 2014년 8월 19일 낭독 원고

_『나무야 나무야』, 신영복 저, 돌베개 中

조용하지만 분명한 소신

신영복 선생과의 대화는 늘 진솔하고 생생하다. 조용조용 이야기하면서도 철학이나 소신은 분명하게 전달해주려고 노력하신다. 이야기를 나눌 때 미소를 잊지 않으신다. 상대방은 그 미소 덕분에 마음이 편안해지고 굳은 표정도 풀리면서 자연스럽게 말을 이어나갈 수 있다. 선생은 미소로 공감을 이끌어내는 힘을 가졌다. 비록 첫 만남이라 할지라도 한자리에 앉은 사람을 하나의 연대감으로 엮는 힘은 상대를 먼저 배려하는 마음에서 시작된다. 함께 느끼게 하는 것, 마음도 상처도 기쁨도 함께 나누는 공감, 그것이 소통의 기본임을 몸소 보여주신다.

공감과 치유라는 말이 유난히 많이 회자되는 시절이다. 이웃의 고통에 마음을 쓰는 사회에 대한 소망이 그만큼 커져가고 있는 게 아닐까. 쌍용자동차 해고노동자와 가족 집중 심리치유센터 '와락'은 누군가의 고통에 정서적으로, 그리고 실천적으로 반응하는 게 '공감'이라는 걸 일깨워줬다. 국가폭력으로부터 가정폭력이나 성폭력에 이르기까지, 돌아보면 '와락'이 필요한 곳은 평택만이 아니었다. 힘겨운 삶의 현장, 따뜻한 마음이 담긴 손, 엄마의 약손이 필요한 현장은 또 얼마나 많은가. 개인의 노력에 앞서 사회적 제도가 뒷받침되어야 한다. 수많은 '와락'으로 치유되고 새로운 가능성을 만들어내는 사회가 되어야 한다.

우리나라를 포함해 전 세계적으로 경쟁과 효율이 최고의 가치가 되었다. 도태되지 않기 위해서는 적극적으로 경쟁에 참여해야 한다. 서로 돕고 배려하고 기회를 주기보다는 각자 알아서 살아남아야 한다. 바야흐로 무한경쟁 생존사회가 되었다. 그런데 문제는 경쟁에서 이기는 사람이나 지는 사람이나 모두 힘들다는 것이다. 행복하지 않다는 것이다. 어렵게 공부해 대학에 들어가도 학문에 전념하기보다 재계 순위에 이름을 올린 기업에 들어가려고 또다시 경쟁한다. 사회에 진출한다 해도 그 경쟁은 끝나는 게 아니라 더 가열차진다. 입시, 입학, 입사 등 높다란 허들이 평생을 따라다니며 앞을 가로막고 있다. 그렇다고 '나는 경쟁하지 않겠어.' 이렇게 혼자 주장해서는 개인만 패배자가 될 수밖에 없다. 그것은 용기와 비례해 정해진 실패를 안고 가는 어려운 길이다.

정녕 다 같이 힘을 덜 수 있는 방법은 없는 건가. 아니다. 신영복 선생의 글씨 중에는 '더불어 함께'가 있다. 우리 사회도 '와락'처럼 더불어 어울려 살 수 있어야 한다. 환경, 사회의 규칙을 바꿔 경쟁이 최고가 아니라 협력과 연대가 가능한 사회, 학교를 만들어야 한다. 의상디자이너가 실용적이면서도 아름다운 옷을 디자인하듯이, 우리가 살고 있는 사회를 더 좋은 사회로 만들기 위해 생각하고 실천하는 사회 디자인을 해야 한다.

사회의 규칙과 제도를 만드는 곳은 어디인가. 국회는 입법과 정책을 통해 우리 사회의 모습을 만들어나가는 곳이다. 정부는 국회에서 만든 법을 시행하기 위해 시행령을 만들고, 제도를 집행 유지하는 곳이다. 공공의 문제를 풀기 위해 일하는 비정부기구, NGO도 모두 사회를 디자인하는 일을 하는 곳이다. 그리고 정말 중요한 사람들, 바로 시민이다. 정부나 국회가 법과 제도를 만들지만 그 일을 하는 사람들을 뽑는 건 시민이다. 시민들은 정부나 국회가 잘하는지 못하는지 감시하고 비판하는 것뿐만 아니라 적극적으로 사회 디자인을 요구하고 요청할 수 있다. 더 좋은 사회를 향한 실천과 노력, 가장 좋은 사회 디자인은 시민들의 참여가 활짝 꽃필 때 가능하다.

선생의 말처럼 '또 하나의 손, 여벌의 손, 천 개의 손'은 '눈이 달린 손, 생각이 있는 손, 마음이 있는 손'이다. 그것은 '짐을 들어주는 손'이 아니라 '손을 잡아주는 손'이다. '구원의 손길'이 아니라 다정한 '악수의 손길'이다. 그렇게 우리는 서로에게 서로가 천 개의 손을 가진 천수보살이 되어줄 수 있다. 우리의 천 개의 손에는 서로를 향한 천 개의 눈이 박혀 있다. 그 천 개의 눈이 늘 사회를 비추고 사람을 비출 것이다.

뜻 모아
일구는
아름다운 세상

공생

한순간 반짝하고 말 것이라는 세간의 예상과 달리 을지로위원회는 출범 이후 현재까지 꾸준한 활동을 이어오고 있다. 지난 여러 해 동안 참 많은 현장을 찾아다녔다. 을지로위원회가 보호하려는 비정규직, 동네상인과 골목상권, 서민생활 현장이다. 잊을 수 없는 기억 중의 하나가 편의점 미니스톱 상생협약을 체결하던 날이다. 적자가 나도 과도한 위약금 때문에 해지를 못하는 계약조건과 물량 밀어내기 등 각종 불공정행위 때문에 유서를 써서 가슴에 품고 다녔다는 어느 편의점주는 매출부진 점주의 위약금 면제 등 계약내용 전면개선을 약속한 상생협약이 체결되자 "이제 살았다"며 눈물을 흘렸다. 정치가 해야 할 일이 무엇인지 가슴에 또렷이 새긴 또 하나의 계기였다.

을이 살만한 사회

2013년 5월 10일 출범한 더불어민주당 '을지로위원회'는 우리 사회에 만연한 갑과 을 관계의 부당성을 규명하고 약자인 '을'의 정당한 위치를 지키기 위한 기구이다. 2013년 봄 남양유업 사태는 일순간에 '갑의 횡포, 을의 눈물'을 전 사회적 의제로 끌어올렸고, 당은 이를 계기로 '을지키기 경제민주화 추진위원회'를 출범시켰다. 이 위원회에 을을 지키는 길(路), 노력(勞), 법(law)라는 의미를 담아 을지로위원회라고 이름 붙였다. 나는 신문고센터장을 맡아 참여했다. 입이 있어도 말할 곳이 없는 '을'들의 억울한 사연이 신문고센터에 접수되었다.

한순간 반짝하고 말 것이라는 세간의 예상과 달리 을지로위원회는 출범 이후 현재까지 꾸준히 활동을 이어오고 있다. 지난 여러 해 동안 참 많은 현장을 찾아다녔다. 을지로위원회가 보호하려는 비정규직, 동네상인과 골목상권, 서민생활 현장이다. 잊을 수 없는 기억 중의 하나가 편의점 미니스톱 상생협약을 체결하던 날이다. 적자가 나도 과도한 위약금 때문에 해지를 못하는 계약조건과 물량 밀어내기 등 각종 불공정행위 때문에 유서를 써서 가슴에 품고 다녔다는 어느 편의점주는, 매출부진 점주의 위약금 면제 등 계약내용 전면개선을 약속한 상생협약이 체결되자 "이제 살았다"며 눈물을 흘렸다. 정치가 해야 할 일이 무엇인지 가슴에 또렷이 새긴 또 하나의 계기였다.

상생협약은 입법으로 이어졌다. 가맹점주에게 예상매출을 문서를 제공하고 24시간 영업 강요를 금지한 CU방지법(가맹사업거래의 공정화에 관한 법률), 판매목표 강요, 물량 밀어내기 등에 대한 징벌적 손해배상제를 도입한 남양유업방지법(대리점 공정화에 관한 법률)이 국회를 통과했다. 현장과 국회를 연계하며 갑을 상생, 함께 사는 경제 질서를 만들려는 을지로위원회의 노력이 거둔 결실이다. 지난 시간을 돌아보면 국회의 입법 활동이 국민의 생활과 연결돼 있음을 다시 확인할 수 있다. 역시 국민과 함께할 때 진정한 정치의 길이 열린다.

공생을 이야기하다

『공생 멸종 진화』 저자인 이정모 씨는 서대문 자연사박물관 관장이다. 저자는 우리가 어렵게 생각하는 과학을 우리의 생활과 인문학적 연관성을 가지고 재미있게 이야기한다. 과학과 자연사에 대해서 거리감을 좁혀주고 새로운 관심을 가질 수 있도록 도와준다.

저자는 우리의 자연사를 세 가지 키워드 공생, 멸종, 진화로 정리했다. 서문에 따르면 자연사는 멸종의 역사이다. 지금까지도 멸종은 계속 있어왔고, 우리 인류도 영원할 수 없다. 과거 멸종의 역사를 공부하는 것은 앞으로 인류에게 언젠가 찾아올 멸종을 조금 더 늦추고 생존을 지속시키기 위함이다. 왜 사라졌고 어떻게 남겨질 수 있는가, 결국 멸종에서 배워야 한다. 수십 억 년 전부터 지금까지 생명이 생겨나고 공생하다 없어지고를 반복하다 인류가 출현해 지금에 이르렀다. 이 책에서 말하고자 하는 것은 서로 같이, 우리 함께 살자는 것 즉, 공생의 의미이다.

멸종에서 배우는 생존법칙

〈공룡은 왜 생겨났을까〉

나는 자연사 박물관에서 일한다. 특별한 일이 없는 한 거의 매일 전시장에 나가서 한두 가족에게 전시 해설을 한다. 이 일을 2년 넘게 하면서 재밌는 사실을 하나 발견했다. 거의 모든 가족이 "공룡은 왜 멸종했어요?"라는 질문을 한다는 것이다. 그런데 이 질문을 하는 사람들은 이미 그 답을 알고 있다. 6,500만 년 전 뜬금없이 거대한 운석이 지구에 충돌하였고 그 여파로 공룡이 사라졌다는 사실을 모르는 사람이 요즘 어디 있겠는가? 내가 놀란 사실은 왜 아무도 "공룡은 왜 (어떻게) 생겨났어요?" 라고 묻지 않느냐는 것이다. 정말 궁금한 일 아닌가!

멸종, 무서운 말이다. 하지만 생명의 역사에서 멸종은 특별한 사건이 아니라 일상사에 불과하다. 보통 100만 년에

10~20%의 종이 멸종한다. 매년 0.00001~0.00002%의 종이 멸종하는 셈이다. 이것을 배경 멸종이라고 한다. 하지만 고생대 페름기 말, 불과 100만 년 사이에 지구상에 살던 생물의 95%가 멸종했다. 지구 역사상 전무후무한 대멸종이 일어난 것이다.

고생대에 이어지는 중생대는 트라이아스기-쥐라기-백악기로 구분된다. 대멸종 이후 시작되는 트라이아스기 (2억 5,200만 년 전~2억 년 전)의 지구 표면은 생명이 비워진 무주공산의 세계였다. 비어있는 생태적 지위가 있다면 반드시 누군가가 차지하고 만다. 이것은 물이 스펀지의 틈새를 채우는 것처럼 당연한 일이다. 대멸종 후 누군가는 그 자리를 차지해야 했다. 그 자리를 공룡이 차지한 것이다. 그런데 왜 공룡이었을까?

EBS 북카페 '책 읽어주는 국회의원' 2015년 10월 15일 낭독 원고

_『공생 멸종 진화』, 이정모 저, 나무,나무 中

약자의 눈물을 닦아주다

공생, 함께 살기 위해서는 어느 일방이 아닌 쌍방의 노력이 필요하다. 편의점 미니스톱 상생협약도 3개월에 걸친 대화와 협상의 시간이 필요했다. 지역사회에서 일어나는 크고 작은 갈등도 마찬가지다. 하지만 민주주

의에 소통을 더하면 해결할 수 없을 것처럼 보였던 난제들도 서서히 풀리기 시작한다. 환매 갈등을 겪었던 식사동 벽산블루밍 아파트 입주민과 사업주 간의 갈등을 해결한 것도 그런 사례다.

지역의 한 아파트에 60여 가구가 2년을 살아본 뒤 주택을 구매할지 말지를 결정하는 환매조건부 분양으로 입주했다. 문제는 사업주체인 분양사가 경영난을 겪고 있다는 소문이 돌면서 생겨났다. 주민들은 사기를 당할 우려가 있다고 판단해 스스로 해결책을 찾아 나섰다. 주민들이 모임을 만들어 자체적으로 사업주의 재무상태를 파악하고, 언론에 보도자료를 배포하는 활동을 펼쳤다. 지역의 여러 관공서를 찾아다니면서 자신들의 상황을 이야기하고 해결책을 찾기 위해 함께 해달라고 호소했다. 그분들이 나에게도 찾아오셨다. 주민과 건설사, 고양시, 시의원, 광역의원, 국회의원이 한자리에 모이게 되었다.

입장이 다른 여러 사람이 한자리에 모이고 보니 그동안 주민들이 펼친 노고가 한눈에 보이는 듯했다. 주민들은 사업주가 자본금을 빼돌리고 있다고 주장했다. 사업주는 사업 모델을 다각화하는 자연스러운 과정이라고 답했다. 사업주의 적극적인 해명에도 주민들의 불안감은 해소되지 않았다. 결국 입주민, 사업자, 고양시, 정치권 민민관정(民民官政) 4자가 모두 모인 자리에서 환매이행합의를 이끌어냈다. 합의서를 쓴 뒤 엉켰던 매듭이 조금씩 풀리기 시작했다. 풀어야 할 문제를 설정하고 일주일에 한 번씩 만나 토론하고 결과를 찾자고 합의했다. 다른 일정으로 바빠도 시간을 쪼개 그 자리에 참석했다. 그리고 주민들의 입장에 귀 기울였다. 주민들은 누구보다 적극적으로 다양한 아이디어, 참신한 생각을 내놓았다. 문제는 의외로 쉽게 해결되었다. 시간이 지나면서 문제는 조금씩 풀려갔고, 결국은 60여 가구 가운데 80퍼센트 이상이 계속 사는 것으로 문제가 해결되었다.

이 일은 소송 없이 환매갈등을 해결한 첫 사례라는 의미도 있었지만, 사람이 더불어 살아가는 존재임을 다시 깨닫게 되는 일이기도 했다. 진심과 소통이 있다면 풀리지 않는 문제는 없다. 진심과 소통으로 바른정치, 서민정치, 소통정치를 이루리라.

인류의 생과 멸을 생각하다

아이들이 열광하는 동물 중 하나가 공룡이다. 만화영화 속 아기자기하고 예쁜 캐릭터 공룡을 좋아하던 시기를 지나면 티라노사우루스, 트리케라톱스, 이구아노돈 등 발음하기도 어려운 이름을 가진 진짜배기 공룡에 빠지는 시기가 온다. 아이들은 공룡 피규어를 손에 쥐고 자유자재로 이름을 부르며 특성을 줄줄 왼다. 무엇을 먹는지, 어디서 사는지, 싸우면 누가 이기는지 등. 재미있는 건 아이들의 관심도 생존의 영역에 해당하는 내용이라는 점이다.

그렇다면 공룡은 어떻게 생겨났을까. 오늘날 우리는 21% 농도의 산소

속에서 살아간다. 트라이아스기에는 산소 농도가 10~15퍼센트 수준이었다. 당시 진화에서 살아 남으려면 낮은 산소농도에서 살아남을 수 있어야 했다. 공룡은 낮은 산소농도에서 살 수 있었기 때문에, 그 시기 새로운 생명으로 출현해 자연사의 왕좌를 차지해 살 수 있었다. 여기서 적응이라는 생존의 덕목을 추가할 수 있다.

수억 년 전으로 거슬러 올라가 공룡과 어울려 살아가는 모습을 상상해 보자니, 과연 우리가 잘살 수 있을까 걱정이 앞선다. 동심보다 현실이 먼저 다가오는 걸 보니 나도 어쩔 수 없는 어른인가 보다. 지금이 여섯 번째 멸종의 시기라고 한다. 이 책에 따르면 대멸종을 할 때마다 포식자 층은 멸종했다. 현재 인류가 최상층이니까, 여섯 번째 멸종의 시기에 어쩌면 우리도 멸종할지 모른다. 하지만 최상층 포식자가 멸종하면 새로운 종이 출현하기 때문에 새로운 진화, 새로운 생명의 탄생을 기대할 수 있다. 생과 멸의 순환이 곧 멸종인 셈이다. 이러한 진화의 과정을 거듭해 인류가 여기까지 왔다.

앞서 말했듯 지금이 여섯 번째 대멸종의 시기이고 항상 최상층 포식자가 멸종했다면, 그 논리에 비추어볼 때 인류는 멸종을 피할 수 없다. 하지만 인류의 생존은 지금으로부터 700만 년밖에 되지 않았다. 생존과 진화를 어떻게 지속할 수 있을지, 그 방법을 함께 고민하고 모색한다면 훨씬 더 오래 인류사를 유지하게 될 것이다. 한 가지 분명한 것은 우리가 스스로 멸종을 늦추기 위해서라도 공생의 길을 걸어야 한다는 점이다.

그렇다. 저자의 지적처럼 우리는 '어떻게 생겨났는지'보다 '왜 멸종했는지'를 더 궁금해 한다. 그것은 어쩌면 생존에 관한 두려움 때문이다. 멸종이 일상사인 게 생명의 역사임에도 우리는 그것을 직시하지 못한다. 문득, 인도의 대서사시 『마하바라타』에서 지혜를 대결하는 문답 장면이 떠오른다.

"세상에서 가장 불가사의한 일이 무엇이냐."

"날마다 수많은 사람이 저승으로 가는 것을 보면서도 자신은 영원히 살 것처럼 생각하는 것입니다."

생명의 탄생에서부터 지금까지, 또 인류가 출현한 후 약 700만 년이라는 시간을 훑어보면서도 결국 우리는 우리의 생존에 관해 주목하게 된다. 마치 여러 명이 함께 찍은 단체사진에서 내가 어디 있는지, 잘 나왔는지부터 먼저 찾아보는 격이다. 인간의 수명이 길어졌다 해도 100년이다. 그것은 인류사로 볼 때 하나의 점에도 지나지 않는다. 나의 생과 멸은 멸종의 역사, 생명의 역사에서 아무 것도 아니다. 한데 그것이 나에게는 가장 중요하다. 그렇다면 나의 생과 멸이 중요한 것처럼 주변 사람, 동물, 자연의 생과 멸도 중요한 것이어야 한다. 인간 삶과 생명의 소중함을 느낀다면 자연으로서의 인간, 우리를 둘러싼 공생의 존재들, 그 의미를 다시 한 번 생각해봐야 하지 않을까.

부드러움이 강함을 이긴다

연대

예전에는 출세, 명예, 부 이런 것에 집중하는 사람이 많았다. 반면 요즘은 행복하게 사는 법을 찾고, 그렇게 살기를 바라고 기꺼이 그러한 삶을 택하는 사람들이 많아지는 추세다. 다행스러운 일이다. 복잡한 세상이지만 스스로 중심을 잃지 않으면 서로 어우러져 살 수 있다.
곳곳에서 좋은 벗을 만나 행복을 나누며 살 수 있다. 사람들과 연대, 그것이 지혜를 모으는 현명한 방법이다. 동구동락을 통해 늘 깨닫는 진리는 모든 문제의 답은 현장에 있다는 것과 문제를 해결하려면 함께 힘을 모아야 한다는 것이다.

즐거움도 괴로움도 함께하다

옛 속담에 '잔치엔 먹으러 가고 장사엔 보러 간다'는 말이 있다. 축하해야 할 혼인 잔칫집에는 먹는 데만 신경을 쓰고, 위로하며 일을 도와주어야 할 초상집에서는 구경만 하는 야박한 인심을 뜻한다. 진정한 의리는 즐거울 때나 괴로울 때나 함께하는 것이다. 이런 뜻을 가진 사자성어로 동고동락(同苦同樂)이 있다. 이 사자성어를 살려 '동구동락'이라는 모임을 만들었다. 처음 을지로위원회 활동을 하면서 현장과 국회를 연계하는 활동을 지역에서도 해야겠다고 다짐했다. 지역 곳곳의 경제, 생활 현장을 찾아가 문제점이나 애로사항을 직접 듣고, 지역 풀뿌리 경제를 활성화시킬 현실적인 방안을 찾아야겠다는 결심. 그것이 '동구동락' 활동으로 이어졌다.

'동구동락' 모임에는 일산동구에서 동고동락하자는 마음이 담겼다. 참여하는 사람도 다양하다. 매번 도의원, 시의원, 지역활동가 등 20여 명이 참여한다. 한 달에 한 번 정도 일산동구 지역의 여러 현장을 직접 방문해 일손도 돕고, 현장의 고충이나 개선사항에 대해 간담회도 진행한다. 2014년 9월 로컬푸드 직매장을 시작으로 도시농업현장, 중소기업, 마을기업 등을 방문했다. 부족한 일손도 잠깐이나마 돕고, 간담회를 진행해 대화를 나누며 함께 머리를 맞댔다.

현장에 답이 있다. '동구동락'의 모토이다. 독일의 사회과학자 막스 베

버가 『직업으로서의 정치』에서 언급한 것처럼 정치가의 입장에 초점을 맞추어 정치를 정의하면 '특정한 몇몇이 국가를 운영하는 일'이라 할 수도 있다. 이것은 정치와 국민을 편 가르는 정의이다. 정치가가 국민 밖에서 있다. 나의 입장은 이와 다르다. 정치를 정의할 때의 입장은 철저하게 국민의 입장이어야 한다고 믿는다. 국민 앞에 서서 명령하는 정치가 아니라 국민 사이에 서서 손잡고 걸어갈 수 있는 정치여야 한다. 동구동락이 현장으로 달려가는 이유이다.

친근한 공감

요즘 고전을 읽는 독자가 많아졌다. 예전에 비해 고전에 대한 관심이 크게 늘어난 것도 같다. 아마도 세상살이가 그만큼 복잡해졌다는 것, 그것에 대한 해법이나 대안을 알고자 하는 욕구가 늘어났다는 것. 한편으론 정말 바쁘게 살고 있는데 행복하지 않다고 느끼는 사람들이 많아졌다는 것을 반증하는 게 아닐까. 그런 분들에게 이 책 『처음 만나는 동양 고전』이 작은 길잡이가 될 수 있지 않을까 생각한다.

저자인 김경윤 작가는 대중적으로 널리 알려진 분은 아니지만, 철학 관련 글을 오랫동안 써왔고 철학과 인문학 서적도 여러 편 펴냈다. 청소년과 학부모, 교사 및 일반 성인 등을 대상으로 인문학 강의도 진행하고, 강사로 활동하면서 청소년 교육에도 관심이 많아 일산 마두동에 '자유청소년도서관'을 설립해 운영하고 있다. "규율보다는 자유를, 탁월함보다는 연대를, 똑똑함보다는 공감을 좋아하며, 소박한 하루들로 일생을 채우려 노력하며 살아가고 있다"는 저자소개가 무엇보다 인상적이었다.

저자는 이 책에서 총 스물여덟 명의 동양사상가를 각각 인간, 사회, 우주 세 범주에 포함해 소개한다. 흔히 동양고전하면 공자, 맹자 정도가 떠오른다. 그 외에 우리가 한 번쯤 접해보거나 들어봄직한 철학자가 다수 등장하는데, 그동안 이름만 어렴풋이 알았다면 그의 철학을 개론적으로 살펴 볼 수 있는 기회를 얻을 수 있다. 더구나 각 장이 모두 영화나 드라마, 이야기, 혹은 일상의 경험으로부터 화두를 꺼내는, 흥미롭고 친근한 방식으로 구성되어 있어 동양고전의 문외한도 쉽고 편안하게 읽을 수 있다.

부드러운 물처럼

소유 없는 생산, 지배 없는 발전 – 노자

이소룡의 무술세계를 담은 다큐멘터리 [이소룡-전사의 여행]은, 이소룡에 대하여 우리가 잘 알지 못했던 많은 사실을 알려주고 있는데요, 그중에서 이소룡이 미국에서 철학-그중에서도 노장철학을 전공했고, 자신의 무술 세계에 이 철학을 고스란히 담아놓았다는 것을 알고 무척이나 놀랐습니다. 다큐멘터리의 맨 끝에 있는 인터뷰어는 이소룡의 철학세계를 대변하는 문장을 기억하고 있냐는 질문에 이렇게 말합니다.

마음을 비우고 물과 같이 어떠한 형체도 갖지 마라.
컵에 물을 넣으면 물이 컵이 되고, 병에 넣으면 병이 되고,
주전자에 넣으면 주전자가 된다. 물은 흐를 수도 있고,
부술 수도 있다. 물이 되게, 나의 친구여!

이소룡이 말한 내용은 노자의 [도덕경] 78장에서 유래한 것입니다. 78장을 읽어볼까요.

세상에 물보다 더 부드럽고 여린 것은 없다. 그러나 단단하고 힘센 것을 물리치는데 이보다 더 훌륭한 것은 없다.
이를 대신할 것이 없다. 약한 것은 강한 것을 이기고,
부드러운 것이 군센 것을 이기는 법.

약하고 부드러운 것이 강하고 군센 것을 이긴다는 이 역설적 진술. 노자가 꿈꾼 세상은 바로 그런 것이었을까요? 지도자가 되어도 지배하려 하지 마십시오. 이를 일컬어 그윽한 덕이

라 합니다. 버트란트 러셀은 이 대목을 이렇게 번역했습니다. 소유 없는 생산, 집착 없는 행동, 지배 없는 발전! 만물을 이롭게 하면서도 자신은 결코 드러내거나 자랑하거나 군림하지 않는 자연처럼, 인간의 삶도 그러해야 하며, 정치의 방향도 그렇게 흘러야 한다고 노자는 이야기하고 있지요. 노자의 물, 이소룡의 삶을 관통했던 물. 그리고 러셀에게도 영감을 준 물. 물로 보는 세상이 이처럼 찬란합니다.

EBS 북카페 '책 읽어주는 국회의원' 2014년 12월 12일 낭독 원고

_『처음 만나는 동양 고전』, 김경윤 저, 생각의길 中

마음을 얻는 지혜

낭독 부분은 '우주와 인간의 원리, 무엇이 같고 다를까'라는 장에 첫 번째로 소개된 노자의 사상이다. 물이 되라. 약한 것이 강한 것을 이긴다. 최고의 선은 물과 같다는 상선약수(上善若水)는 사실 노자나 도덕경을 잘 모르더라도 많은 분들이 마음에 새기곤 하는 말씀이다. 개인적으로도 부드러운 것이 강한 것을 이긴다는 명제를 좋아한다. 정치 현장에 있으면 강해서 이기는 경우를 종종 목격하게 된다. 눈에 보이는 스코어 상 승패가 그렇다. 강하거나 크거나 오래되었거나 많아서 당장은 이길 수 있

다. 그럼에도 나는 여전히 부드러운 것이 강한 것을 이긴다는 진리를 믿고 있다. 약하거나 작거나 새롭거나 희소해도 이길 수 있다. 이길 수 있어야만 한다. 눈에 보이지 않는 스코어, 후에 상황을 반전시킬 힘이 여기에 있다고 여기는 까닭이다. 우리가 익히 알고 있는 이솝우화에서도 길 가는 나그네의 외투를 벗기는 건 차가운 바람이 아니라 따뜻한 햇볕이다. 정치는 사람의 마음을 얻는 것이다. 사람을 움직이는 건 힘이 아니라 마음이다. 정치를 통해 우리 사회의 변화와 발전을 꾀한다는 것, 결국은 국민의 마음을 변화의 에너지로 만들어야 가능한 기적이다.

좋아하는 시 중에 도종환 선생의 「부드러운 직선」이라는 시가 있다. 유려한 곡선의 집도 곧게 다듬은 나무들로 이어져있더라는, 한 생애를 곧게 산 나무의 직선이 모여 가장 부드러운 자태를 만들더라는 내용이다. 이 책의 낭독 대목을 읽으면서 「부드러운 직선」이라는 시가 생각났다. 물은 컵에 담기면 컵 모양이 되고 병에 담기면 병 모양이 된다. 때로는 수증기가 되기도 하고, 액체가 되기도 하지만 본질은 변하지 않는다. 형태는 달라져도 본질은 변하지 않는 것. 그것이 내 정치의 핵심이요, 이것이 바로 약한 것이 강한 것을 이기고, 부드러운 것이 굳센 것을 이길 수 있다는 신념이다.

인생은 선택의 연속이다. 그렇다면 결국 선택에서 실수를 줄이는 것이 가장 현명한 삶의 지혜이다. 고전의 힘은 삶의 지혜를 주는 것에 있다. 동양고전에는 조화로움과 균형의 철학이 담겨있다. 때로는 일침을, 때로는 위로를, 또 때로는 용기를 주고, 앞으로 나아갈 길을 보여주기도 한다. 그럼에도 진리가 올바른 선택에 도움이 될 거란 걸 알면서도, 우리는 망설인다. 왠지 이 책의 진리들, 예컨대 물처럼 되라, 약한 것이 강한 것을 이긴다 등을 좇다 보면 이 치열한 경쟁사회에서 낙오자가 되지는 않을까, 남보다 손해 보게 되지는 않을까, 그야말로 갑에게 밟히기만 하는 을이 되지 않을까, 현실적인 우려가 엄습한다. 그 마음 또한 충분히 공감이 간다. 그런 우려와 불안을 낳는 사회여서, 그런 사회의 정치인이어서 그저 죄송할 뿐이다.

사실 이런 책을 가까이한다고 해서 당장 우리가 이 책에 나오는 사상가처럼 살 수 있는 것도 아니다. 그럼에도 나는 두고두고 곱씹어보자고 권하고 싶다. 다만 어떤 것을 결정할 때 판단의 기준으로 삼아보자고, 적어도 한 번쯤은 시도해보자고 이야기하고 싶다. 분명한 건, 그런 과정 과정이 쌓여 인생이 달라진다. 동양사상가들의 사상이 내 삶과 생활 속에 한 걸음 더 가깝게 다가오게 될 것이다. 우리 모두가 알다시피 고전이라는 건 어지러운 세상에서 온전한 삶을 살아내기 위한 통찰과 지혜가 담긴 것이니까 말이다.

예전에는 출세, 명예, 부 이런 것에 집중하는 사람이 많았다. 반면 요즘은 행복하게 사는 법을 찾고, 그렇게 살기를 바라고 기꺼이 그러한 삶을 택하는 사람들이 많아지는 추세다. 다행스러운 일이다. 복잡한 세상이지만 스스로 중심을 잃지 않으면 서로 어우러져 살 수 있다. 곳곳에서 좋은 벗을 만나 행복을 나누며 살 수 있다. 사람들과 연대, 그것이 지혜를 모으는 현명한 방법이다.

동구동락을 통해 늘 깨닫는 진리는 모든 문제의 답은 현장에 있다는 것과 문제를 해결하려면 함께 힘을 모아야 한다는 것이다. 2014년 9월 5일은 풍동에 있는 농협 로컬푸드 직매장을 방문했다. 물건을 진열하고 판매하며 물건의 특성과 사람들의 호감도를 동시에 느낄 수 있었다. 시간을 내어 간담회를 열어 주민, 판매자, 생산자들의 속마음도 들었다. 실제 일산은 도농복합지역이기 때문에 다양한 농업과 축산업이 이뤄진다. 경기도는 전국 최초로 도시농업 조례를 제정해 교육, 체험, 시범 사업 등 여러 가지 방식으로 도시농업을 지원하고 있다.

2014년 9월 25일 찾아간 방아깨비 농장은 땅콩, 고구마, 수수 등 여러 농작물을 기르고 있었다. 아침에 땅콩 수확 체험을 하고 직접 수확한 땅콩을 간식으로 먹기도 했다. 간담회를 통해 주말농장체험, 농업교육과 같은 주제로 이야기를 나누었다. 2015년 3월 26일에는 풍동에 있는 '함께하는 우리'를 방문했다. 장애 청소년과 성인에게 전문적인 직업교육을 제공해 자립할 수 있도록 돕는 장애인돌봄 사회적기업이다. 이곳의 고충은 교육을 이수한 장애인들이 안정적으로 일할 수 있는 회사가 적다는 것이었다. 문제를 해결하기 위해서는 지속적인 관리가 이뤄지는 사회적기업 육성이 시급했다. 그날 오후에 이어진 간담회에서는 이러한 문제를 놓고 진지한 토론을 이어갔다.

현장에서 만나 사람들과 이야기를 나누면 실질적인 대안이 빠르게 도출된다. 학교 급식에 송포쌀을 공급한 일, 농산물을 가공식품으로 만들 수 있는 가공센터를 농업기술센터에 건립한 일, 로컬푸드 판매 활성화를 위해 직거래 장터를 활성화시킨 일 등이 현장에서 나온 제안을 실천한 결과이다. 현장에 모인 사람들 모두가 함께 머리를 맞대고 논의한 결과였다. 죽어도 안 될 것 같은 일들도 한순간 해결된다. 부드러움이 강함을 이긴다. 상생과 연대를 바라는 마음은 기적을 일군다.

실천이라는 이름의 위로

헌신

2004년 17대 총선에서 당시 열린우리당이 152석으로 과반의석을 얻었을 때, 김대중 대통령이 하신 말씀이 떠오른다. 김대중 대통령은 당신을 찾아온 당선인들에게 "국민 속으로 들어가라"고 말씀하셨다.
국민의 대표로 선출된 국회의원이 국민 속, 국민 곁에 있는 건 당연한 책무이지만, 그때나 지금이나 현실은 여전히 부족하다.
그나마 집단적이고 조직적인 노력이 시작된 것은 19대 국회에서 우리당 의원들이 시작한 을지로위원회가 아닐까.
좀 더 빨리 이런 노력들을 실천했더라면 지금 당의 형편도 좀 달라지지 않았을까 하는 아쉬움이 크다.
다수의 평범한 국민, 서민들에 대한 연대의식과 존경심을 잃어버린다면 정치를 하는 이유를 잃어버리는 것이다.

남을 이롭게하는 마음

학창시절엔 틈만 나면 친구들과 어울려 극장에 갔다. 학생들의 극장 출입을 단속하던 시절이라 교무실에 붙들려가 반성문을 쓴 적도 있었다. 그러고도 다시 극장에 갔었으니, 영화 보는 걸 어지간히 좋아했던 게 분명하다. 영화를 보다가도 좋은 대사를 기억했다가 편지 쓸 때 인용하거나 노트에 메모해두고 가끔씩 머리에 떠올리며 곱씹곤 했다. 아마 그것도 영화보기의 큰 즐거움이었던 것 같다.

2012년, 오랜만에 딸과 함께 극장에 가서 영화 〈레미제라블〉을 봤다. 누적 관객수 300만이 넘은 이 영화는 확실히 사람의 마음을 잡아끌고 사랑, 용서, 구원, 희망에 관한 진실한 감동을 선사했다. 저마다의 경험과 관심이 다르기에 같은 영화를 보면서도 선명하게 와 닿는 부분은 다를 터, 내게는 마들렌 시장이 된 장발장이 '나는 누구인가'라는 노래를 부르는 장면이 그랬다. 자기 대신 체포된, 알지 못하는 사람의 누명을 벗기기 위해 '죄수 24601'로 돌아갈 것인지, 아니면 마들렌 시장으로 계속 살아갈 것인지를 고민하는 장면이었다. 그는 자수를 선택하지만 그것은 두려움과 떨림 속에서, 갈등과 혼란의 끝에서 이루어진다. 연인 코제트 대신 바리케이트를 선택한 마리우스 역시 마찬가지였으리라.

극장을 나서며 나는 그들에게서 '이타심'이라는 마음 한 조각을 선물받았다. 학창시절 때처럼 오랫동안 이 단어를 머릿속에 떠올리며 곱씹었다. 국어사전을 찾아보면 '이타심'은 다른 사람을 위하거나 이롭게 하는 마음을 뜻한다. 인간의 이기심을 과장된 목소리로 차갑게 그려내는 것이 눈길을 끄는 요즘 같은 때, 이타심이라고 하면 어쩐지 성자들의 이야기 같아 촌스러운 느낌이 들기도 한다. 「흔들리며 피는 꽃」처럼 실은 끊임없는 흔들림이 있기에 그 안에서 다른 사람을 먼저 생각하는 마음도 피어나는게 아닐까.

낮은 곳으로 임하다

프란치스코 교황이 선출되었을 때 많은 화제가 있었다. 이전 교황에 비해 파격적인 행동으로 유명하기도 했다. 예를 들면 그는 교황 성하라고 불리기 보다 호르의 신부라 불리기를 바랐다. 선출된 뒤에는 무릎을 꿇고 한 여인의 발을 씻기는 모습이나 에이즈 환자의 발을 씻기는 사진이 공개되었다. 이전의 교황과 전혀 다른 모습이었다. 한편 아르헨티나의 정치적 상황과 관련해 국가 지도자, 정치인들에게도 직언을 자주 했다. 주로 불공정한 것, 불의한 것에 대한 지적이었다. 가난하고 소외된 사람의 입장에서 정치적으로 비판하는 것에 그쳤다면 이러한 이야기가 회자될 리 없었을 터. 실제로 교황은 호화로운 교황 전용 차량을 타지 않고 지하철이나 버스를 타고 다녔다. 대중 속에서 자신의 말을 실천했기 때문에 종교와 관계없이 세상 사람들이 그의 모습에 감동받은 게 아닌가 싶다. 그 남다른 진정성 때문에 말이다.

프란치스코 교황이 우리에게 널리 알려진 계기는 2014년 8월 14일, 한국을 방문하면서였다. 한국을 방문한 교황은 숙소나 이동차량을 검소하게 하고, 상처 입은 사람들을 직접 만나 위로했다. 그리고 아시아의 평화, 한반도의 평화를 빌었다. 한반도에서 불화가 극복되고 화해의 정신이 자라나기를 기도했다. 당시 교황 방문에 맞춰 여러 권의 책이 출간되었는데, 대다수 고르게 인기를 끌었던 걸로 기억한다. 그 중『교황 프란치스코 어록 303』은 종교와 관계없이 교황의 생각을 만날 수 있는 책이었다. 제목에서 알 수 있듯이 프란치스코 교황이 전하는 303가지 메시지가 담긴 어록이었다. 가난하고 힘없고 보잘 것 없는 사람들을 사랑과 봉사로 끌어안고 실천하는 교황의 모습을 활자로 만나볼 수 있었다. 늘 곁에 두고 그때그때 읽어도 언제나 위로가 되는 마음 따뜻한 책이다.

인간에 대한 이해

인권

인권은 테러나 탄압, 그리고 암살에 의해 치명적인 침해를 받습니다. 뿐만 아니라 불평등이나 불공평한 경제구조에 의해서도 인권은 크게 유린당하지요.

정치와 순교자

정치는 고귀한 활동입니다. 정치는 공동선을 위해 순교자 같은 헌신을 해야 합니다. 이 같은 소명감으로 정치는 실천되어야 합니다. 그것이 정치의 참모습입니다.

불평등

가난한 자는 힘든 일을 하면서 박해를 받습니다. 그런데 부자는 정의를 실천하지도 않으면서 갈채를 받습니다.

시장

시장이 인간의 삶을 억누르고 있습니다. 소수의 소득이 기하급수적으로 늘어나는 동안 대중은 와르르 무너지고 있습니다.

돈

사람들은 돈을 숭상하며 새로운 우상을 만들고 있습니다. 돈이 사람을 지배해서는 안 됩니다. 돈에 대한 숭배를 중단하고 가난한 이를 위해 더 열심히 일해야 합니다. 인간의 존엄은 돈이 아닌 노동에 있습니다.

민주주의

정치에 참여하는 것은 민주주의를 존경하는 훌륭한 방법입니다.

의심

하느님의 백성 중 가장 위대한 지도자는 의심을 품을 줄 아는 사람들이었습니다.

동냥

가끔 나는 사람들에게 "거지에게 동냥을 줘봤느냐?"고 물어봅니다. 그들이 "네"라고 대답하면, 나는 "당신은 동냥을 줄 때 그 사람의 눈을 바라봤나요, 아니면 그들의 손이라도 잡아주었나요?"라고 되묻습니다. 눈을 맞추고 손을 잡아야 그들과의 진정한 만남이 이루어지기 때문입니다. 많은 사람들은 단지 돈만 던져주고 가버리거든요.

EBS 북카페 '책 읽어주는 국회의원' 2014년 8월 5일 낭독 원고

_『교황 프란치스코 어록 303』, 리사 로각, 줄리 슈비에테르트 콜라조 역음, 제병영 역, 하양인 中

국민 속에서 피어난 꽃

약한 사람들에게 이 사회는 온기 없는 방바닥 같다. 시간이 지나도 좋아질 기미는 보이지 않는다. 아니 더 냉혹해지는 것만 같다. 소위 말하는 '비빌 언덕'조차 없는 우리 이웃들이 고단한 삶 속에서 희망을 꿈꿀 엄두조차 내지 못하는 건 아닐까, 두려움이 앞선다. 겨울은 봄을 기다리는 계절이지만, 경제적으로 힘들고 사회적으로 지친 사람들의 겨울은 여전히 희망과 체념 사이에 놓여 있는지도 모르겠다. 〈레미제라블〉이 전하는 감동이 영화 속 장면이나 액자 속 사진이 아니라 살과 피를 갖는, 살아있는 것이 되기 위해서는 희망과 체념 사이를 잇는 징검다리가 필요하다. 그 시작은 다른 사람을 위하는 사랑의 마음이어야 하지 않을까. 나를 비롯해 우리 모두가 사회 곳곳에 사랑의 씨앗을 뿌리기 위한 노력을 아끼지 않아야 한다.

정치와 종교의 공통점은 사람에 대한 헌신에 있다고 생각한다. 프란치스코 교황이 '불평등'이라는 단어를 강조했듯 정치인이나 종교지도자는 불평등을 없애기 위해 헌신하는 사람들이어야 한다. 불평등으로부터 비롯된 사회의 수많은 문제, 갈등과 좌절을 생각해본다. 크든 작든 마음이 평온해지고, 흡족하진 않아도 납득할 만큼 해결되고, 새로운 가능성을 지지하는 사회가 되어야 한다. 그러기 위해서는 개인의 노력에 앞서 먼저 사회적 제도가 뒷받침되어야 할 것이다. 공정과 정의, 진실을 세우고 지키는 정치가 바른 정치라 믿는다. 양극화의 불평등을 해소하고 서민의 먹고사는 문제를 책임지는 정치가 공동체의 생명을 살리는 정치라 믿는다. 서민이 경제활동, 여가활동 등 여러 가지 활동을 자유롭게 할 수 있도록 현실적인 어려움을 해소할 수 있어야 한다. 그러자면 구체적인 생활의 문제를 생생하게 알아야 한다.

2004년 17대 총선에서 당시 열린우리당이 152석으로 과반의석을 얻었을 때, 김대중 대통령이 하신 말씀이 떠오른다. 김대중 대통령은 당신을 찾아온 당선인들에게 "국민 속으로 들어가라"고 말씀하셨다. 국민의 대표로 선출된 국회의원이 국민 속, 국민 곁에 있는 건 당연한 책무이지만, 그때나 지금이나 현실은 여전히 부족하다. 그나마 집단적이고 조직적인 노력이 시작된 것은 19대 국회에서 우리 당 의원들이 시작한 을지로위원회가 아닐까. 좀 더 빨리 이런 노력들을 실천했더라면 지금 당의 형편도 좀 달라지지 않았을까 하는 아쉬움이 크다. 다수의 평범한 국민, 서민들에 대한 연대의식과 존경심을 잃어버린다면 정치를 하는 이유를 잃어버리는 것이다.

아무리 바빠도 한 달에 한 번은 꼭 여러 사람들과 어울려 둘레길을 걷는 것도 다양한 삶의 이야기를 나누며 나를 다잡는 시간이기 때문이다. 길을 천천히 걸으며 생활에서 일어나는 소소한 이야기를 주고받는다. 누구든 삶의 이야기는 귀를 쫑긋 세울 정도로 흥미롭지만, 그 안에는 아픔과 슬픔도 들어 있다. 작은 아픔이라도 털어놓을 때면 나를 친구로 여기는 듯해 느리게 걸으며 귀를 더 세운다. 그 아픔을 잘 보듬어 주는 것이 나의 역할이자 의무라고 여겨 둘레길 걷기가 끝나기 무섭게 메모하고 대안도 고민하게 된다. 프란치스코 교황은 행복을 위한 10계명을 말했다.

"다른 사람의 삶을 인정하라, 관대해져라, 겸손하고 느긋한 삶을 살아라, 식사 때 텔레비전을 끄고 대화하라, 일요일은 가족과 함께하라, 청년에게 좋은 일자리를 만들어 주라, 자연을 사랑하고 존중하라, 부정적인 태도를 버려라, 자신의 신념이나 종교를 강요하지 말라, 평화를 위해 노력하라."

하나하나 되새겨야 할 내용이다. 프란치스코 교황은 평소 실천하는 행동가로서 많은 사람들에게 감동을 선사했다. 교황을 보면서 말이 아니라 행동으로 보여줄 때 신뢰도 생기고 사회적 영향력도 커진다는 것을 다시 배웠다. 모든 말을 뒤로하고 꼭 그처럼 실천하는 사람이 되겠다고 다짐을 한다. 실천으로 공감을, 치유를, 위로를 전하는 사람다운 사람이 되겠노라고.

감히 바라건데, 나도 누군가에게 프란치스코 교황과 같은 존재가 되길 바라본다. 그처럼 위대한 사람으로서가 아니라 그처럼 가까운 사람으로서. 그처럼 신성한 사람으로서가 아니라 그처럼 따뜻한 사람으로서. 그처럼 존경받는 사람으로서가 아니라 그처럼 올바른 사람으로서. 무엇보다 그처럼 실천하고 헌신하는 사람으로서.

정치가 약자의 눈물을 닦아주는 것이라 말한 김근태 의장을 떠올린다. 사회적 약자, 힘없는 개인이나 집단을 돕겠다는 나의 초심을 떠올린다. 서로가 서로에게 기댈 언덕을 만들 때, 우리에게 남아 있는 작은 희망의 씨앗이 싹을 피울 것이다.

두 눈 가운데 한 눈은 남의 것이어야

인권

고백하건대 나 역시 뭘 잘 따지는 성격은 아니다. 따지는 것을 오히려 불편해하는 편이라고 해야 할까. 우리 모두 '따지스트'가 되자. 나부터도 굉장히 낯설게 느껴지는 일이다. 오히려 더 피곤해지는 건 아닌지 겁이 나기도 한다. 하지만 이러한 용기는 내 인권을 지키는 일이며 동시에 다른 사람의 인권을 지켜내는 일이기도 하다. 행복한 사회의 기초는 이러한 토대에서 발현된다. 무심코 다른 사람을 지적하거나, 불편한 질문을 하지는 않았는지, 그런 식으로 다른 사람의 인권을 침해한 적은 없는지. 그리고 용기를 내서 따지자. 이런 시도가 감정적으로가 아닌 논리적으로, 건강한 토론을 통해 인권이 지켜지는 건강한 사회를 만드는 일에 일조하게 되었으면 좋겠다.

차이가 차별이 되어서는 안 된다

다문화 사회가 되면서 거리에서 외국인을 심심치 않게 만날 수 있다. 이들이 우리나라에서 살면서 느낀 인종차별 이야기를 접한 적이 있다. 길거리에서 대중교통을 이용하다보면 사람들이 수군거린다는 것이다. 대표적인 사례가 '아프리카 사람이야? 아랍 사람이야? 동남아 사람이야?' 같은 이야기이다. 우리나라보다 경제개발이 느린 나라에서 왔다고 얕보는 거다. 외국인을 무서운 시선으로 바라보거나 불쌍한 사람 취급한다. 심지어 다짜고짜 반말을 하거나 너희 나라로 돌아가라, 욕하는 사람도 있다.

실제 을지로위원회 활동을 하면서 이주노동자들의 인권이 너무 열악하다는 것을 목격한 바 있다. 하지만 세계인권선언 2조 내용처럼 어느 누구도 피부색이나 인종, 성별, 종교, 언어, 국적, 다른 의견이나 생각을 가졌다는 이유로 차별받아서는 안 된다. 이 조항을 들여다보면 우리 사회가 어떤 종류의 차별로 몸살을 앓고 있는지 알 수 있다. 선진국으로 접어들면서 상황이 많이 좋아졌다고는 하나 아직도 인권 사각지대가 존재한다.

멀리보면 남의 일도 나의 일

『불편하면 따져봐』는 '논리로 배우는 인권 이야기'라는 부제가 붙어 있다. 『불편해도 괜찮아』라는 책의 후속으로, 인권을 쉽게 이해하고 받아들이도록 국가 인권위원회가 기획한 책이다. 저자 최훈 강원대 교수는 청소년을 대상으로 한 논리분야 교양서를 다수 집필했다. 전작과 비교해보자면, 『불편해도 괜찮아』는 『헌법의 풍경』을 쓴 김두식 교수가 집필했다. 스스로 영화광이라고 소개하는데, 80편이 넘는 영화, 드라마, 다큐멘터리를 인용하여 인권 이야기를 하고 있다. 일상을 살아가며 심심치 않게 인권 침해가 일어나는데도, 당장 자기 일이 아니면 넘어가거나 귀찮은 일은 피하고 보자는 마음이 되기 마련이다. 하지만 바로 거기에서부터 인권 유린이 시작된다. 게다가 그렇게 눈 한 번 질끈 감고 넘어가는 지점이 곧 시작일 뿐 아니라 인권 유린의 결정적 상황이 되는 것이다. 누군가 부당하게 인권을 침해당하면 불편함을 느껴야 한다. 저자는 그것을 '인권 감수성'이라고 말한다.

『불편해도 괜찮아』가 반드시 알아야 하는 인권 감수성을 일깨우는 입문서라고 한다면, 『불편하면 따져봐』는 여기서 한걸음 더 나아가 부당한 상황이나 인권 침해 상황에서 대처할 수 있는 무기, 즉 논리를 제공하는 책이라고 할 수 있다. 좋은 게 좋은 거라는 생각을 경계하고, 다양한 현상을 논리적으로 생각해보자고 권한다. 모멸감을 느끼거나 수치심을 느낄

만한 불편한 상황에서 적극적으로 대처할 논리를 찾는 일, 이것 역시 미리 여러 사례를 들여다보고 함께 이야기 나누면서 자연스러운 학습과 연습을 필요로 하는 일일 것이다.

나의 기준이 너의 기준일 수 없다

원래 낱말이 가지고 있는 뜻을 자신만의 방식대로 다시 정의하고 거기에 맞지 않는다고 상대방을 비판하는 잘못을 '은밀한 재정의의 오류'라고 말합니다. 은밀한 재정의는 상대방을 비난하는 데 목적이 있습니다. 자신이 가지고 있는 기준을 상대방이 만족시키지 못하고 있다고 비난할 때 쓰입니다. 그런데 문제는 그 기준이 사회 전체적으로 통용되는 것이 아니라 그 기준을 자신만이 가지고 있을 때 생깁니다.

학생은 누구나 공부를 잘해야 한다거나 나이가 들었으면 누구나 혼인을 해야 한다거나 혼인을 했으면 아이를 낳아야 한다는 기준을 정해놓고 그 기준에 이르지 못했다고 상대방을 불쌍하게 여깁니다. 혼인을 하거나 아이를 낳는 문제 역시 개인의 선택이므로 어떠해야 한다고 기준을 정하는 것도 은밀하게 재정의하는 것입니다. 시쳇말로 다른 사람들이 충고하는 것을

'지적질'이라고 하고 특히 윗사람이 하는 충고는 '꼰대질'이라고 합니다. 정당한 충고도 지적질이나 꼰대질이라고 싫어하는데, 자신만의 정의로 상대방을 지적질하면 누가 좋아하겠습니까? 은밀한 재정의는 오류입니다.

사생활 간섭은 단순히 듣기 싫은 말을 하는 문제가 아닐 수 있습니다. 단순히 듣기 싫은 정도보다 더 강하게 상대방에게 수치심이나 모멸감을 줄 수 있습니다. 그렇다면 성희롱이 인권의 문제인 것처럼 사생활 침해도 인권의 문제가 됩니다.

나는 당당하게 내세우고 싶지만 다른 사람들은 숨기고 싶은 것이 있습니다. 그것이 사생활입니다. 나는 밝혀도 된다고 생각하지만 상대방은 드러내는 것이 수치스러울 수 있으므로 먼저 묻지 말아야 합니다. 나는 아무렇지도 않게 공개할 수 있는데 상대방은 끔찍이도 공개하기 싫어하는 점이 있습니다. 많은 사람들 앞에서 그것이 밝혀지는 것은 공개 장소에서 발가벗겨지는 것만큼 수치스럽다는 점을 이제 알아야 합니다. 그런 수치를 겪고 싶지 않다는 것은 인간의 권리이므로 사생활 침해는 인권의 문제라는 것을 인식해야 합니다.

EBS 북카페 '책 읽어주는 국회의원' 2014년 12월 26일 낭독 원고

_『불편하면 따져봐』, 최훈 · 국가인권위원회 저, 창비 中

내가 불편하면 남도 불편한 법

'따지다'라는 말을 인터넷 사전으로 찾아보면 "1. 문제가 되는 일을 상대에게 캐묻고 분명한 답을 요구하다 2. 옳고 그른 것을 밝혀 가리다 3. 계산, 득실, 관계 따위를 낱낱이 헤아리다"라는 뜻이 검색된다. 우리는 잘잘못을 따지는 일에 서툴다. 따지는 행위를 권하지 않을 뿐더러 좋아하지도 않는다. 적당히 참고 넘어가는 것을 관용이라, 이해라 여기는 경우가 허다하다. 하지만 불편하면 따져보는 게 맞다. 특히, 인권에 관련한 일이라면 더욱 그래야 한다. 인권은 인간으로서 가지는 기본적 권리이므로, 그것을 스스로 지켜내는 일은 인간으로서의 책임이자 의무이다.

우리는 너무 쉽게 자신이 옳다고 믿는 편견이나 선입견, 고정관념으로 상대를 바라본다. 예컨대 명절에 친척들이 모이면 너 왜 결혼 안 하느냐, 취직도 해야 하는 것 아니냐, 아이는 언제 낳을 거냐 등등 걱정이나 관심이라는 미명 아래 개인에게 불편한 질문을 서슴없이 한다. 저자는 이러한 것을 "사생활 간섭과 은밀한 재정의의 오류"라고 지적한다. 굳이 대답을 듣고자 하는 것도, 함께 해결책을 모색해주려는 것도 아닌 사사로운 호기심에서 비롯한 질문들이 상대에 따라서는 깊은 상처가 되기도 한다. 고정관념이나 편견이라는 오류를 가진 질문에 제대로 된 답변을 하지 못하면 마치 사회 부적응자처럼 여긴다. 이런 것이 사생활 침해고, 인권 침해가 될 수 있다는 것을 생각하지 못한다. 몸이 불편할 수도 있고, 경제적인 상황이 나쁠 수도 있고, 혹은 아이를 낳고 싶어도 낳기 힘든 상황일 수도 있다. 말 못할 고충이나 아픔이 있고 저마다 나름대로 타당한 이유가 있을 진데, 상대는 전혀 고려치 않는다.

또는 사회생활을 하는 사람들이라면 겪어봤을 사례도 많다. 예컨대 남자가 술도 못 마시느냐, 여자라면 여자답게 굴어라, 남자는 울면 안 된다, 옷이 그게 뭐냐 등등. 이것이 바로 생각보다 만연하게 퍼져있는 인권 침해의 일상이다. 뭐든지 반복하면 습관으로 고착화 된다. 우리가 아무렇지 않게 지나가는 일상의 말들 중에서 인권 침해의 여지가 있는 것을 발견하고, 그것을 우리가 어떻게 고쳐나가야 할지 고민해야 한다. 우리의 잘못된 문화일 수 있는데, 그것을 자칫 그냥 넘어가면 오랜 관습처럼 딱딱하게 굳어질 수 있다. 유교적 관습에 비추어보자면 어른이 말씀하실 때 대꾸하면 버르장머리 없는 사람이 된다. 하지만 어른을 공경하는 것과 별개로, 불편하고 수치스러운 상황에서는 단호하게 노, 하고 말할 수 있어야 한다. 그것도 감정적으로 대응하는 것이 아닌, 논리적으로 정리해 대응할 수 있어야 한다. 자칫 반박할 근거를 찾지 못해 역으로 당하고 마는 사례도 많다.

이 책은 사생활 침해 말고도 표현의 자유, 학생인권, 여성차별, 학력차별, 지역과 인종차별, 장애인차별, 성소수자에 대한 편견, 양심적 병역거부에 대한 문제, 피의자의 인권, 사형제, 동물권까지 총 12가지 쟁점에 대해 꼼꼼하게 다루고 있다. 예를 들어 청소년인권에서 두발이나 복장에 신경 쓰면 공부를 못한다는 식으로 규율을 만들고 단속하는 일은 '성급한 일반화의 오류'에 해당할 수 있다.

또 학력차별에 관한 것도 아직까지 현실에서 해결되지 않는 시급한 문제이다. 우리 사회는 학력차별, 대학서열화, 입시 위주의 공교육 등이 계속해서 악순환되고 있는 실정이다. 2014년 기준으로 우리나라 대학진학율이 70퍼센트가 넘는데, 어떤 대학을 나왔는가가 평생 꼬리표처럼 따라다닌다. 열아홉 살 때 단 한 번 본 시험으로 인해 어떤 사람인지 평가받는다는 건 굉장히 편협하고 심각한 일이다. 저자의 표현처럼 학력을 봉건사회의 호패로 보는 것도 무리가 아니다. 우리의 공교육을 위협하고, 우리 세대뿐 아니라 미래 세대의 행복까지 심각하게 위협하는 학력차별의 문제는 곧바로 비정규직 차별의 문제, 갑을 관계의 문제로 확대된다. 정부 차원 · 제도적 차원의 노력이 필요하다. 더불어 장애인, 청소년, 성 소수자의 인권문제 역시 보다 근본적인 해결책이 있어야 하는 큰 문제이다.

내가 참여하고 있는 을지로위원회가 포천 아프리카박물관에 현장 조사를 나갔을 때 기억이 지금도 생생하다. 당시 나는 이 일의 책임의원을 맡았다. 당시 집권여당의 사무총장이 운영하던 아프리카박물관은 국고보조금을 3년 동안 받아 오고 있었다. 그럼에도 아프리카박물관에서 부르키나파소 전통공연을 하는 노동자들은 최소한의 인권조차 존중받지 못하고 있었다. 부르키나파소 공연단원들은 모두 자국에서 인증한 전문 예술인으로 대부분이 아프리카와 유럽 각 국에서 순회공연 등을 한 경력이 있는 예술인이다. 포천에 온 공연단원은 당시 아프리카박물관장이 직접 부르키나파소를 방문해 현지 오디션을 본 뒤 합격자를 가려내어 한국에 데리고 왔다고 한다. 이렇게 공들여 데려온 전문 공연자를 아프리카박물관은 제대로 대우하지 않았다. 2013년 기준으로 최저임금법이 정한 최저임금의 절반도 주지 않았을 뿐만 아니라 그마저도 제대로 지급하지 않았다. 노동조건도 보장하지 않았고, 예술단원의 기숙사 시설이나 음식도 매우 열악한 수준이었다. 포천 아프리카박물관 노동자 문제는 이주노동자들과 국회, 관련 단체들의 연대로 일단락되긴 했지만, 향후에도 이러한 일이 반복될 가능성은 여전히 높다.

고백하건대 나 역시 뭘 잘 따지는 성격은 아니다. 따지는 것을 오히려 불편해하는 편이라고 해야 할까. 그래서 이 책을 보고 용기를 내보자고 말하는 거다. 우리 모두 '따지스트'가 되자. 나부터도 굉장히 낯설게 느껴지는 일이다. 오히려 더 피곤해지는 건 아닌지 겁이 나기도 한다. 하지만 이러한 용기는 내 인권을 지키는 일이며 동시에 다른 사람의 인권을 지켜내는 일이기도 하다. 행복한 사회의 기초는 이러한 토대에서 발현된다. 이번 기회에 나 자신을 돌아봐야겠다. 무심코 다른 사람을 지적하거나, 불편한 질문을 하지는 않았는지, 그런 식으로 다른 사람의 인권을 침해한 적은 없는지. 그리고 용기를 내서 따지자. 이런 시도가 감정적으로가 아닌 논리적으로, 건강한 토론을 통해 인권이 지켜지는 건강한 사회를 만드는 일에 일조하게 되었으면 좋겠다.

서로가
서로를 보살피는
마음

공동체

우리 아이들에게 물려줘야 할 것은 더불어 함께 나아갈 수 있도록 하는 공동체성이다. 하지만 안타깝게도 지금까지 우리의 교육은 그렇지 못했다. 우리 사회는 100명의 아이들이 제각기 고유한 꿈을 꾸도록 돕지 못했다. 이제부터라도 방향을 바꾸어야 한다. 1등부터 100등까지 줄 세우는 게 아니라, 누구나 자유롭게 꿈꾸고 그 꿈을 포기하지 않고 지킬 수 있도록 손잡아 주는 교육, 설혹 길을 잃더라도 좌절하지 않고 또 다른 꿈을 꿀 수 있는 사회, 그런 힘을 기르는 교육과 사회가 우리가 기대하는 미래다.

마을 공동체의 필요성

인문학에 밝은 과학자가 있다. 30여 년을 우리 바다에 사는 어류를 연구해 온 '물고기 박사' 황선도 선생이 주인공이다. 선생은 매년 일산 호수공원에서 배너페스티벌을 개최한다. 물고기를 연구하는 과학자가 축제를 연다는 게 특이하다고 생각할 수 있지만, 이 모든 건 시민들이 하나 되는 아름다운 마을을 만들기 위해 시작된 일이다.

배너페스티벌은 시민들이 자발적으로 참여한다. 가족, 친구들이 함께 주제에 맞는 그림을 배너에 그린다. 공동작업을 하니 참여자들 사이에 새로운 경험을 공유하게 되는 장점이 있다. 가족은 화목을, 이웃은 공동체 정신을, 친구는 우정을 쌓는 과정이라 할 수 있다. 축제는 10월에 하지만 준비는 5월부터 시작한다. 5월에 이웃들이 모여 축제 운영위원회를 구성하고, 6월까지 가족 단위로 신청을 받아 아이들 방학 기간에 걸개그림을 그린다. 한꺼번에 참가자들이 모여 그림을 그리는 여느 사생대회와 달리, 사전 희망 일정에 따라 작업시간을 나누어 그림 그리기를 진행한다. 우리 가족도 2013년에 참여했다. 주제는 '우리 동네, My town', 일산에 있는 유일한 산인 고봉산을 소재로 그림을 그렸다. 다 그린 그림은 10월에 호수공원 가로등에 전시해 사람들과 함께 즐긴다. 산책로마다 이웃들이 그린 그림이 걸려 있으니 산책할 때마다 계속 보게 되는 흐뭇함이 있다. 2015년 주제는 '행복했던 기억'이었다. 매년 평균 50여 가족이 참여한다.

관점을 바꾸면 세상도 달라진다

『멸치 머리엔 블랙박스가 있다』는 물고기 박사인 황선도 선생이 쓴 책으로 일단 제목이 재미있어서 처음 손에 잡게 되었다. 1월부터 12월까지 우리가 평소 밥상에서 자주 만나는 물고기 이야기가 흥미롭게 다가왔다. 더구나 굉장히 이야기를 재미있게 풀어내는 게, 물고기 박사지만 오히려 이야기꾼 같은 느낌이 난다.

해양학과에 진학해 해양수산과학자가 된 저자는 어릴 때 끊임없이 질문하는 아이였다. 그런 어린 시절이 가능했던 것은 모르는 걸 척척 가르쳐주던 걸어 다니는 백과사전 같은 아버지 덕이었다. 아이의 계속된 질문에도 아버지는 짜증 없이 답변해주곤 하셨다. 그래서인지 본인도 자신의 분야에 대한 지식과 정보를 대중과 나누고자 하는 포부가 강하다. 이 책 역시 본인이 연구자, 박사로서 과학의 대중화를 실현하고 싶다는 생각으로 썼다고 한다. 그러려면 대상 자체를 연구해야 그 활용 방안도 잘 알 수 있다는 것이다. 우리에게 물고기는 단순히 먹거리 수산물로 인식된다. 또 바다하면 수산물을 얻어내는 생산 대상으로 생각하기 쉽다. 하지만 관점을 넓히고 더 깊게 연구하면 물고기를 수산 생물자원으로 인식시킬 수 있다. 자주 가는 바닷가에 관한 올바른 지식과 정보도 더 많은 사람과 공유할 수 있어야 한다. 저자는 그것이 과학자, 연구자로서 본인이 해야 할 일이라는 인식과 책임을 가지고 있다.

숭어 옆에서 뛰는 망둥어의 공감

〈슈베르트의 숭어는 숭어가 아니다〉

숭어는 쉽게 놀라 수면 위로 뛰어오르는 습성이 있어 강 하구나 연안에서 뛰는 것을 종종 볼 수 있다. 도약력이 좋아 높이 뛰어오르는데 꼬리로 수면을 치면서 거의 수직으로 솟구쳐 오르고 내려올 때는 몸을 한 번 돌려 머리를 아래로 하고 떨어지는 게 마치 높이뛰기 선수인 연어를 연상케 한다. 이러한 숭어의 습성에 빗대어 제 처지는 생각하지 않고 저보다 나은 사람을 하릴 없이 흉내 내려고 애쓸 때, '숭어가 뛰니까 망둥어도 뛴다'고 한다. 낚시꾼의 이야기를 노래한 슈베르트의 명 가곡 '디 포렐레'를 예전에는 숭어라고 번역하였으나 사실은 송어를 잘못 이해한 것이라는 이야기는 이제 상식이 되었다. 또 일본 간토 지방에서는 숭어를 먹으면 새색시가 집을 나가게 된다고 해서 금기시하기도 한다.

〈배꼽이 필요한 이유〉

숭어는 갯벌을 좋아해서 사랑을 나누는 잠자리 또한 진흙 속이라고 한다. 방해자가 없는 진흙 속에서 둘만이 그야말로 진탕하게 사랑을 즐긴다. 암컷은 호의를 가진 수컷에게 입맞춤을 받으면 몹시 기뻐한다. 그리고 산란할 장소를 찾아서 청소하고 수컷이 오기를 기다린다. 암컷 수컷 모두가 단식을 하면서까지 시간가는 줄 모르고 사랑의 한 때를 보낸다. 진흙 속에 머리를 처박고 꼬리를 격렬하게 흔들면서 사랑 행위를 계속하는 모습은 진지할 정도인데 좋아하는 수컷이 아니면 받아들이지 않는다고 하니 헤프다고 할 일은 아닌 듯 싶다.

EBS 북카페 '책 읽어주는 국회의원' 2015년 3월 20일 낭독 원고
_『멸치 머리엔 블랙박스가 있다』, 황선도 저, 부키 中

공동체문화의 절실함

제목만 봐도 궁금해서 이 책을 읽지 않을 수 없었다. 멸치 머리 안에 있다는 블랙박스가 과연 뭘까. 원래 나는 생선을 좋아하지 않았다. 그런데 시아버님이 생선을 좋아하시고, 또 남편은 특히 고등어를 좋아한다. 자연스럽게 결혼하고 나서 생선을 자주 먹게 되었다. 넉넉지 않은 신혼살림에 가격이 저렴한 고등어는 남편을 위하는 마음의 반찬이 되어주었다. 밥상머리에서 자주 만나는 물고기는 그래서 참 고마운 존재다. 솔직히 내게 좋아하는 생선을 고르라면 나는 단연 멸치다. 책 제목에서도 멸치가 눈에 확 들어왔다. 반찬뿐 아니라 맥주 마실 때 마른안주로도 좋아한다. 자꾸

먹는 이야기를 하면 안 될 것 같은데, 우습지만 역시 오래된 인식을 하루 아침에 바꿀 수는 없나보다. 그래도 일보 전진이라면 물고기에 대한 재미있는 이야기를 읽어서인지 과거와는 다른 마음으로 생선을 접하게 되었다는 점이다.

다 아는 이야기지만 멸치는 굉장히 작다. 멸치는 작은 플랑크톤을 먹고 살고 또한 큰 생선한테 먹히기도 한다. 이런 멸치의 머리에 나무의 나이테처럼 나이를 알 수 있게 하는 블랙박스 장치가 있다. 이석이라고 칼슘과 단백질로 이루어진 뼈 같은 물질인데, 사람으로 치면 달팽이관처럼 평형기관 역할을 하는 것이다. 그것을 쪼개 보면 나무의 나이테처럼 되어 있어서 멸치의 나이를 알 수 있다는 거다. 이것을 황선도 박사는 1996~2003년까지 현장조사를 하고, 그 뒤 1년 동안 캐나다에서 연구원으로 공부하면서 거의 10년에 걸쳐 밝혀냈다. 그런데 알고 보니 『자산어보』라는 옛 문헌에 이미 이러한 사실이 나와 있었다는 것이다. 200년 전 선조들은 벌써 알고 있었다.

우리의 머릿속에도 멸치 머릿속에 든 블랙박스처럼 사회적 인자가 들어 있다. 혼자서 살 수 있는 사람은 없다. 몇 해 전, 고양시에서 세 자매가 극심한 영양실조 상태로 발견된 일이 있었다. 냉골의 지하 월세방에서 보살펴주는 이 없이 방치된 것이다. 반찬이라곤 고추장밖에 없는 밥이나 라면을 먹으며 몇 년을 보냈다는 언론보도를 보고 먹먹해진 가슴이 한동안 진정되지 않았다. 의식주 해결이나 교육 등 최소한의 양육의무도 방기한

계모가 구속되고, 세 자매는 다행히 신체적 정신적 건강을 회복해가고 있다지만, 한 가정의 문제를 넘어 우리 사회의 아픈 단면을 고스란히 드러낸 사건이 남긴 숙제가 적지 않다.

세 자매는 자신의 생존과 안녕, 행복에 관한 권리를 어떻게 구제받을 수 있는지 알지 못했고, 이웃의 도움을 받을 생각조차 하지 못한 것으로 보인다. 적어도 이 소녀들에게 이웃은 기댈 수 있는 존재가 아니었다. 무심한 이웃을 탓하려는 게 아니다. 세 자매의 맏이는 동생들에게 검정고시 준비를 시켰다고 한다. 정글사회로 표현되는 치열한 경쟁의 질서 속에서 살아남기 위해선 부지런히 스펙을 쌓아야 한다고 믿는 절대다수의 청춘들처럼, 세 자매 역시 공부라도 해야 그 비참한 상황에서 벗어날 수 있다고 믿었던 것이다. 각자가 알아서 생존을 책임져야 하는 척박한 사회, 세 자매의 눈에 비친 우리 사회는 서로 돕고 협력하며 살아가는 공동체가 아니었을지도 모른다.

복지를 확충하고 제도적 돌봄을 강화하는 것만으로는 충분치 않다. 서로서로 돕고 살던 공동체를 복원하는 것, 공동체를 믿을 수 있는 문화가 정착하는 것, 어쩐지 당위적인 이야기로만 들릴까 망설여지기도 하지만 그래도 꼭 필요하단 생각은 멈춰지지 않는다.

그렇다면 어떻게 해야 하는가? 다 같이 힘을 보탤 수 있는 방법이 무엇일까? 그것은 환경과 사회의 규칙을 바꾸는 것이다. 우리가 사는 도시가 점점 삭막해진다고 말한다. 하지만 황선도 선생 같은 사람이 있다면 그곳이 도시든 시골이든 공동체성이 형성된다. 마을공동체라는 말이 익숙하지 않았을 때, 미국에서 조화로운 삶을 실천했던 헬렌과 스코트 니어링이 국내에 소개되었다. 부부는 번잡한 도시를 떠나 버몬트 숲으로 들어가 여러 사람들과 공동체를 꾸려 생활했다. 그들은 삶의 원칙을 함께 정했다. 열두 가지 원칙을 세웠는데, 그 첫 번째가 '자급자족하겠다. 이윤 추구의 경제에서 벗어나겠다.'였다. 불필요한 노동에 사용되는 시간을 아껴 취미 활동을 하거나 책을 읽으며 내적 행복을 누리겠다는 의지다.

우리 아이들에게 물려줘야 할 것은 더불어 함께 나아갈 수 있도록 하는 공동체성이다. 하지만 안타깝게도 지금까지 우리의 교육은 그렇지 못했다. 우리 사회는 100명의 아이들이 제각기 고유한 꿈을 꾸도록 돕지 못했다. 이제부터라도 방향을 바꾸어야 한다. 1등부터 100등까지 줄 세우는 게 아니라, 누구나 자유롭게 꿈꾸고 그 꿈을 포기하지 않고 지킬 수 있도록 손잡아 주는 교육, 설혹 길을 잃더라도 좌절하지 않고 또 다른 꿈을 꿀 수 있는 사회, 그런 힘을 기르는 교육과 사회가 우리가 기대하는 미래이다.

또 한 가지, 우리 사회에서 이런 변화에 대한 요구가 높아질수록 경청하고 공감하는 능력이 더 중요해질 것이다. 세상에 단 한 사람인 나 자신에 대한 자존감을 가지도록 도와주는 것, 엉뚱하고 기발한 상상이나 생각도 주눅 들지 않고 자신 있게 말하고 표현하도록 도와주는 것, 더 나아가 내 생각이 중요한 만큼 다른 사람의 생각도 중요하다는 것을 깨닫게 도와주는 것이 우리 아이를 미래의 시민으로 키우는 출발이다. 그 토대를 만들어야 그 위에서 자신을 사랑하고, 다른 사람을 향한 경청과 공감의 힘을 기를 수 있다고 생각한다.

요즘은 공감도 능력이라고 한다. 나는 공감하는 능력이 커질수록 더 많은 일, 더 풍요로운 삶을 살 수 있다고 믿는다. 경쟁이 최고가 아니라 협력과 연대가 가능한 사회로 만들어야 한다. 그러기 위해서 마음을 모아야 한다. 영혼의 꽃을 피우기 위해 노력하는 사람이 많을 때, 마음은 하나둘 모여든다. 황선도 선생이 배너페스티벌을 열심히 하는 이유 또한 이와 다르지 않다. 과학도 결국 인문학을 기본으로 해야 사람을 살릴 수 있기 때문이다. 더불어 사는 삶을 살기 위해서 우리 속에 숨어 있는 공동체정신을 깨워야 한다. 공동체정신 위에서 키운 희망만이 밝은 빛을 낼 수 있을 것이라 믿는다.

연대가 만드는 유쾌한 결실

성공

따뜻한 시장경제는 IMF 이후 망가진 한국의 사회경제 시스템과 우리의 나갈 길에 관한 김근태 의장의 오랜 고민이 담긴 제안이었다. 그것은 생애 마지막까지 나라의 미래와 정치의 비전을 고민한 그가 우리 사회에 내민 따뜻한 손이었다. 갈수록 심화되는 양극화 속에서 천 길 낭떠러지로 내몰린 채 불안한 삶을 이어가는 대다수 서민들, 그리고 아무런 해법도 대안도 제시하지 못한 채 실패를 반복하는 우리의 정치계. 그러한 현실을 솔직히 인정하고 겸허히 반성한다면 바로 지금이 다시 김근태의 목소리에 귀 기울여야 할 때가 아닌가 싶다.

세상에 대한 보답

2013년 1월, 마이크로소프트 공동창업자인 빌 게이츠가 자신의 재산을 타인의 생명을 살리는 데 쓰겠다는 뜻을 밝혔다. 빌 게이츠는 이를 위한 조치의 일환으로 우선 2조 원에 가까운 돈을 전 세계 소아마비 퇴치운동에 쓰겠다고 했다. 이미 빌 게이츠 부부는 1990년대 중반, 저개발국가의 빈곤과 질병을 퇴치하기 위해 자선재단을 세우고 280억 달러를 출연하는 등 체계적인 실천을 해왔던 터라 그 소식을 허언으로 여기는 이는 아무도 없는 듯했다. 69조 원이나 되는 재산을 사회를 위해 내놓겠다는 것보다 인상적이었던 것은, 그것이 "다른 사람들을 위해 더 많은 일을 하고 싶으며, 그것이 나에게 성공을 안겨준 세상에 보답하는 길"이라고 말한 대목이었다.

'세상에 대한 보답'이라는 말이 새로워서는 아니다. 그보다는 성공이 목표가 된 시대, 이 말이 성공에 대한 진지한 성찰을 촉구하는 것처럼 느껴진 까닭이다. 일일이 옮기기에도 부끄러운 일들로 인사청문회를 지켜보는 국민을 외려 민망하게 만든 공직후보자를 보며, 국내 최고기업 후계자의 자녀가 사회적 배려 자격으로 국제중학교에 입학했다는 소식을 접하며, 당혹감을 넘어 분노에 가까운 실망감을 느낀 것은 분명 나만이 아닌 듯 싶다. '내가 누군데' 같은 생각이 앞설 때 성공은 응당 누려야 할 그 무엇이 된다. 그것이 자리이든 돈이든 자신이 이룬 성취에 취해 대접 받고 사는 걸 당연한 권리로 생각하는 곳에서 공동체는 설 자리를 잃는다.

밥 한 숟갈을 입에 넣는 일에도 수많은 사람의 수고와 노력이 필요하다. 농부는 물론이요, 농기계를 만들고 방아를 찧고 운반하고 판매하고 밥솥을 만들고 상을 차리는 사람에 이르기까지 전 과정 과정마다 이어진 관계가 무수하다. 내가 입고 있는 옷을 생각해봐도 그렇다. 목화가 자라는 밭과 지금 입고 있는 옷 사이에는 얼마나 많은 사람의 노고가 숨어 있는가. 목화를 따는 사람, 실로 짜내는 사람, 실을 천으로 짜는 사람, 그리고 옷을 만드는 디자이너. 이게 다일까? 목화를 따는 데 필요한 농기계를 만드는 사람, 수확한 목화를 운반하는 사람, 실이나 천을 짜는 기계를 만드는 사람, 공장을 운영하는 사람, 만들어진 옷을 판매하는 사람, 판매하기 위해 상점에 옷을 진열하는 사람 등. 우리가 입고 있는 옷 한 벌에도 이렇게 많은 사람의 땀이 들어간다. 그런 면에서 성공은 그것을 이루고, 그것과 관계 맺는 거대한 힘을 떠올릴 때 온전한 의미가 살아난다.

생명운동에서 발견한 미래

『나는 미처 몰랐네 그대가 나였다는 것을』은 오래전 세상을 뜬 생명운동가, 무위당 장일순 선생의 잠언집이다. 유명세로 이름을 떨치기보다는 사회운동가로서 묵묵히 할 일을 해 온 사람으로서 존재감이 크게 기억되는 분으로 알고 있다. 더 자세히 알고 싶어서 책과 인터넷에 소개된 선생의 생애를 들여다보았다. 위키백과에 소개된 자료에 따르면, 선생은 미국이나 소련의 일방적인 입장에만 서는 통일안에 반대하는 중립평화통일안 때문에 1961년 5.16 군사정권에 의해 3년에 가까운 시간 동안 옥살이를 했다. 1971년 지학순 주교 등과 함께 군사정권의 부정부패를 폭로하는 가두시위에 참여하는 등 사회운동을 했고, 1980년대부터는 고향 원주에서 '한살림'을 시작으로 생명운동을 했다. 노자, 장자와 같은 철학적 내용을 실천하는 삶을 보여주었는데, 스스로 호를 '일속자(좁쌀 한 알)'라고 지을 정도로 작은 것을 소중히 생각하고 작은 생명에 대한 사랑을 실천했다.

이 책은 선생의 강연과 책, 인터뷰에서 말씀을 가려 엮었다. 한 장씩 넘기면서 읽으면 금방이지만, 그 의미를 꼭꼭 새겨 읽으려면 한 페이지를 가지고서도 몇날며칠 되새김질해야 한다. 나 역시 이 책을 의원회관에서 우연히 만나게 되었는데, 그때 느낌이 그랬다. 어떻게 보면 소홀할 수 있고, 질끈 눈 한 번 감으면 넘어갈 수 있는 부분들을 다시 생각하게 하고, 지난날을 돌이켜보는 계기를 마련해 준다. 내가 살아가는 땅, 생명과 우주와 소중한 자연을 떠올리며 사색의 시간을 가져보는 건 어떨까한다.

고난 뒤의 즐거움은 달다

〈도둑〉

도둑을 만나면 도둑이 돼서 얘기를 나눠야 해

도둑은 절대 샌님 말은 안 들어요

저 사람도 도둑이다 싶으면 그때부터 말문을 열기 시작한다

이 말이에요

그 때 도둑질을 하려면

없는 사람 것 한두 푼 훔치려 하지 말고

있는 사람 것을 털고

그것도 없는 사람과 나눠 쓰면 좋지 않겠냐고 하면

알아들어요

부처님은 마흔네 개의 얼굴을 갖고 계시다는 말이 있는데

말하자면 이런 거지요.

'누구를 만나든 그 사람과 하나가 된다'

이 말이에요.

〈동고동락〉

사람들은 본능적으로 감각적으로

편하고 즐거운 것만 동락하려고 들지요.

그런데 고(苦)가 없이는 낙(樂)이 없는 거예요.

더불어 함께 하는 것이지요.

그러니까 동고동락한다는 것 자체가 생활이지

동락만 한다면 생활이 아니라고 생각합니다.

〈밥 한 그릇〉

해월 선생이 일찍이 말씀하셨어요.

밥 한 그릇을 알게 되면

세상만사를 다 알게 된다고.

밥 한 그릇이 만들어지려면

거기에 온 우주가 참여해야 한다고.

우주 만물 가운데 어느 것 하나가 빠져도

밥 한 그릇이 만들어질 수 없어요.

밥 한 그릇이 곧 우주라는 얘기지요.

하늘과 땅과 사람이

서로 힘을 합하지 않으면 생겨날 수 없으니

밥 알 하나, 티끌 하나에도

대우주의 생명이 깃들어 있는 거지요.

EBS 북카페 '책 읽어주는 국회의원' 2015년 9월 17일 낭독 원고

_『나는 미처 몰랐네 그대가 나였다는 것을』, 장일순 저, 시골생활 中

건강한 사회를 위한 민주주의

고가 없인 낙이 없다, 라는 말이 마음속에 와 닿는다. 고가 있어야 낙이 훨씬 더 소중하고 의미 있게 다가온다. 동고동락의 의미가 바로 그것이다. 함께 가는구나, 같이 사는 거구나 하는 생각을 했다. 밥 한 그릇을 만들려면 봄부터 가을까지 농부들이 피땀 흘려 볍씨를 쌀로 만드는 인고의 과정을 살아내야 한다. 말 그대로 온 우주, 하늘과 땅과 사람이 힘을 합하지 않으면 생겨나지 못하는 거다. 그 말이 너무나 새삼스럽게 와 닿았다. 잊어버리고 있던 자연의 이치랄까. 이런 걸 거창하게 말하자면 대우주의 생명력이다. 사실 우리 일상의 밥 한 그릇에는 대우주의 생명력이 들어 있는 것이다. 생각하면 소중하지 않은 게 없다. 마음의 울림과 공감을 발견하는 이치는 작은 것을 소중히 여기는 데 있다. 그러면 곧 마음의 위안과 평안이 찾아온다.

장일순 선생이 추구했던 생명운동처럼 지금 우리에게 필요한 것은 현실은 물론 우리의 미래마저 무섭게 갉아먹는 신자유주의의 공격으로부터 우리를 지킬 수 있는 대안이다. 나는 그것이 인간의 존엄을 지키기 위해 그 누구보다도 철저하게 자신의 모든 것을 내어온 민주주의자 김근태가 제안한, 따뜻한 시장경제라고 생각한다.

김근태 의장은 마지막까지 신자유주의를 극복하기 위해 몰두했다. 노동과 삶의 가치를 파괴하는 경제운영 시스템을 바꾸지 않고는 인간의 존엄을 지킬 수 없다고 생각했기 때문이다. 따뜻한 시장경제는 IMF 이후 망가진 한국의 사회경제 시스템과 우리의 나갈 길에 관한 김근태 의장의 오랜 고민이 담긴 제안이었다. 그것은 생애 마지막까지 나라의 미래와 정치의 비전을 고민한 그가 우리 사회에 내민 따뜻한 손이었다. 갈수록 심화되는 양극화 속에서 천 길 낭떠러지로 내몰린 채 불안한 삶을 이어가는 대다수 서민들, 그리고 아무런 해법도 대안도 제시하지 못한 채 실패를 반복하는 정치. 그러한 현실을 솔직히 인정하고 겸허히 반성한다면 바로 지금이 다시 김근태의 목소리에 귀 기울여야 할 때가 아닌가 싶다.

매일 자고 일어나면 절망한 개인과 붕괴된 가족 뉴스가 들린다. 날로 심화되는 빈익빈부익부 양극화 현상을 뒤로 제쳐두고 과연 우리 사회가 계속 전진할 수 있을까? 근저에서 분열하고 대립하고 갈등하는 구조를 바꾸지 않고 우리 사회가 정말 안전하게 운영될 수 있을까? 그러고도 과연 시장경제가 훌륭하게 작동할 수 있을까? 김근태 의장이 보건과 복지를 책임지는 장관의 자리에 있을 때, 매일같이 토로했던 고민이자 스스로에게 던진 질문이었다.

신자유주의가 사회와 사람을 더 망가뜨리기 전에 새로운 대안이 필요하다는 오랜 고민 끝에 나온 결론이 '따뜻한 시장경제'였다. 사회적 대타협을 통해 성장과 분배의 조화, 성장·효율과 평등이 조화로운 새로운 발전 모델을 만들자는 구상을 내놓았다. 사회적 대타협은 함께 살자는 연대다. 사회적 대타협을 통해 우리 사회가 따뜻한 시장경제의 길로 나아갈 수 있다면, 그것이야말로 연대가 만들어낸 유쾌한 성공이 아닐까. 북유럽 국가들은 성장과 고용, 복지의 동시 실현이 가능하다는 것을 보여주었다. 김근태 의장이 사회적 대타협과 함께 따뜻한 시장경제를 실현할 방법으로 강조한 것이 '공공성의 강화'였다. 모든 것을 다할 수는 없지만 최소한 서민생활의 근간인 교육, 일자리, 주택만큼은 공공적 접근을 통해 문제를 해결해야 한다는 것이다.

민주주의자 김근태는 새로운 민주주의를 실현시키고자 하는 비전을 가지고 있었고, 그것을 실현시켜야 우리 사회가 새로운 성장, 새로운 발전이 가능하다고 생각했다. 그것을 위해 징검다리 하나를 놓았으면 좋겠다는 것이 그의 희망이었다. 김근태 의장의 뜻을 잇기 위해 나름대로 여러 일을 해나가고 있다. 그중 하나가 국회의원 연구단체인 '민주주의와 복지국가 연구회'를 만든 것이다. 인재근 의원이 대표의원, 나는 연구책임의원을 맡았다. 창립식에서 인재근 의원은 민주주의와 복지국가가 시대정신임을 강조했다.

"복지국가는 20세기 동안 성취한 우리의 민주주의가 나아갈 방향이고, 민주주의는 21세기 복지국가의 튼실한 정치적 기반입니다. 어느 하나가 흔들리면 다른 하나 역시 온전할 수 없는 21세기의 두 날개입니다. 이 때문에 민주주의의 성전인 국회에서 시작하는 우리 연구회의 의미가 작지 않습니다."

도덕적, 사회적 감수성을 침해하면서도 절차적, 법리적 하자가 없으면 문제될 것 없다는 생각이 팽배한 곳에서 성공은 무의미해진다. 아니, 무시무시해진다. 위대한 성공의 기반을 뭇사람들이 함께 살아가는 세상이라 여기고, 자신의 성공을 가난한 사람을 위해 베푸는 시혜가 아니라 타인의 안녕을 위해 기꺼이 돌려줘야 하는 것이라 여기는 인식이 필요하다. 그런 면에서 빌 게이츠의 공동체적 인식은 우리 사회에 만연해야 할 일이다. 더는 이 땅에 살아가는 사람이 그러한 인식과 실천을 놀랍게, 부럽게, 희소하게 느끼지 않았으면 좋겠다.

나를 위하듯 곁에 선 사람의 행복을 바라는 삶. 기꺼이 나누고 함께 하려는 노력이 꽃피는 공동체. 크고 거창한 것을 지향하기보다 작고 여린 것의 생명을 지켜내고자 하는 아름다운 인식. 사람과 사람, 공동체를 살리는 따뜻한 힘. 그것이 바로 우리 모두가 이뤄내야 할 진정한 성공이 아닐까. 진정한 성공에 대한 우리 사회의 성찰이 조금 더 깊어졌으면 좋겠다.

제3장

넓히다

성찰
세상과 대화하는 눈

공감
나의 꿈이 우리의 꿈으로

가족
서로 발맞춰 앞으로 나아가기

진심
진실로 올곧게 다가서다

응원
작은 영웅이 많아 살만한 세상

개성
개미답게, 베짱이답게, 나답게

이야기
새로운 상상력의 숲

어머니
절망에서 희망을 찾는 사람

세상과 대화하는 눈

성찰

책을 읽다가 마음에 드는 구절이 있으면
밑줄을 긋고 메모하곤 했었다.
어렸을 때부터 즐겨했던 읽기와 쓰기 습관이 오랫동안
대변인실에 있게 한 비결일지도 모르겠다.
내 경험에 비춰 말한다면, 생각을 정리하고
어떤 문제에 대해 관점을 가지려면 짧지만
꾸준히 읽고 쓰기를 해야 한다.
개인의 사고력을 완성하는 데 있어 읽기와 쓰기는
날줄과 씨줄과 같다.

책 읽기와 뉴스 읽기

국회의원으로 일하다보니 하루 24시간이 부족하다고 느낄 때가 많다. 의정활동을 위해 찾아가야 할 곳도 많고, 만날 사람도 많고, 읽고 공부할 것도 많다. 책을 봐도 정책자료집이 대부분이다. 그런 한계를 극복하고자 시작한 것이 가까운 사람들과 책 읽는 모임이다. 서너 개의 모임을 시작했는데, 대표적인 것이 동료의원들과 함께 하는 시 읽는 모임 '사월에 방'이다. 국회의원이기 이전에 시인인 도종환 의원이 있어 가능한 모임이다. 이 모임은 내가 스스로 심부름꾼을 자처해서 만들었다. 도종환 의원, 사실 선생님이라는 호칭이 더 자연스럽기도 한데, 함께 의정활동을 하는 것만큼이나 함께 시를 읽고 이야기할 수 있는 것이 참 고맙고 즐겁다. 정해진 시집을 읽고 한 달에 한 번 모여서 각자 가장 마음에 남았던 시를 낭송한다. 시인으로서 도종환 의원의 해설을 듣거나 여건이 되면 작가를 초청해 대화하기도 한다. 그렇게 시간을 나누면 그동안 몰랐던 동료의원의 새로운 면모를 발견하게 되고, 서로를 이해하는 힘이 깊어지기도 한다.

'사월에 방'이 저녁에 하는 모임이라면, 이른 아침에는 '책 읽는 국회의원 모임'을 한다. 책의 저자를 초청해 이야기를 듣고 대화를 나눈다. 이 책의 모태가 된 EBS 라디오 방송 '북카페'라는 프로그램에 출연하게 된 것도 이런 인연에 연유한다. 프로그램 내부에 있는 '책 읽어주는 국회의원' 코너에 출연했다. 책 한 권을 정해 소개하고 한 대목을 직접 낭독했다. 그러고 보니 책 '읽는' 국회의원 활동도 하고, 책 '읽어주는' 국회의원 활동도 한 셈이다. 책을 매개로 공감하고 공유하며 서로의 느낌과 생각을 교류해가는 과정이 의미 있다고 생각하기에 가능한 일이었다. 덕분에 아무리 바빠도 한 달에 한 권의 시집, 두세 권의 책은 접하게 되니 감사한 일이다.

사실 책과 뉴스는 좀 다르다. 그렇지만 나의 경우, 책을 읽을 때도 뉴스를 읽을 때도 텍스트 너머의 의미를 생각하기 위해 노력한다는 점은 비슷하다. 지금도 당대변인을 맡고 있지만, 본격적으로 정당정치에 발을 디딘 뒤부터는 오랜 시간 언론관계를 맡아왔다. 2004년 2월, 총선을 앞두고 선거대책위원회 부대변인으로 임명된 후 꼬박 6년여를 대변인실에 있었다. 수석부대변인 자리가 신설되면서 첫 수석부대변인을 맡았고, 2010년 일산동구 지역위원장을 맡아 대변인실을 떠날 때까지 대변인실을 지켜 최장수 부대변인이라는 호칭이 생기기도 했다. 국회의원에 당선된 뒤 원내대변인을 거쳐 당대변인까지 하게 되었으니 약간의 공백을 감안하더라도 대략 10년을 대변인실에 있으면서 언론과 언론관계에 대해 이해하고 정치적 훈련을 쌓을 수 있었던 셈이다.

대변인 업무의 특성상, 뉴스를 가까이할 수밖에 없다. 뉴스를 내는 입장이지만 그래서 더욱 모든 뉴스를 섭렵하려고 애쓴다. 뉴스 매체와의 관계, 거리 설정도 중요한 업무다. 그럼에도 시간이 흐를수록 노하우가 생기기보다는 늘 새로운 어려움에 봉착한다. 우리의 삶과 생각이 뉴스에 상당한 영향을 받는다는 걸 실감하기 때문이다. 그렇기에 어떻게 하면 진실에 가깝게 다가갈 수 있고, 보다 자유로워질 수 있으며, 뉴스가 우리 사회에 유익하게 활용될 수 있는가 늘 고민한다.

뉴스에 관한 질문들

알랭 드 보통은 우리나라 사람들이 굉장히 좋아하는 작가이다. 2015년에만도 한국에 두 번 다녀갔다. 1969년 생으로 사십대 후반, 스위스에서 태어나 영국에서 역사학, 철학 공부를 했다. 일상적 주제를 철학적으로 접근하여 철학의 대중화를 실현했다는 평가를 받는데, 가장 대중적으로 알려진 소설은 『왜 나는 너를 사랑하는가』이다. 철학, 역사 하면 어딘가 딱딱하고 어려울 것 같다. 하지만 그의 글은 유머와 통찰력이 돋보인다. 문장도 쉽고 편하게 읽힌다. 그러면서도 문장 하나하나에 철학을 담고 있어 읽는 이로 하여금 아, 그렇구나 하는 깨달음을 얻게 한다. 계속해 기피해왔던 질문의 근본에 접근할 수 있게 해준다.

『뉴스의 시대』 역시 일반적인 철학책이 아니다. '뉴스에 대해 우리가 알아야 할 모든 것'이라는 부제가 붙은 책답게, 뉴스를 어떻게 이해하고 받아들이고 재해석해 활용해야 하는지, 이러한 질문을 총체적으로 생각하게 한다. 실제로 우리는 매일같이 뉴스의 홍수 속에서 살아간다. 눈 뜨고 눈 감는 그 순간까지 뉴스는 생산되고 전파되고 전해진다. 오히려 뉴스를 확인하지 않으면 불안하다. 한편 계속 이렇게 살아도 되는 걸까, 하는 물음을 스스로에게 던질 때가 있기도 하다. 현대 사회가 빛의 속도로 변하고 있는데, 언제까지 그 속도와 경주하듯 뒤쫓아야 하는 건지. 과연 그것이 내가 바라는 인간다운 삶일까. 또 한편으로는 조금이라도 뉴스에 뒤쳐지면 안 된다는 강박이 현실을 지배한다. 아무도 답을 가르쳐 주는 사람이 없다. 하물며 뉴스 사용설명서가 따로 있는 것도 아니고. 이럴 수도 저럴 수도 없는 처지, 도대체 뉴스를 어떻게 보고 해석해야 하는가에 관한 문제가 남겨진다.

삶을 지배하는 뉴스

뉴스는 세상에서 가장 별나고 중요하다고 여겨지는 일이라면, 그게 무엇이건 우리 앞에 제시하는 데 전념한다. 열대지방에 내린 눈, 대통령의 사생아, 접착쌍둥이에 관한 뉴스 같은 것이 그렇다. 그런데 온갖 이례적인 사건들을 이처럼 단호히 추적함에도 불구하고 뉴스가 교묘히 회피하는 딱 한 가지가 있다. 그건 바로 뉴스 자신, 그리고 뉴스가 우리 삶에서 점하고 있는 지배적인 위치다. '인류의 절반이 매일 뉴스에 넋이 나가 있다'는 것이야말로 우리가 언론을 통해 결코 접할 수 없는 헤드라인이다. 그 밖의 놀랍고 주목할만 하거나 부패하고 충격적인 일들은 무엇이든 드러내려고 안달하면서 말이다.

뉴스는 뉴스의 작동원리가 거의 보이지 않게 하는 방법을, 그리하여 사람들로 하여금 의문을 제기하기 어렵게 하는 방법을 안다. 뉴스는 세상사를 그저 보도만 하는 것은 아니라는 사실을 드러내진 못하지만, 대신 지극히 뚜렷한 우선순위에 의거한 새로운 세상을 우리 마음속에 공들여 짓는 작업을 꾸준히 해나간다.

EBS 북카페 '책 읽어주는 국회의원' 2015년 4월 3일 낭독 원고

_『뉴스의 시대』, 알랭 드 보통 저, 최민우 역, 문학동네 中

개인과 세상의 바람직한 소통 창구

뉴스는 실재하는 현실 그 자체라기보다 구성된 현실이다. '사실과 진실은 다르다'는 말도 있다. 분명히 거짓은 아닌데, 그 이면을 들여다보면 진실은 따로 있는 경우. 이런 것을 알려주고, 들려주는 게 내가 기대하는 언론, 뉴스의 역할이다. 그러나 사실 뉴스는 세상에서 일어난 일 그 자체라

기보다는 여러 가지 사건 중에 선택된 것을 보도하는 행위에 근거한다. 그 선택의 기준에 따라 몇 개의 뉴스가 만들어진다. 뉴스가 중요하게 다루는 아젠다가 우리에게도 중요한 아젠다가 되고(아젠다 세팅), 뉴스가 사건을 바라보는 틀(프레임)이 우리가 그 사건을 인식하는 방향에도 상당한 영향을 미친다. 다시 말해 언론이 뉴스의 순서를 어떻게 배치하느냐, 어떤 것을 우선순위에 두고 강조하느냐에 따라 우리가 인식하는 세상은 달라질 수 있다. 그러한 위험성에 대해 경계심을 가질 수 있어야 한다. 그러나 대부분의 경우, 어떤 판단이나 기준 없이 뉴스를 접하게 되는 일이 많다. 어쩌면 무작정 받아들인다는 표현이 더 적합할 것이다. 세상 모든 일을 직접 보고 듣고 경험할 수 없는 세상에서 뉴스가 우리가 세상과 소통하는 통로가 되고 있기 때문이다. 그래서 정직하고 공정한 뉴스에 대한 기대와 요구를 버릴 수 없다.

대변인실에 처음 들어왔을 때가 떠오른다. 흔히 대변인을 당의 입이라고 한다. 대변인실이라는 것이 당에서 일어나는 굵직굵직한 정책 결정이나 급박한 사안에 대한 대응부터 온갖 시시콜콜한 일까지 당의 공식적인 입장을 전달하는 곳이기 때문이다. 특히 대변인은 온갖 매스컴과 세상 사람들에게 늘 주목받는 자리다. 내가 부대변인을 처음 맡았을 당시, 대변인이었던 박영선 의원도 그렇고 나도 당직을 맡은 지 겨우 한 달 되는 초짜였다. 하루가 어떻게 지나가는지 모르게 바빴다. 출입기자들과 만나서 얼굴을 익히는 일이나 각종 회의에 참석해서 내용을 파악해 브리핑하고 때로는 논평을 내는 일도 벅차고 낯설었다. 초짜 티를 낼 수 없어 꼭두새벽에 출근하는 강행군을 이어갔다. 되돌아보면 그때의 경험이 오늘의 단단한 나를 만들었다.

대변인실은 국민과의 소통을 위한 자리이다. 언론을 통해 국민과 소통하는 막중한 책임이 실린다. 겉으로는 화려해보일 수 있지만 사실 굉장히 바쁘고 궂은 일도 많다. 특히, 언론과 정치는 불가분의 관계에 놓인다. 언론과 정치가 상호 긍정적으로 작용할 때 민주주의도 발전한다. 그런 면에서 기자들은 좋은 대화 상대이고, 함께 정치시스템을 발전시켜 나가야 한다는 입장에서 파트너십을 갖는 관계이기도 하다. 기자들과 대화할 때는 그래서 더욱 조심스럽고 진지해진다. 날선 비판의식도 중요하지만 품격도 잃지 않아야 한다. 때문에 나는 늘 분명하고 정직한 태도를 유지하려고 애쓴다. 또 가능한 맥락과 배경을 충실히 설명하고자 한다. 국민은 언론을 통해 정치를 접하기 때문에 어떤 일이 있었다는 일화적인 접근보다는 배경과 의미가 충분히 전달되는 뉴스가 중요하다고 생각한다.

기자들과 인터뷰를 할 때나 국회 브리핑에 앞서 내가 하는 일은 원고를 작성하는 일이다. 실무자들이 작성한 초안을 수정하는 경우도 있고 처음부터 준비하는 경우도 있다. 읽고 쓰는 것은 나의 오랜 습관이다. 어릴 때는 편지나 일기 쓰는 것이 큰 즐거움이었다. 책을 읽다가 마음에 드는 구절이 있으면 밑줄을 긋고 메모하곤 했었다. 어렸을 때부터 즐겨했던 읽기와 쓰기 습관이 오랫동안 대변인실에 있게 한 비결일지도 모르겠다. 내 경험에 비춰 말한다면, 생각을 정리하고 어떤 문제에 대해 관점을 가지려면 짧지만 꾸준히 읽고 쓰기를 해야 한다. 개인의 사고력을 완성하는 데 있어 읽기와 쓰기는 날줄과 씨줄과 같다.

성찰하는 뉴스 사용 습관

사람들은 뉴스의 다양한 분야 중 정치에 유독 관심이 많은 편이다. 이 책에 정치뉴스와 관련해서 이러한 대목이 나온다. "민주정치의 진정한 적이 뉴스에 대한 적극적인 검열이라고 생각하기 쉬운데, 그렇지 않다. 오히려 대다수의 사람들을 혼란스럽고, 따분하고, 정신 사납게 만들어서 진을 빼고 정치로부터 멀어지게 할 수 있다. 예를 들면 뉴스의 가짓수는 엄청나게 많은데 사건의 배경이 되는 맥락에 대한 설명은 거의 하지 않고, 뉴스 속 의제를 지속적으로 바꿈으로써, 바로 조금 전까지 긴급하게 보였던 사안들이 여전히 현재진행형이라는 것을 인식하지 않도록 하는 게 더 위험하다." 뉴스 통제는 당연히 해서는 안 되는 일이지만, 뉴스를 통제하는 것보다 흘러넘치게 하는 게 오히려 민주정치에 해가 된다는 이야기다.

감히 말하건대 가끔은 뉴스를 꺼두어도 좋을 것 같다. 바깥세상과 다른 사람들의 뉴스를 쫓아가느라 자신에 대한 관심을 놓치지 않았으면 좋겠다. 알랭 드 보통은 이 이야기를 이렇게 했다. 우리 주위를 둘러싼 자연과 생명체들의 낯설고 경이로운 헤드라인에도 주목하기 위해 가끔은 뉴스를 포기하고 지내라고. 그럴 때는 헉헉대고 쫓아가는 뉴스가 아니라, 사유하고 성찰하는 뉴스 사용 습관이 필요하다. 그런 내면으로부터의 뉴스가 우리 삶을 더 풍요롭게 할 것이다. 더불어 공동체와의 연결과 소통도 더 깊어지게 할 것이다.

나의 꿈이 우리의 꿈으로

공감

지역 곳곳 생활현장을 찾아가 현장에서 진행하는 동구동락 간담회, 각종 직능단체와의 간담회는 정책 자료만을 봐서는 드러나지 않는 현장의 문제를 공부하고 대안까지 함께 모색할 수 있는 기회다.
일산동구에 있는 44개의 초·중·고등학교를 찾아다니며 진행하는 학교순회간담회도 마찬가지다.
교육정책부터 학교 교육환경 개선에 이르기까지 현장의 선생님, 학부모들과 이야기를 나누다보면 국회상임위 활동에서는 미처 생각하지 못했던 문제들을 접하게 된다.
간담회에서 나온 제안을 의정활동에 반영하다보면, 소통하며 일하는 것이 얼마나 중요한지 새삼 느끼게 된다.

돌탑에 깃든 소망

특별한 일정이 없으면 산에 오르거나 가족과 함께하는 시간을 만들려고 노력한다. 하지만 마음과 달리 늘 시간에 쫓겨 살다보니, 실제로 가족 나들이를 간다거나 산에 오르는 일은 가뭄에 콩 나듯 아주 드물다. 아쉬운 마음에 아주 오래된 기억을 더듬어본다. 하루는 식구들과 파주 시누이 집으로 갔다. 그리고 그 동네 뒷산에 올랐다. 봄날이어서 막 피어나는 여린 잎들이 초록 들판을 만들어 놓았다. 구불구불 이어진 흙길을 따라 낮은 언덕 정상까지 걸어갔다.

정상에는 생각지도 않았던 선물이 기다리고 있었다. 누가 쌓았는지 모를 돌탑이 여러 개 있었다. 돌을 하나씩하나씩 올리며 가슴에 품었던 소원을 그 위에 정성껏 쌓았을 것이다. 누가 쌓았을까. 그 사람의 소원은 무엇이었을까. 그 소원은 이루어졌을까. 추측컨대 자기 자신의 부귀영화나 안녕을 위한 것은 아니었을 것이다. 돌 하나하나에 가족, 친척, 친구, 주변 사람들의 안위를 바라는 간절한 소망이 깃들어 있을 것이 틀림없다.

문득 나의 소원을 떠올린다. 한편 꼭 기억하겠노라, 다짐했던 약속들 중에 잊은 것, 지키지 못한 것이 얼마나 되는지 습관처럼 헤아린다. 사람들과 한 약속, 내가 지키고자 한 신념, 실천을 위한 다짐에 소홀하지는 않았는지, 나 자신을 점검하는 일이 간혹 강박에 이를 때도 있다. 돌탑은 사람의 기억을 대신한다. 나약한 인간의 기억에서는 지워질 수 있어도 그 소망을 간직한 돌탑은 언제까지고 그 언덕 위에 서 있을 것이다. 그러니 나 또한 가슴에 돌탑을 올리며 하루하루 살아가야 할 것이다.

인간 삶의 참된 진리를 찾아서

『괴테가 읽어주는 인생』은 곁에 두고 늘 봐도 좋을 그런 책이다. 인생이 무엇인지, 사랑이 무엇인지, 일이 무엇인지 등등 누구라도 한 번쯤은 고민해봤던 문제들, 우리가 살면서 늘 마주하는 숱한 일상의 질문에 대한 해답의 실마리를 얻을 수 있다. 제목만 보면 엄청 어려운 내용이 담겨 있을 것 같지만 몇 페이지만 넘겨보면 일상을 느리게 만드는, 재미있는 짧은 글로 이루어져 있다는 것을 알게 된다.

'지금 내 삶의 중요한 것을 찾아서'라는 부제에서 알 수 있듯, 괴테가 인생을 살면서 중요하다고 생각했던 글들을 일본의 데키나 오사무라는 작가가 설명을 곁들었는데, 철학적인 이야기를 단순 명쾌하게 서너 줄로 압축한 맛이 꽤 흥미롭다.

본문은 여덟 개 챕터로 나뉘어 있다. 괴테가 정리한 서너 줄의 글 옆에 해석이 달렸다. '정치, 경제, 철학은 나중에 생각해도 되지만 인간은 지금 바로 규명해야 한다.'는 머리말에서도 알 수 있듯 괴테가 처음부터 연구하고자 했던 것은 '인간'이다. 괴테는 일상의 삶을 강조하고 있다. 반복하는 것, 그것은 어쩌면 특별한 것이 아니다. 지혜나 자유, 진리 이런 것도 늘 되풀이되는 것이다. 삶이라는 것은 반복하는 것이기에 가치가 있다. 반복하는 것은 특별한 것이 아니지만, 인생의 특별함은 하루하루의 삶을 반복하는 것에서 만들어진다. 함께 즐기며 마음을 나누고 열심히 살아가는 매일매일, 그 안에서 참된 진리가 발견되는 것이다.

기억해야 할 인생 지침

〈은혜를 잊는 약점〉

우리는 자신이 도움을 준 사람들을 만나면 은혜를 베푼 기억이 바로 머리에 떠오른다. 반면, 자신에게 도움을 준 사람을 만났을 때는 자신이 입었던 은혜를 생각하지 못하는 경우가 얼마나 많은가!

베푼 은혜는 언제까지라도 기억하지만 받은 은혜는 금세 잊어버리는 습성, 이것이 바로 실패의 원인이다. 세상에는 타인을 위해서 돈을 빌려주거나 돈을 쓰고 싶어 하는 사람이 많다. 투자가, 후원가, 가깝게는 한턱내고 싶어 하는 상사 등이 그런 사람들이다. 은혜를 잊지 않음으로써 그들의 힘을 최대한 활용할 수 있다.

유능한 사람일수록 다른 사람에게 받은 은혜에 필요 이상으로 감사한 마음을 지닌다. 그 마음가짐은 상대에게서 한층 더 이익을 끌어낸다.

〈곤궁한 처지에서 벗어나라〉

내면적인 충동과 관심 그리고 사랑만이 장애를 뛰어넘고 새로운 길을 열어 비참하고 불운한 상황에서 빠져나올 수 있는 실마리를 만든다. 어떻게 해야 새로운 길을 열 수 있을까. 이에 괴테는 '정답'이 없다고 말한다.

"인간은 어떤 일이든 자기 나름의 방식으로 생각하면 된다. 저마다 각기 걸어가는 길에서만 진리와 진실을 발견할 수 있다. 이때 찾아낸 진리만이 그에게 평생 도움이 될 것이다."

괴테는 눈앞에 놓인 일을 제대로 해내는 것, 그리고 하루하루 충실하게 생활하는 것이 성공을 향한 지름길이라고 말한다. 그래서 자신의 내면에서 솟아나오는 충동, 세상사에 대한 관심과 사랑을 잊지 않는 것이 중요하다고 강조했다.

노력하며 걸어가는 동안 나름의 결론을 이끌어 낼 수 있으며 그럼으로써 길이 새롭게 열린다.

EBS 북카페 '책 읽어주는 국회의원' 2014년 10월 24일 낭독 원고

_『괴테가 읽어주는 인생』, 요한 볼프강 폰 괴테 저, 흐름출판 中

모두가 행복해지는 상생의 길

괴테는 자신의 내면에서 솟아나오는 충동, 세상사에 대한 관심과 사랑을 잊지 않는 것이 중요하다고 강조한다. 괴테가 제시한 행복한 삶의 방식은 고도화된 오늘날 사회에서는 개인이 이겨내기에는 숨이 차다. 혼자서는 벽을 오를 수도, 무너뜨릴 수도 없다. 내가 대학에 다닐 때는 민주주의와 인권을 탄압하는 군부독재라는 커다란 벽, 절대 무너지지 않을 것 같은 강고한 벽이 우리를 짓눌렀는데, 지금은 경쟁과 취업이라는 높은 벽이 젊은이들을 짓누르고 있다. 스펙에 대한 요구는 무한경쟁 사회, 패자부활전이 보장되지 않는 사회상을 반영하는 것이기 때문에 개개인이 헤쳐 나가기에는 한계가 따른다. 개인의 노력으로 '루저'나 '잉여'가 되지 않는 길을 찾기보다, 사회의 문제가 무엇인지 탐구하고 연대해서 도전함으로써 대량으로 루저와 잉여를 양산시키지 않는 사회 시스템을 만드는 일이 조금 더 현실적이지 않나 생각한다.

우리나라 정치에서 흔히 하는 말 가운데 '상생의 정치'가 있다. 이해관계가 다른 사람들을 끊임없이 한자리에 불러 대화하고 토론하는 것이다. 정치인은 자신의 생각, 꿈과 포부를 밝히고 동의와 지지를 구하는 과정을 끊임없이 반복해야 한다. 상생의 정치를 실천한 정치인으로 타게 에를란데르(Tage Erlander) 스웨덴 전 총리를 들 수 있다. 에를란데르 총리는 스웨덴을 대표적인 복지국가로 만들었다. 원래 스웨덴은 자연환경이 척박하고, 자원도 부족한 나라였다. 겨울이 길어 추웠고, 땅은 돌밭이었다. 사람들은 돌밭을 일구다 지치면 포기하고 떠났다. 그래서 스웨덴은 저주받은 돌부리의 나라라고 불리기도 했다. 이런 나라가 지금은 세계에서 가장 잘 사는 나라, 온 국민이 함께 잘 사는 나라가 되었다. 그는 아이를 돌봐야 하는 여성, 몸이 불편한 사람들, 교육을 받지 못한 사람들에게 먼저 관심을 기울였다. 그는 '국가는 모든 국민들을 위한 좋은 집이 되어야 한다.'는 말로 복지국가의 비전을 알기 쉽게 설명했다. '세금을 늘리는 것이 아니라 모든 국민의 소득을 늘리는 것'이라는 말로 복지국가를 만들기 위한 국민의 참여, 즉 합의를 이끌어냈다.

에를란데르 총리는 제2차 세계대전 이후 나이 45세에 총리에 당선되었는데, 당시 스웨덴은 파업과 국민 갈등이 끊이지 않았다. 하지만 국민을 향하는 총리의 변함없는 철학, 서로 다른 생각을 가진 사람들을 끊임없이 만나서 대화한 '목요클럽'과 같은 실천이 오늘날의 스웨덴을 만든 동력이 되었다. 23년 동안 11번 선거에서 승리해 굉장히 오랫동안 총리직을 맡았다. 1968년 선거에서 사회민주당이 역사상 가장 크게 승리해 당선되었지만, 이듬해인 1969년 '체질 개선이 필요하다.'며 스스로 총리직에서 물러났다. 그는 국민이 편안하게 살 집을 만들었지만 은퇴한 뒤 정작 자신은 여생을 보낼 집 한 채가 없었다. 그래서 스웨덴 국민들이 집을 마련해주었다는 유명한 일화가 전해진다.

에를란데르 총리의 목요클럽처럼 나도 여건이 닿는 한 공부하는 모임에 꼭 참석한다. 동료의원이나 전문가들과 함께 이른 아침에 하는 정책 공부모임도 좋은 정치를 하기 위해 꼭 필요한 시간이다. 이와 함께 더 생생한 공부를 할 수 있는 자리가 다양한 단체나 사람들과 현안에 대한 이야기를 나누는 간담회이다. 지역 곳곳 생활현장을 찾아가 현장에서 진행하는 동구동락 간담회, 각종 직능단체와의 간담회는 정책 자료만을 봐서는 드러나지 않는 현장의 문제를 공부하고 대안까지 함께 모색할 수 있는 기회다. 일산동구에 있는 44개의 초·중·고등학교를 찾아다니며 진행하는 학교순회간담회도 마찬가지다. 교육정책부터 학교 교육환경 개선에 이르기까지 현장의 선생님, 학부모들과 이야기를 나누다보면 국회 상임위 활동에서는 미처 생각하지 못했던 문제들을 접하게 된다. 간담회에서 나온 제안을 의정활동에 반영하고 교육환경 개선을 위한 예산을 확보하다보면, 소통하며 일하는 것이 얼마나 중요한지 새삼 느끼게 된다.

인간은 사회적 존재이다. 개인으로서 존재하지만 다른 사람과의 관계 속에서 공동체를 이루며 살아가기 마련이다. 사회가 건강하려면 다른 사람의 어려움이나 고통에 대해 관심을 기울여야 한다. 폭넓고 다양하게 다른 사람들의 관심이나 어려움에 공감하는 능력을 키워야 한다. 그러기 위해서는 많이 듣는 연습이 필요하고, 양보하며 대화하는 연습도 필요하다. 나는 정책간담회라는 공부 모임을 통해 계속해서 이러한 연습을 해 나가고 있다.

인간이 망각의 동물이라고는 하지만 언제까지고 기억해야 할 것은 바람을 이기는 돌탑처럼 간직해야 한다. 그러려면 자신의 인생에서 중요한 것들을 늘 되새겨 잊지 않는 연습을 해야 한다. 어제를 망각하고, 함께 살아가는 법을 망각하고, 어렵게 이룬 민주주의를 망각해서는 안 되듯, 지금의 내가 있기까지 사랑을 준 수많은 사람들을 망각해서는 안 된다. 오늘의 역사는 어제의 기억 위에 세워지는 것임을 잊지 않으려 한다. '내면적인 충동과 관심 그리고 사랑만이 장애를 뛰어넘고 새로운 길을 열어 비참하고 불운한 상황에서 빠져나올 수 있는 실마리를 만든다.' 괴테의 말을 되새겨본다. 나는 돌탑 곁에 작은 돌 하나를 올려놓았다. 내가 추구하는 공감의 마음 한 조각이다. 돌이켜보면 공통의 관심과 사랑으로 새로운 길을 열고자 했던, 사람들과 마음을 나누던 일이 가장 큰 행복이었다. 내 마음 속에 들어온 그 마음이 참 고맙다. 내 마음에 아예 집을 짓고 나를 지탱해주는 사람들의 마음이 고마운 까닭이다. 그들에게도 내가 그런 사람이었으면 좋겠다.

서로 발맞춰 앞으로 나아가기

가족

가족을 위한, 가족과 함께하는 시간을 먼저 마련하고, 그 시간 동안 여행을 하면 얼마나 많은 이야기를 나눌 수 있을까? 먹고 자고 걸으면서 서로 자연스럽게 공감하고, 많은 시간을 함께 보내며 평소에 하지 못했던 이야기도 하고. 짧은 시간이어도 여행하면서 하는 대화는 더 진실하게 다가올 텐데. 가족들이 서로를 보듬는 시간, 어머니가 아이에게 자신의 소신을 이야기할 수 있는 기회, 아이들이 그로부터 지혜의 젖줄을 얻는 경험, 그 근간에는 결국 사람과 사람이 함께인 풍경이 깔릴 것이다.

봄은 추운 겨울의 손을 잡고 온다

이른 봄날 어느 일요일, 심학산에 갔었다. 내가 사는 일산의 이웃동네, 경기도 파주에 있는 작은 산이다. 해발 200미터가 채 안 되지만 평야 위에 솟아오른 산이라 탁 트인 시야로 한강이 한눈에 보이고, 둘레길과 등산로가 어우러져 있어 쉬엄쉬엄 걷기에도, 땀을 내기에도 좋은 곳이다.

봄비가 내리고 싹이 돋아난다는 우수를 하루 앞둔 날, 겨울 산을 넘어 달려오는 봄바람을 느낄까도 싶었지만 산은 아직 겨울 같았다. 제 잎을 모두 떨어뜨려 그 낙엽을 거름삼아 뿌리를 키운다는 겨울나무들. 눈 쌓인 나뭇가지엔 아직 봄기운이 보이지 않고, 눈에 덮인 산길 곳곳은 빙판이라 아이젠 없이는 걷기 힘들었다. 아이젠을 채우고 걷다보니 어느 순간 달라지는 길. 이번엔 얼었던 땅이 녹아 질척한 흙길이 이어졌다. 볕이 드는 양지로 방향이 바뀐 것이다. 겨우내 쌓였던 눈이 녹아 그 물이 뿌리로 흘러들었기 때문일까. 언뜻언뜻 새순을 틔운 나무들도 보였다.

겨울의 모습이 남아 있긴 해도 봄이 오는 걸 막을 순 없는 법. 계절과 계절 사이, 겨울과 봄이 공존하는 산은 밤이 깊으면 새벽이 오고, 겨울이 지나면 봄이 오는 게 자연의 섭리임을 말없이 보여주는 것 같았다. 군소리도, 변덕도 없이 늘 변치 않는 행함이 있어 그 뜻이 반듯하다고 하던가. 유난히 추웠던 겨울 속에서 봄을 만난 것 같아 마음이 따뜻해졌다.

아들딸에게 전하는 인생의 지혜

저자 구은정 씨는 2010년, 전세집을 뺀 돈으로 아무 연고도 없는 네덜란드로 아이들과 유학을 떠난 모험심 강하고 당찬 엄마이다. 그리고 2014년 여름, 고등학교 삼학년인 딸과 일학년인 아들과 함께 산티아고 길을 걸으려 짐을 꾸렸다. 순례자 길에서 만난 사람들, 마주한 풍경, 느낀 감정과 소회를 우리 삶과 연결시켜 성년이 된 딸에게 띄우는 편지 형식으로 책을 썼다. 예컨대 도보 여행을 하다보면 짐이 많을수록 힘들다. 가벼운 짐만이 살 길이다. 도보 여행에서 불필요한 짐을 버리라는 내용은 인생의 길목에서도 마찬가지이다. 필요한 짐을 가볍게 지고 나서야 인생의 여행길도 즐거울 터. 실제로 인생은 매 순간 하나를 선택하는 게 아니라 하나를 버리는 것이었다.

또 아들이 남자라는 이유로 더 무거운 짐을 지게 되는 상황에서 저자인 엄마는 투덜거리는 아들에게 남자와 여자의 차이에 대해 충고한다. 그것은 차별이 아니라 다름이다. 다름을 인정해야 공평한 삶을 살아갈 수 있다는 충고가 기억에 오래 남았다. 그리고 목차를 보면 알 수 있듯 7월 16일부터 8월 16일까지, 여행 중에 쓴 글이라는 게 무엇보다 인상적이다. 나 역시 여행하며 글을 쓰는 경우가 더러 있지만, 사실 그냥 훽 지나치는 경우가 더 많다. 최근에는 바쁘다는 핑계로 길을 떠나는 일도 드물지만, 그것을 기록으로 남기는 일은 더더욱 줄어든 게 사실이다. 그런 면에서 이 책은 나에게 많은 가르침을 주었다.

저자는 여행뿐 아니라 본인이 첫 아이를 임신하고 초보 엄마로서 겪은 어려움, 20년 동안 결혼생활을 하며 살아온 세월, 그 안에서 자신의 이름 대신 누구 엄마, 누구 아내로 살아 온 시간을 정리한다. 끝까지 자기 자신으로 살아남기 위한 몸부림의 과정을 딸에게 전하고자 하는 것이다. 엄마 된 사람이 성인이 된 딸, 아들에게 자신의 인생을 통해 들려주고 싶은 이야기를 글로 정리했다는 것, 그 사실만으로도 가슴 벅차다. 그 마음과 노력이 진심으로 공감되고, 그 공감이 더 많은 이들에게 전해지길 바라는 마음이다.

인생을 살며 깨닫는 몇 가지

파리에서 생장(Saint Jean)오는 기차에서 보았던 대학생 언니 생각나지? 유럽 여행 중간에 애초 여행 계획을 바꿔 이 길 걷기에 합류했다는 한국인 여자 대학생. 그 언니 어제 늦게 알베르게에 도착했던데, 앞뒤로 배낭을 메고 산을 넘어오니 얼마나 힘들었겠어. 대단하지. 그리고 오늘 아침 또 우리와 비슷하게 출발했잖아.

결국 그렇게 다 걸어지는 거야. 시작했으니까. 시작이 반이라고 하잖아. 좀 천천히 걷고 빨리 걷고 차이는 있겠지만 같은 길을 비슷하게 걸어 도착하는 거지 뭐. 빨라야 하루 이틀 빠르고 늦어도 그 정도 늦게 도착할 것이고. 열흘 정도 차이난다 해도 기나긴 인생에서 사실 아무것도 아닌 시간이야. 그 친구도 이 길을 잘 마칠 거라 생각해. 배낭이 두 개인 것이 좀 걱정되지만 또 힘들면 힘든 만큼 짐을 정리하며 버리는 것을 배우며 길을 무사히 마칠 거야.

이 힘든 걷기 여행을 통해 배울 수 있는 것이 있다면 인생에서 필요치 않은 것을 과감하게 버리는 것 아닐까. 삶에서 꼭 필요하지 않은 것을 얻기 위해 허비하는 시간과 노력들이 즐거워야 하는 삶을 얼마나 황폐하게 하는데. 아마 불필요한 것을 버린 이후에나, 없어서 자유로운 그런 진리를 깨달을 수 있을 것 같은데.

그런데 다른 사람을 이해하고 인정할 수 있는 폭을 넓히기 위해선 우선 나를 잘 이해하는 것이 필요해. 다른 사람에 대한 이해와 판단이 결국 내 기준에서 출발하기 때문이지. 나를 잘 이해하면 내가 생각하는 기준이 결국 내 성향에서 비롯된 것이라는 점을 알기 때문에 다른 사람은 좀 다른 기준을 가질 수 있다는 것을 인정할 수 있을 거야.

엄마 아빠가 시간을 지키는 문제로 좀 많이 싸우잖아. 엄마는 시간에 굉장히 예민하고 아빠는 그 순간 아빠와 같이 있는 사람이 소중하고, 엄마는 이미 약속 된 것이 중요하므로 그것을 위해 지금을 정리하는데, 아빠는 지금 순간이 중요하므로 지금을 위해 이미 약속 된 것을 어기는 경우가 종종 있지. 물론 엄마가 아빠와 20년 가까이 함께 살았지만 그런 아빠의 성향이 이해되는 것은 아니야. 그래서 때로는 화도 나지. 그렇지만 시간을 잘 지키고 이미 약속된 것을 지켜야 한다는 것은 엄마가 가진 기준이지, 무엇보다 더 옳은 절대적인 기준은 아니라는 거야. 언제나 모든 상황에는 지금이라는 맥락이 있으니까. 그러니까 지금이라는 맥락만 소중히 여기는 것처럼 보이는 아빠의 성향이 이해는 안 되지만 내가 아닌 다른 사람이 가진 기준으로 인정할 수는 있는 거지. 뭐 추상적으로 복잡하게 얘기해서 뭔가 있어 보이지만 아무것도 아닌 거 너도 알지? 아빠 술 약속 있을 때 그 자리에서 아빠가 적당히 빠져도 세상은 끄떡없다는 것을 아빠는 인정하지 않는다는 것 정도. 아빠는 항상 세상의 주인이니까. 그러나 그게 아빠라는 거.

EBS 북카페 '책 읽어주는 국회의원' 2014년 7월 8일 낭독 원고

_『소심한 깡다구 가족, 산티아고 길 위에 서다』, 구은정 저, 누리달 中

가까운 사람을 소중히 하는 여정

가까운 지인들과 산에 오르는 것을 좋아했다. 구은정 씨가 걸었던 산티아고 순례자 길처럼 제주에 올레길이 생기면서 사람들 사이에 걷기가 유행했다. 빠르게 달렸던 인생의 속도를 조금 늦추려는 사람들이 늘어나면서 시골 마을 작은 길에도 걷기를 즐기는 사람들의 발길이 닿았다. 나 역시 자연스럽게 사람들과 걷기를 즐기게 되었다. 가깝게는 일산 지역과 인근 경기도에 있는 산부터 멀리는 이름난 국립공원을 찾기도 한다.

걷는 건 자동차와 비교하면 느리지만 걷는 것 자체만 보면 속도와는 무관하다고 할 수 있다. 걷는 것은 오른발과 왼발이 만들어내는 균형이고, 팔과 다리가 이루는 조화이다. 팔 다리를 앞뒤로 부지런히 옮기며 평탄한 땅, 구부러진 길목, 가파른 언덕을 지나면 자연스럽게 리듬이 생겨난다. 아다지오와 안단테 사이로 걸을 때면 과거를 추억하고, 안단테와 모데라토 사이를 걸을 때는 주위 사람과 적당히 이야기를 나눈다. 좀 더 새로운 아이디어를 떠올릴 때면 걸음걸이가 빨라지는데, 그때의 걸음걸이는 모데라토와 알레그로 사이쯤이 된다. 청명한 날 아침 걷기를 막 시작할 때쯤의 속도이다.

사람이 많아지면 걸음걸이는 느려진다. 나만 생각하기보다 여러 사람과 함께 걷기 위한 일종의 배려이다. 걸을 때는 보통 말을 잘 안 하지만 사람이 많으면 걷기보다 이야기에 더 집중하게 된다. 대화에 집중하면 걸음은 조금 느리지만 걷는 것에 대한 부담은 줄어든다. 가끔은 이야기하며 걷다가 생각보다 더 멀리 간 적도 있다. 이것이 함께 걷기의 묘미인지도 모르겠다.

등산은 정직하다. 길이 가파르면 어느새 숨을 돌릴 수 있도록 낮은 곳으로 길을 내어준다. 등산이 대표적인 운동이자 여가 수단이 된지도 오래이니 새삼스러울 것도 없지만, 그때그때 시간이 맞는 사람들과 어울려 산에 가는 건 내 바쁜 일상의 큰 활력이다. 함께한 사람들과 호흡을 맞추며 걷다보면 높은 언덕도 언제 넘었나 싶게 등 뒤에 밀려나 있다. 발을 맞추며 걷는 것만으로도 함께한 사람들끼리 자연스럽게 공감하고, 짧은 시간이어도 걸으며 나눈 대화는 더 진실하게 다가온다. 제대로 등산을 하는 건 따로 마음을 먹지 않으면 어려운 형편이라, 대개는 등산과 산책의 사이쯤에서 반나절 남짓 곁에 선 사람들과 이야기 나누며 산길을 오르거나 걷는다.

그렇다. 길을 함께 걷는다는 것은 하나의 경험을 공유하는 일이다. 길에서 마주하는 풀, 꽃, 새, 나무, 구름을 공유한다. 등 뒤에서 불어오는 바람, 바람에 실려 온 꽃향기에 미소 짓는 서로를 조우한다. 하나 아름답고 즐거운 것만 공유하는 것은 아니다. 태풍, 비바람, 어두움과 배고픔, 지침, 상처도 나눈다. 알랭 드 보통은 저서『여행의 기술』에서 여행의 긍정에 대해 다음과 같이 밝혔다. '행복을 찾는 일이 우리 삶을 지배한다면, 여행은 그 일의 역동성을 그 열의에서부터 역설에 이르기까지 그 어떤 활동보다

풍부하게 드러내준다.'

여행은 미지로 떠나는 설렘이다. 한번도 가보지 못한 먼 길을 떠나야 하기 때문에 무엇이 기다리고 있을지 알지 못한다. 여행에서 만나는 모든 것이 새로움이고, 그 새로움은 삶의 활력소로 축적된다. 여행이 역동적이려면 몸이 가벼워야 한다. 여행을 떠나는 사람들을 보면 가방을 서너 개씩 끌고 가는 사람이 있는가 하면 배낭 하나만 가벼이 메고 가는 사람도 있다. 떠날 때 짐이 많은 사람은 돌아오는 것에 목적이 있고, 짐이 가벼운 사람은 여행에서 만나는 새로움을 즐기는 데 목적을 둔 사람이리라.

여행을 하다보면 스스로를 잘 정리하는 습관을 가지게 된다. 물건도 꼭 필요한 물건이 아니면 소유하지 않는다. 나는 아직 숙련된 여행자는 아니어서 뭐든지 재어놓고 사는 편이다. 요즘은 나처럼 버리는 것이 아까워서 혹은 다른 사람이 필요할 수도 있다고 생각해서 기부하거나 재활용하는 사람들도 많다. 여행자가 아니어도 물건을 정리하는 것은 가끔 의식적으로 해볼 필요가 있다. 물건 하나하나를 꺼내 필요한 이유를 찾고, 꼭 필요하지 않다면 누구에게 어울리는지를 고민한다. 물건의 쓸모를 새로 정의하는 것인 동시에 나를 정리하는 순간이기도 하다. 그리고 물건이 필요한 주변 사람들을 떠올리며 그 사람의 특성을 다시 생각하게 하는 시간이다.

한때는 익숙했으나 이제는 쓰지 않게 된 오랜 물건과 새롭게 마주하듯 가족과도 가끔은 새로운 자리를 가져보길 바란다. 등산, 여행처럼 길 위에서 서로를 만나는 것이다. 하물며 바깥에서 하는 한 끼 식사나 가벼운 산책이어도 좋다. 하지만 며칠 혹은 몇 주를 함께할 수 있는 시간이 허락된다면 더할 나위 없이 좋을 것이다.

저자는 산티아고 순례길을 걸었던 여행을 통해 그동안 가족을 소홀히 했음을 고백한다. 결혼한 뒤에도 노동운동하고 공부하고 또 유학하면서 늘 가족은 뒷전이고 우선순위에서 뒤로 밀렸었다. 남은 것을 주는 것은 기부가 아니라는 테레사 수녀의 말처럼, 남는 시간 가족에게 애정을 표현하는 일은 결국 자기 위안밖에 되지 않는다는 것이다. 이런 생각과 고민 끝에 과감히 하던 일을 잠시 멈추고 가족과 함께하는 시간을 보내기로 한 것이었다.

이 대목에서는 나 역시 뜨끔하지 않을 수 없었다. 늘 바쁘다는 이유로 가족을 가장 마지막 순위로 미뤄두는 생활을 하고 있기 때문이다. 가족을 위한, 가족과 함께하는 시간을 먼저 마련하고, 그 시간 동안 여행을 하면 얼마나 많은 이야기를 나눌 수 있을까? 먹고 자고 걸으면서 서로 자연스럽게 공감하고, 많은 시간을 함께 보내며 평소에 하지 못했던 이야기도 하고. 짧은 시간이어도 여행하면서 하는 대화는 더 진실하게 다가올 텐데. 느끼는 바가 컸다. 가족들이 서로를 보듬는 시간, 어머니가 아이에게 자신의 소신을 이야기할 수 있는 기회, 아이들이 그로부터 지혜의 젖줄을 얻는 경험, 그 근간에는 결국 사람과 사람이 함께인 풍경이 깔릴 것이다.

진실로
올곧게
다가서다

진심

오랫동안 대변인 일을 하다 보니 간혹 말 잘하는 비법이 무엇이냐고 물어 오는 분들이 더러 있다.
그러면 오히려 그 비법을 알게 되면 제게도 가르쳐달라고 눙친다. 뒤돌아 생각한다. 말 잘하는 비법 같은 걸 따로 알아야 할까.
살아오면서 겪은 경험을 토대로 생각해보면 테크닉에 의해 좌우되는 말은 그다지 중요한 무게를 지니지 않는다.
오히려 중요한 가치를 담은 말은 화려한 언변이나 발화의 테크닉에 의해 좌지우지되지 않는다.
그것은 내 입에서부터 당신의 마음으로 가닿도록 하는 진심에 달렸다. 그렇기에 나는 조금의 거짓도 보태지 않고 진실을 말한다는 것을 말의 제1원칙으로 삼고 있다.

진실을 담다

대변인으로서 나의 하루는 매우 바쁘다. 대개 오전 7시 전에는 출근해 일과를 시작한다. 하루에도 수십 통의 전화를 받는다. 전화로 시작해 전화로 마무리하는 날도 많다. 오전과 오후 하루에 두 번 정례브리핑을 하는데 경우에 따라서는 하루에도 5~6개 정도 논평을 내야 하는 일도 있다. 모든 것이 급하게 처리되지만, 그 속에 진실을 담아야 한다.

순간을 모면하거나 합리화하는 말로 국민의 마음을 얻을 수 없다. 진실로 국민 곁으로 다가갈 때, 국민도 마음을 내어주기 때문이다. 시급한 논평일수록 그 내용에 국민의 권익을 먼저 고려하고 정의를 이루어내고자 하는 의지가 담겨 있어야 한다. 시간에 쫓기다보면 마음처럼 쉽지 않을 때가 많다. 한마디 말이 국민의 마음을 위로할 수도 있지만 반대로 비수가 될 수 있음을 늘 예민하게 인식하고 있다. 잘 알기에 신중하려고 거듭 애쓴다.

말하는 태도와 마음가짐

말은 진심을 전하기도 하지만 진심을 외면하기도 한다. 마음을 표현하기도 하지만 마음을 닫아버리게도 한다. 누군가를 구하기도 하지만 누군가를 죽이기도 한다. 항상 말의 무게를 실감해야 한다. 말의 목적을 먼저 생각해보면 어떨까. 설득에 두느냐, 소통에 두느냐. 나를 따라오게 하느냐, 나와 통하게 하느냐. 우리에게 말이란 어떤 것을 우선으로 해야 하는 것인가.

『천금말씨』는 말에 관한 책이다. 독서를 하며 다시 한 번 말의 중요성에 관해 실감할 수 있었다. 고민의 사유를 단단하게 해준 고마운 책이었다. '천금말씨'는 말하는 마음가짐과 태도라는 사전적 의미와 말이 씨가 된다는 의미를 동시에 담고 있다.

저자인 차동엽 신부 역시 저술가, 강연가 또 이 시대의 희망 멘토로 많은 사랑을 받는 분이다. 아마도 그 사랑의 바탕에는 글과 더불어 말의 힘이 주요하게 작용하였을 터. 이 책은 누구나 한 번쯤 읽어보며 말에 대해 생각해보고, 평소 자신이 하는 말씨에 대해 반추하는 좋은 경험을 선사할 것이다.

말의 힘, 마음의 힘

인류는 진즉 말이 지닌 힘을 꿰뚫어 깨달았다. 그 지혜는 고스란히 격언이나 속담에 담겨 되물림 되고 있다.

"남의 입에서 나오는 말 보다도 자기의 입에서 나오는 말을 잘 들어라 "

탈무드가 전하는 뼈있는 말이다. 비슷한 의미의 훈수로 우리 속담에는 말이 씨가 된다. 웃느라 한 말에 초상난다는 말도 있다. 모두가 하나의 진실을 말해주고 있다. 세상에 빈말은 없다. 꼭 새겨둘 필요가 있는 진실이다. 우리는 상대방에게 쉽게 상처가 되는 농담을 툭 던져놓고서 상대가 항의라도 할 새면 빈말로 해본 것일 뿐이라며 핑계를 대고는 슬쩍 빠져나가려 한다. 물론 빈말일 수 있다. 하지만 당사자가 아무리 빈말을 의도했다 하더라도 입에서 떨어져나간 말은 이미 생물이 되어 움직인다. 그리하여 그 말이 지닌 함의를 배태한 씨앗이 된다. 그것이 시간 속에서 싹을 틔우고 결실을 맺는 건 이제 피할 수 없는 이치다.

상대를 움직이는 힘, 이를 일컬어 우리는 말발이라 부른다.

사전에 따르면 말발은 듣는 이로 하여금 그 말을 따르게 할 수 있는 말의 힘이라고 정의되어있다. 그렇다면 어떻게 말해야

말발이 발휘될까.

답은 쉽다. 청각은 귀가 아니라 마음에 달려있다. 우리 속담에 "말이 고마우면 비지 사러 갔다가 두부 사온다"는 말이 있다. 말을 잘 해서 상대방의 마음이 동하게 하면 기대 이상의 것을 얻게 된다는 뜻이겠다. 그런데 귀만 만족시켜서는 이런 결과를 얻기 어렵다. 상대의 마음까지 훔칠 때 비로소 예상 밖의 성과를 얻게 되는 것이다. 소통에서 마음은 금보다도 귀하다. 마음을 움직이면 상대방의 호감을 살 수 있다. 그러면 자동적으로 인간 심리의 호감 편향이 작동된다. 호감 편향은 말 그대로 누군가에게 호감이 생기면 그 사람을 도우려는 경향을 보이는 것을 뜻한다.

세계에서 가장 성공한 자동차 판매원으로 알려진 조 지라드. 그는 자신의 성공 비결을 고객에게 자신이 진심으로 좋아한다고 느끼게 만드는 것이라고 밝혔다. 특히 그는 시간 날 때마다 고객에게 작은 카드를 보내는 데 거기에는 이런 단 한 문장이 적혀있다고 한다. "나는 당신을 좋아합니다" 화려한 언변보다 마음이 담긴 한 문장에 우리는 더 감동한다.

EBS 북카페 '책 읽어주는 국회의원' 2014년 6월 24일 낭독 원고

_『천금말씨』, 차동엽 저, 교보문고 中

진심을 전하다

대변인으로 일하다보면 '말'에 관해 많은 생각을 하게 된다. 대변인이란 나 하나의 의견을 말하고 그 여파를 개인이 오롯이 감당하는 수준의 역할이 아니다. 전체를 대신하여 의견이나 태도를 표하는 일이기에, 그 역할의 무게가 만만치 않다. 내 입을 통해 세상에 던져지는 말이 미치는 영향은 상당하다. 뉴스 속보가 되기도, 신문 헤드라인을 장식하기도, 사람들의 입에서 입으로 전해져 아직 내가 발길한 적 없는 두메산골에 먼저 가 닿기도 한다. 말을 어떻게 잘해야 할까, 고민하며 깨달은 것은 말을 잘한다는 건 말 안에 담긴 감정, 생각, 진심, 입장, 태도를 거짓 없이 올곧게 전하는 일이었다.

세상에 빈말은 없다. 말이 씨가 된다. 내 입술에서 나온 삼십 초의 말이 다른 사람의 가슴에 삼십 년이 될 수 있다. 내 나이 정도 살아온 분들이라면 아마 모두 동의하지 않을까. 대변인으로서의 고충 또한 이러한 명제에서부터 나온다. 원고는 직접 쓰기도 하고, 정리된 것을 입말에 맞게 고치기도 한다. 전해야 할 이야기가 단순히 감정적으로 마음에 안 드는 거라면 참고 할 수도 있겠다. 실제로 때로는 개인의 가치와 상충되는 말을 어쩔 수 없이 하게 되는 경우도 있다. 하지만 우리 사회의 보편적인 원칙과 가치, 기준에 어긋나는 말이라면 결코 할 수 없고, 해서도 안 된다고 생각한다.

국회의원이 되기 전 부대변인을 시작으로 대변인까지, 오랫동안 대변인 일을 하다 보니 간혹 말 잘하는 비법이 무엇이냐고 물어 오는 분들이 더러 있다. 그러면 오히려 그 비법을 알게 되면 제게도 가르쳐달라고 농친다. 뒤돌아 생각한다. 말 잘하는 비법 같은 걸 따로 알아야 할까. 살아오면서 겪은 경험을 토대로 생각해보면 테크닉에 의해 좌우되는 말은 그다지 중요한 무게를 지니지 않는다. 오히려 중요한 가치를 담은 말은 화려한 언변이나 발화의 테크닉에 의해 좌지우지되지 않는다. 그것은 내 입에서부터 당신의 마음으로 가닿도록 하는 진심에 달렸다. 그렇기에 나는 조금의 거짓도 보태지 않고 진실을 말한다는 것을 말의 제1원칙으로 삼고 있다.

말은 나를 이루는 가장 가까운 사람들과 제일 많이 나눈다. 친구, 이웃, 그리고 가족. 그리고 더 가까운 순서대로 거칠게 막말을 하게 된다. 나 역시 그렇다. 작은 아이가 올해 고등학교를 졸업하니 아이들도 이제 다 컸다. 이 아이들이 커갈 동안 얼마나 많은 나의 부정적인 말을 들었을까, 생각만으로도 부끄럽고 미안한 마음이다. 나와 같이 아이를 키우는 많은 엄마들도 아마 비슷한 마음일 터. 위의 내용을 머릿속으로는 알고 있고 이해하지만, 일상을 살다보면 머릿속에 있는 생각은 온데간데없이 사라지고 흥분과 분노의 막말이 튀어나오기 일쑤이다. 예를 들면 닥쳐! 입 다물어! 집어치워! 등은 우리가 흔히 일상생활에서 아이들에게 했던 말이다. 마음이 뜨끔뜨끔한 사람들이 꽤 있을 것이다. 그러니 말을 잘하는 비법

따위가 필요한 게 아니라, 일상생활을 하는 동안 나의 입을 통해 내 소중한 사람들에게 가닿을 말의 습관을 긍정적으로 바꾸는 일이 필요하겠다.

말은 물론 말씨와 말투도 잘 변하지 않는다. 실수가 없도록 항상 조심해야 한다. 연예인이나 정치인 같은 경우는 말 한 번 잘 못하면 단번에 경멸의 대상으로 전락하기도 한다. 그런가하면 말 한 마디로 호감에서 비호감, 비호감에서 호감으로 한순간 위치가 180도 바뀌는 경우도 있다. 특히 컴퓨터 기술이 발달한 요즘은 말과 글의 모호한 경계 속에서 두 가지 모두가 소통의 도구로 사용된다. 하루에도 수십 명과 스마트폰이나 인터넷을 통해 기계적인 대화를 주고받는 게 우리의 현실이다. SNS(Social Network Service)가 발달하면서 사람들 사이의 직접적인 소통은 쉬워졌으나 그에 만만치 않게 많은 문제들이 야기되고 있는 것 또한 사실이다. 과거에 인터넷이나 SNS에 올린 발언이 구설수가 되어 현재의 발목을 잡는 경우도 많다. 심각한 악성댓글을 단 사람을 찾아내면 아무 것도 모르는 초등학생, 중학생이 허다하다. 그 아이들은 극단적이고 자극적인 단어를 사용해 누군가를 경멸하고 비난하고 상처 주는 일을 눈 하나 깜빡이지 않고 한다. 사람을 향해 총과 칼을 겨누듯, 온갖 가시 돋친 말과 글을 동원해 소비해버리고 마는 것이다. 어떤 때는 차라리 그 아이들의 말에 진심이 담겨 있지 않기를 바라게 된다.

어쩌면 그 아이들은 부정적인 언어 속에서 자라왔는지 모른다. 그래서 '남들에게 마음을 닫아걸고 자신의 가능성도 묻어두고' 마는 것이다. 어려서부터 들어온 대로 자신도 모르게 '일방적, 지시적, 위협적, 단정적 언어들'을 사용하는 것일지 모른다. 지금이라도 더 늦기 전에 말에 진심을 담는 법을 가르쳐 주고 싶다. 입 밖으로 내뱉기 전에 한 번 더 생각하고, 가시의 말보다는 꽃의 말로 진심을 전하려는 노력을 계속해야 한다는 걸 아이들에게 말해주고 싶다. 본인이 동의하기 어렵거나 대립되는 의견이라도, 설령 어떤 사람이 감정적으로 싫거나 존중하고 싶지 않더라도, 결국 상대를 변하게 만드는 건 나의 천금 같은 말 한마디라는 걸 말이다.

'농부가 농사를 짓는 마음과 정성으로 각자 말의 씨앗을 뿌린다면 누구나 천근같은 결실을 보게 될 것이다.' 이 문구가 책에 손이 가게 만든 공든 말이었다. 문득 긍정적인 말을 듣고 자란 아이들이 만들어나갈 사회와 세상에 대해 기대하게 된다.

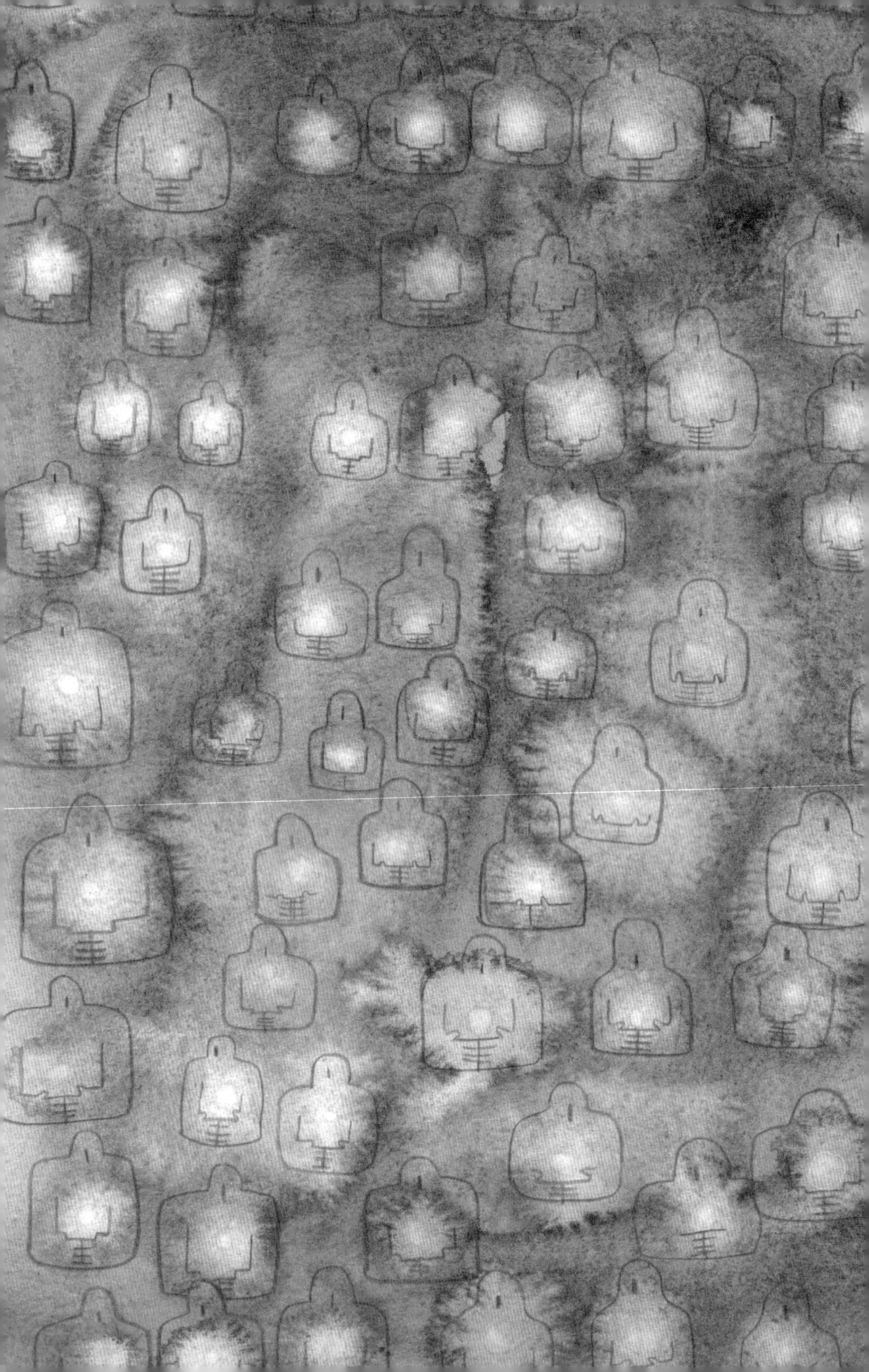

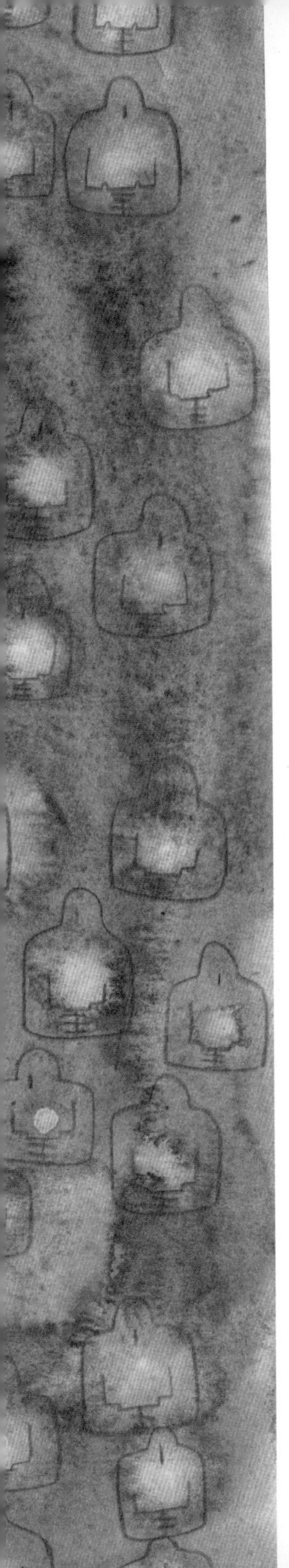

작은 영웅이 많아 살만한 세상

응원

완벽한 사람이 세상 어디에 있겠는가.
허와 실, 동전의 양면처럼 위대한 자에게도 약점은 존재할 터이다. 그들의 인간적인 면모를 살피고, 나를 떠올려 보자.
그리고 각자 가지고 있는 찌질함을
오히려 더 활짝 펼쳐놓고 견주어 보는 것이다.
감추지도 포기하지도 말자.
정면으로 맞서자는 생각으로 살아보는 것이다.
그렇다면 여기서 위인의 정의는 다시 내려져야 한다.
약점, 한계, 좌절, 절망, 상처 등 지우고 싶은 과거와 불안한 미래를 기꺼이 감수하며 현실을 살아낸 자들이 위인이다.
이기는 사람이 아니라 지지 않는 사람,
지더라도 당당하게 지고 내일을 기약하는 사람이 위인이다.

안녕하느냐는 물음

2013년 12월 10일, 고려대학교 후문 게시판에 특별한 대자보가 붙었다. 제목은 '안녕들 하십니까?'였다. 조현우라는 학생이 붙였다는 대자보에는 안녕하지 못한 현실이 적혀있었다. 철도 민영화에 반대한 사람들을 수천 명이나 직위해제한 문제, 소수자 인권 문제, 국가기관의 선거 개입과 같은 박근혜 정부에 대한 실망 등 지금 우리 사회가 안고 있는 갈등을 대학생의 입으로 조목조목 말하고 있었다. 나는 그 대자보를 접하면서 청년들에 대한 미안함으로 한동안 입을 열 수 없었다. 오랫동안 생각했다. 그리고 현우 군을 포함한 청년들에게 답하듯 글을 써보았다. 내용을 조금 적으면 다음과 같다.

'안녕들 하십니까?'라고 묻는 아들딸들에게.

미안합니다. 부끄럽습니다. 나는 현우 군 또래의 딸아이와 고등학생 아들을 둔 엄마입니다. 스무 살 무렵 5월 광주의 진실 앞에서 세상에 눈을 뜨면서 내 아이들에게는 이런 세상을 물려주지 않겠다고 다짐했습니다. 그런데 지금 나는 '안녕하냐'고 묻는 우리 자식들의 목소리를 듣고 있습니다. 고작 이런 세상밖에 못 주는 것인가, 부끄럽고 미안해 가슴이 먹먹합니다. 사회 곳곳에서 안녕하지 못하다는 신음과 절규가 터져 나오는 건 돌이켜보면 우리의 책임이 큽니다. 지난 시기 우리가 좀 더 잘해서 승자독식 무한경쟁이 아니라 패자부활전이 가능한 사회로 방향을 틀었더라면 이렇게까지 역행할 수 있었을까. 지난 1년 우리가 좀 더 잘했더라면 이렇게까지 무수히 많은 사람들이 안녕하지 못했을까….

민주주의자 김근태 2주기 추모행사 '민주주의, 안녕하십니까?'를 준비하던 중에 여러분의 대자보를 보았습니다. 답답한 마음에 용기가 생겼습니다. 안녕하지 못한 사회의 수많은 사람들 앞에서 실은 나도 안녕하지 못했으니까요. 안녕하지 못한 사람들이 찡~하고 마음이 통하는 것 같았으니까요. 정치는 국민의 열망을 보존하고 희망을 불러일으키기 위해 노력하는 것이라지요. 여러분의 대자보가 내가 지켜야 할 열망을 일깨워 주었습니다. 여러분의 솔직한 목소리가 내 마음 속에 다시 촛불 하나를 켜 놓은 것만 같습니다. 너무 멀지 않은 때, 우리 함께 '안녕하시지요?'라고 인사할 수 있는 세상을 만들자는 여러분의 용기에 나도 다시 힘을 냅니다. 고맙습니다.

찌질한 위인, 친근한 위인

『찌질한 위인전』의 저자 함현식 씨는 딴지일보 기자이다. 딴지일보에서 연재했던 '찌질한 위인전'을 재구성하여 책으로 엮었다. 위인은 뛰어난 사람, 한 분야에서 업적을 남긴 사람, 모든 사람들의 이견 없이 훌륭한 걸 인정받는 사람을 뜻한다. 그런데 찌질함은 '보잘 것 없고 변변치 않다'

는 사전적 해석을 가진 단어다. 상반된 두 개의 단어가 만났다는 것만으로도 흥미롭다. 책장을 넘길 때마다 위인들의 인간미가 솔솔 풍긴다. 김수영, 빈센트 반 고흐, 이중섭, 리처드 파인만, 허균, 마하트마 간디, 어니스트 헤밍웨이, 넬슨 만델라, 스티브 잡스까지. 아니 단순한 인간미를 넘어서는 찌질함이 속속들이 목격된다. 바로 여기서 이 책의 가장 큰 매력이 드러난다.

위인의 찌질함을 담아낸다는 점에서 역발상의 묘미가 존재한다는 것. 시인 김수영이 아내를 구타했다는 사실을 아는가. 제 발로 정신병원에 들어간 고흐의 속사정은. 엄청난 가난과 실패 속에서 죽어간 이중섭의 이야기는. 항상 잘못이 상대에게 있다고 여긴 헤밍웨이의 자존심은. 그들의 이면에는 정말 보잘 것 없고 하찮은, 극복하지 못한 콤플렉스에 시달리며 스스로를 불안해하는 나약한 인간의 모습이 존재했다. 다만 그것을 이겨내고자 고군분투했다는 사실이 위대한 것이다. 이 책은 부제처럼 '위인전에 속은 어른들'에게 위인의 성장통을 보여주는, 찌질함을 가졌다는 점에서 위인이 될 가능성을 내포한 우리에게 위인전보다 더 가치 있는 위인전으로 읽히는 책이다.

위인이라는 나약한 존재

커다란 덩치에 폭력을 즐기고, 위험에 매혹되어 끊임없이 자신의 육체를 시험했던 헤밍웨이는 내적으로는 매우 여리고 섬세한 감수성을 가진 인물이었다. 헤밍웨이는 버림받는 것을 두려워했기 때문에 상대가 자신을 떠나기 전에 다른 여자와 사랑에 빠졌다.

그가 자신을 향한 문학적 비평에 격하게 반응하고 그것을 거부한 까닭은 작품에 대한 자부심이 대단했기 때문이 아니었다. 오히려 그는 비평에 의해 자신의 문학적 역량과 작품의 허점이 드러나 작가로서의 입지가 무너지게 될까 두려워했다. 헤밍웨이의 찌질함. 그것은 결국 불안에 몸서리치는 그의 맨 얼굴과 그가 쓰고자 했던 가면 사이의 거리로 설명할 수 있겠다. 죽음도 두려워하지 않는 것처럼 용기 있어 보였던 헤밍웨이가 상실의 불안에 고통스러워하고, 버림받는 것이 두려워 사랑하는 사람을 먼저 버리고 그것도 모자라 그 책임을 상대에게 떠넘기는 모습은 찌질하다. 더 간단히 말해 이중적인 그의 모습이 찌질한 것이다.

그러나 그 찌질함 덕분에 그의 문학이 빛을 발할 수 있었다. 헤밍웨이의 이중성과 모순은 비록 찌질하지만 한편으로 내면의 범주가 그만큼 넓다는 이야기 또한 될 수 있기 때문이다. 내면의 범주가 넓다는 것은 곧 인간을 이해할 수 있는 가능성의 폭이 넓다는 것이다.

그가 남긴 명작들은 대부분 전쟁을 소재로 쓰여졌다. 헤밍웨이는 그의 소설에서 전쟁을 무대로 인간이 느끼는 극도의 불안과 상처, 사랑과 상실 등을 덤덤한 문체로 묘사해 큰 반향을 일으켰다. 만약 헤밍웨이에게 이런 찌질함이 없었더라면, 우리는 지금 그가 남긴 작품을 볼 수 없었을 것이다. 전쟁은 인간의 본성을 가장 적나라하게 드러낸다.

전쟁을 마주한 인간은 가장 비겁하고 잔인해지기도 하지만 가장 고결한 용기와 헌신을 보여주기도 한다. 문학의 본질은 실재하는 인간의 삶과 본성을 투영하는 것이기에 헤밍웨이의 이중성과 모순이 적어도 문학적으로는 긍정적 역할을 할 수 있었던 것이다.

EBS 북카페 '책 읽어주는 국회의원' 2015년 8월 7일 낭독 원고

_『찌질한 위인전』, 함현식 저, 위즈덤하우스 中

작은 영웅이 위인인 세상

어린 시절, 책장을 빼곡히 메우던 위인전집에는 존경 받아 마땅한 인물의 감동하지 않을 수 없는 미담이 실려 있었다. 위인이 될 운명을 타고라도 났는지, 어쩌자고 그들은 어린 시절부터 그토록 뛰어나고 영민했으며 번번이 겪게 되는 어려움이나 갈등도 자박자박 이겨내고 끝내 승전보를 울릴 수 있었을까. 물론 살아서 영광을 보지 못한 자들도 있긴 하다. 하지만 후대의 기록은 빛의 영광을 그리고자 그림자를 지워냈다. 위인이라는 이름으로 그들의 결함과 약점을 지우고 완벽한 롤모델을 메이킹한 것이었다. 그래서 슬슬 위인전을 읽는 게 지겨워지고 차츰 그들의 삶과 내 삶이 영원히 분리되어 버린다. 어쩔 수 있나, 나만 빼고 전부 잘났는데. 더 볼 게 없는 것이다.

하지만 완벽한 사람이 세상 어디에 있겠는가. 허와 실, 동전의 양면처럼 위대한 자에게도 약점은 존재할 터였다. 훌륭한 모습만 도드라지게 보이는 확대경 대신, 작은 것을 크게 보이는 돋보기를 꺼내 그들의 인간적인 면모를 살피고, 나를 떠올려 보자. 그리고 각자 가지고 있는 찌질함을 오히려 더 활짝 펼쳐놓고 견주어 보는 것이다. 감추지도 포기하지도 말자. 정면으로 맞서자는 생각으로 살아보는 것이다. 그렇다면 여기서 위인의 정의는 다시 내려져야 한다. 약점, 한계, 좌절, 절망, 상처 등 지우고 싶은 과거와 불안한 미래를 기꺼이 감수하며 현실을 살아낸 자들이 위인이다. 이기는 사람이 아니라 지지 않는 사람, 지더라도 당당하게 지고 내일을 기약하는 사람이 위인이다.

공통적으로 발견되는 점들도 있다. 자신이 하고자 한 일, 시를 쓰거나 그림을 그리거나 무언가를 연구하는 데 지독하게 몰두했다는 점. 타인의 시선, 평가에 자신을 저울질 할 여유가 없었다는 점. 당근보다 채찍, 자신을 보듬기보다 철저하게 연마했다는 점. 대개 평가는 냉정했으며, 기준은 절대적이었고, 스스로에게 인색했던 점. 자신을 믿거나 믿음직하지 못한 자신을 믿어서 불안해졌다는 점. 그렇다. 그들도 사람인데 힘들지 않았을 리 없다. 나만큼이나, 아니 어쩌면 더 많이. 그러니 나도 지금 직면한 어려움을 곧 극복할 수 있을지 모른다. 괴팍하거나 나약하거나 소통 불가의 그들도 해냈으니 거의 정상에 다름없고 상식에 준하는 내가 해내지 못할 리 없다. 그래, 뻔뻔함이라면 우리도 그들 못지 않다. 높이 있어 손에 닿지 않았던 위인을 나와 같은 위치로 내려놓고 하이파이브를 건네자. 그리고 찌질한 위인보다 차라리 이 시대의 작은 영웅이 되자.

나는 내가 쓴 '안녕들 하십니까?'의 답장을 한동안 국회의원회관 사무실 앞 복도에 붙여두었다. 대학생들이 쓴 대자보에 대한 답장이었으므로 사람들이 오가며 볼 수 있는 곳에 붙여 뜻을 같이 하는 사람들과 젊은이들의 메시지를 공유하고 싶었기 때문이다. 용기 있는 사람들이 많은 세상은 언제나 희망적이다. 현우 군은 한겨레신문과 한 인터뷰에서 '안녕들 하십니까?' 대자보를 붙여야겠다고 용기 낸 이유에 대해 밝혔다. "상투적으로 매일 ‘안녕하세요’, ‘안녕해요’라고 인사를 주고받는데, 정말로 그런지 고민을 해봐야 하지 않을까 생각했어요. 그렇지 않다면 우리는 안녕하지 못한 상황을 감추려고 가면을 쓰고 ‘안녕하다’고 말하는 것이죠.”

우리는 사회 곳곳의 안녕하지 못한 상황을 감추거나 얼기설기 봉합하려고만 한다. 하지만 다행스럽게도 현우 군처럼 안녕하지 못한 상황을 안녕하도록 바꾸려고 노력하는 사람 또한 많다. 이들이야말로 지금 세상에 필요한 진정한 영웅일 것이다. 세상과 이웃을 아끼는 마음으로 용기 있는 첫발을 내딛는 작은 영웅을 응원하고 그들이 떳떳하게 목소리를 낼 수 있는 사회를 만드는 일, 그것이 내가 해야 할 일이다.

개미답게,
베짱이답게,
나답게

개성

모든 아이들이 꿈꾸기를 계속하도록 해야 한다.
꿈을 꾸고, 가꾸고, 키워나가도록 아이들 내면에 깃든 다양성을 이끌어내야 한다. 시험공부를 하면서 정답 찾는 것에만 익숙해지는 아이들에게 자유롭게 상상하고 이야기하는 길이 있다고 가르쳐주어야 한다. 그것이 내가 경험한 문학수업이었다. 문학수업을 통해 아이들의 생각이 열릴 수 있도록 도와주니까,
아이들이 서서히 기발한 생각들을 해냈다.
그리 오랜 시간이 걸리지도 않았다.
경직된 마음과 몸이 풀리니 자유로움이 묻어난 웃음이 교실 가득 만발했다. 마치 아이들 한 명 한 명이
자기만의 생각주머니를 가지고 있는 것만 같았다.

상상력을 기를 기회

2013년, 국회 교육문화체육관광위원회 소속 국회의원으로서 소중하고도 유쾌한 경험을 하게 되었다. 교육과학기술위원회에서 교육문화체육관광위원회로 상임위가 재편되고 나서 한 달여 지난 5월 경에, 문화체육관광부와 한국문화예술교육진흥원에서 진행하는 '꿈다락 토요문화학교' 프로그램을 알게 되었다. 도서관에서 하는 문학놀이 수업이었는데, 재미있고 신나게 책 읽기와 글쓰기 교육이 가능하다는 점이 매우 흥미로워 보였다. 정답을 찾는 교육이 아니라 아이들의 마음과 생각을 열어주는 교육이 절실하다는 생각을 가지고 있던 터라, 관심을 가지고 강사 연수에 참여했다.

중앙대학교에서 직접 강사 연수를 받고 두 달여 동안 내가 살고 있는 일산에서 '신나는 문학교실'이라는 이름으로 아이들과 수업을 진행했다. 빠듯한 일정 속에서 어렵게 결심한 일이었지만 아이들과 신나게 놀고, 이야기하며 또 함께 배울 수 있었던 소중한 경험이었다. 우리 아이들을 위해 수없는 과제를 고민해야 하는 국회의원으로서 무엇이 중요한지 진지하게 되돌아보는 기회가 되기도 했다. 한편으로 '문화예술교육의 힘'을 절실하게 깨닫는 계기가 되었다. 아이들의 다양하고 기발한 생각이 글로 표현되고, 교육을 통해 그 생각과 표현이 한 뼘씩 자라나는 것을 지켜보면서 문화예술교육에 좀 더 많은 관심과 정성을 기울여야겠다는 다짐도

하게 되었다.

2015년에도 내가 사는 동네에서는 신나는 문학교실이 열렸다. 아이들에게 미래를 열 수 있는 새로운 상상력을 기를 기회를 만들어주자는 취지에 공감하는 학부모들이 전문기관의 연수를 받고 수업을 했다. 그래서 '엄마와 함께 신나는 문학교실'. 문화예술교육은 다름과 틀림에 대한 분별을 가르치는 것이고, 세상 사람들의 다양하고도 무수한 생각들을 간접 경험하고 이를 받아들이도록 하는 힘을 기르는 과정이다. '다르다'와 '틀리다'를 분별하고 다양성을 인정하는 토대 위에서 민주주의 정치가 올바로 작동할 수 있다고 믿는다. 더불어 함께 사는 것, 타인의 아픔에 실천적으로 반응하는 감수성은 삶과 세상에 대한 통찰로부터 나온다. 그렇다면 세상을 다르게 보는 눈을 가져야 하는 게 비단 아이들뿐일까. 우리 사회의 미래를 고민하는 어른들에게도 필요하지 않을까.

일상의 새로운 발상

『1cm 첫 번째 이야기』는 EBS FM 라디오, 이주실·김학도가 진행하는 'EBS 북카페'의 '책 읽어주는 국회의원' 코너에 출연하면서 첫 책으로 소개했다. 처음은 누구에게나 설렘과 두근거림으로 기억된다. 첫 출연이니 평소 읽던 책을 소개해야 하나, 아니면 친근하게 다가갈 수 있는 책을 골라야 하나, 그것도 아니면 좀 진지하게 고민할 만한 무게 있는 책을 가지고 나갈까, 고민이 많아졌다. 아무래도 평소에는 현실의 사안과 관련한 심각한 책들에 먼저 손이 가는 게 사실이었다. 하지만 많은 분들과 소통하는 첫 자리인 만큼 소소한 즐거움을 이야기할 수 있는 책이 어떨까 하는 생각 끝에 이 책을 골랐던 기억이 있다.

이 책은 '매일 1센티미터만큼 찾아오는 일상의 크리에이티브한 변화'라는 부제를 달고 있다. '인생이 긴 자라면 우리에게는 1센티미터만큼의 ( )가 필요하다'라는 의미라고 한다. 저자는 책 제목에 특별한 의미를 숨기고 있다.

투 싱크(to think) 고정관념을 1센티미터만 바꿔도 새로운 세상이 보인다.
투 러브(to love) 얼굴이 1센티미터만 가까워져도 입맞춤을 부른다.
투 오픈(to open) 사람을 1센티미터만 더 깊게 들여다봐도 마음이 열린다.
투 노 베터(to know better) 여자는 1센티미터 더 높은 하이힐을 꿈꾼다.
투 릴렉스(to relax) 당신의 일상에 숨 쉴 틈 1센티미터만 주세요.
투 그로우(to grow) 당신은 매일 1센티미터씩 자라고 있다.

일상에서 누구나 지나치기 쉬운 소소한 사건, 사물, 행동 등에서 새로운 발상을 찾아내는 저자의 재치와 위트가 돋보인다. 저자 김은주는 광고기획사에서 카피라이터로 일을 했다. 직접 만나지는 못했지만 본인이 비범한 머리숱을 소유하고 있다는 재미있는 소개도 있었다. 삼손이 머리숱에서 힘을 얻듯이 저자도 머리숱에서 창의력을 얻는 걸까, 하고 여기게 하는 대목이다.

나답게 살아가는 자유

〈베짱이를 대표하여〉
게으름뱅이에게서 게으름을 빼앗는 것은
그들의 정체성을 빼앗는 것과 같다고
나 게으름뱅이는 말하고 싶다.

부지런한 개미들과 그들의 자손, 또한 그들 집안을
롤모델로 정해놓고 있는 선생님과 부모님들,
그리고 동화책 출판사 여러분,
몇 백 년 동안 나무 그늘 아래서 대대손손 노래 부르며
동화작가와 무수한 사람들의 비난에도 아랑곳하지 않고,
게으름을 담보로 한 그 어떤 명예도 돈도 마다하는
이 지조 있는 베짱이를,
그 운명대로 살아가도록 놓아주길 바란다.

봄꽃이 필 때는 봄을 즐기도록,

초록이 오를 때는 여름을 즐기도록,

시 읊기에 가장 좋은 선선한 바람이 불면 가을을 즐기도록,

그리고 눈이 내리면 하얀 눈밭에서

소리 없이 자신의 존재를 거둘 수 있는 자유를 허용하기

바란다.

사색할 시간 없이, 계절을 즐길 시간 없이,

봄도 여름도 가을도 없이

문득 추운 겨울이 닥쳤다는 걸 깨닫게 된다면

베짱이에게 너무 가혹한 일 아닌가.

거역할 수 없는 추운 겨울, 부르던 노래와 읊던 시들,

심지어 가냘픈 몸뚱이까지 내놓고

〈장렬히〉 전사할 수 있는 것은

봄, 여름, 가을 내내 미련 없이 즐겼던 낭만 때문이리라.

그러니 제발 그들이 게으름을 떨치고 전사했다는 비보를

후세에 널리 알릴 수 있도록,

그리하여 베짱이의 자손들이 더욱 본받을 수 있도록,

그들 본연의 낭만적 게으름을 일생 동안 충실하게 즐길 수
있도록,
개미의 운명에 처한 베짱이들을
지금 당장 풀어주기 바란다.

나, 이 소심한 베짱이는
신의 장난으로 역시 개미와 같은 운명의 굴레를 타고나
차마 그 굴레를 벗어나지 못하고 노래 부르지 못하고 있는
베짱이들을 대표하여,
게으름을 누릴 수 있는 자유를 허용하도록
개미 정부에 주장하는 바이다.

개미는 개미답게.
베짱이는 베짱이답게.

EBS 북카페 '책 읽어주는 국회의원' 2014년 3월 25일 낭독 원고

_『1cm 첫 번째 이야기』, 김은주 저, 허밍버드 中

다름을 인정하는 교육

요즘은 무조건 '빨리 빨리' 해야 하는 시대이다. 밥도 빨리 먹고, 숙제도 빨리 하고, 일도 빨리 빨리 처리해야 한다. 신중히 고민하거나 차분히 사색할 여유가 없다. 눈앞에 주어진 일들을 해치우기에 급급하다. 그러다 보니 사회가 요구하는 속도와 개인의 속도 간, 간극이 벌어지고 때때로 따라잡을 수 없는 상대 선수를 뒤에서 바라보며 자신이 느리다고 자책하며 달리는 사람들이 생겨난다. 그럼에도 멈출 수 없는 게, 인생이라는 트랙이다. 모두의 출발선이 달랐듯 저마다의 속도대로 달려도 충분히 행복할 수 있다. 그 방법을 스스로 찾도록 하는 게 우리가 아이들에게 가르쳐 줘야 하는 가장 큰 가르침일터. 위의 글을 읽으며 개인적으로는 자신이 느리다고 여기는 사람들에게 충분한 위로가 될 뿐 아니라 서로의 차이, 다름을 존중하고 인정하는 것이 일상에서 배워야 할 하나의 덕목이라는 인식에 대한 공감이 컸다.

획일적인 경쟁에서 이겨야 살아남는 사회이다 보니, 자연스레 다름을 인정하지 못하는 분위기가 지배적이다. 혹은 남과 다르다는 사실이 한 사람의 장점이나 특징으로 인식되기보다 소위 왕따가 되는 지름길이 되기도 한다. 위 대목이 그러한 우리 사회에 경종을 울리는 대목으로 읽힌 것은 결코 과장이 아닐 것이다. 특히 이 책 마지막 부분에는 '살만한 세상을 만드는 데에 처음부터 많은 사람이 필요한 것은 아니다.' 라는 말이 나온다. 그렇다. 어쩌면 세상을 바꾸는 힘은 비슷한 부류의 사람들보다 저마다 다른 사람들이 꾸리는 다채로운 개성과 실천에서 나온다. 누구나 자신의 인생을 자기만의 방식으로 살아내야 한다. 나는 그 대안의 한 가지 방법을 문화예술교육에서 찾을 수 있었다.

2013년 스무 명의 학부모와 뜻을 모아 시작한 신나는 문학교실이 이제 일산에 뿌리를 내리기 시작했다. 2014년에는 고양교육지원청에서 전국 최초로 방과후문학교실을 개설했고, 교사, 학부모, 학생들의 호응 속에서 2015년에는 교과수업으로 확대되었다. 특히 보람을 느꼈던 건 학교 밖 동네 곳곳에서 열린 '엄마와 함께 신나는 문학교실'이다. 학부모들이 12주간 강사연수를 받고 시연평가를 거쳐 아이들과 직접 수업을 했다. 놀이와 체험 중심의 새로운 문학수업, 정답을 알려주는 대신 생각을 키우고 표현할 수 있도록 도와주는 교육활동의 필요성에 공감하는 엄마 선생님들은 열정적으로 13주간의 수업을 진행했다. 문학교실에 참여한 아이들의 신나는 얼굴이 부모들에게도 기쁨이 되는 것 같았다.

우리 아이들의 꿈은 백이면 백 가지 다 다르다. 한 아이가 두세 가지 꿈을 동시에 꾸기도 하고, 자라면서 또 다른 꿈을 꾸기도 한다. 꿈의 종류도, 방향도 너무나 다양하고 산발적이어서 그 점이 오히려 더없이 사랑스럽고 행복해 보인다. 문제는 초등학생, 중학생, 고등학생이 되면서 그 개연성 없는, 오로지 마음의 꿈틀거림에서 찾아낸 어릴 적 꿈꾸기가 점차 사라진다는 데 있다. 성적에 맞춰 대학에 가고, 적성을 무시하고 학과를 택하고, 학점에 맞춰 입사를 한다. 그렇게 꿈꾸기를 멈추는 어른이 되어버린다.

모든 아이들이 꿈꾸기를 계속하도록 해야 한다. 꿈을 꾸고, 가꾸고, 키워나가도록 아이들 내면에 깃든 다양성을 이끌어내야 한다. 시험공부를 하면서 정답 찾는 것에만 익숙해지는 아이들에게 자유롭게 상상하고 이야기하는 길이 있다고 가르쳐주어야 한다. 그것이 내가 경험한 문학수업이었다. 문학수업을 하며 준비된 교재와 교안을 활용해 아이들의 생각이 열릴 수 있도록 도와주니까, 아이들이 서서히 기발한 생각들을 해냈다. 그리 오랜 시간이 걸리지도 않았다. 경직된 마음과 몸이 풀리니 자유로움이 묻어난 웃음이 교실 가득 만발했다. 마치 아이들 한 명 한 명이 자기만의 생각주머니를 가지고 있는 것만 같았다.

이런저런 자리에서 학부모들과 이야기를 나누다보면, '우리 애가 어릴 때는 정말 특별했다. 잘 하는 것도 있고 좋아하는 것도 있었는데, 학교 들어가고 학년이 올라갈수록 특별할 게 없어졌다. 특별히 관심 갖는 것도 없는 것 같고. 공부만 하라고 할 생각도 없는데, 그렇다고 아이가 하고 싶다고 하는 것도 없으니까 답답하다.'는 이야기를 자주 듣게 된다. 하나의 기준으로 아이들을 가르치고 평가하니까, 아이들의 생각이나 관심도 다 비슷해지는 것 같다는 토로였다. 아이들 한 명 한 명이 모두 다르다는 걸 우리가 알고는 있지만, 그 중요한 사실을 우리가 자주 잊어버리는 것도 문제였다.

아이들과 직접 수업을 할 때, 〈꽃 두 송이씩을 나눠준 뒤 이야기를 만들어보자〉는 주문을 한 적이 있다. 똑같은 꽃 두 송이를 가지고 펠리컨의 눈과 꼬리를 상상한 아이가 있었다. 수줍은 고백의 장면을 상상한 아이도 있었고, 커다란 눈을 가진 좀 슬픈 사연의 이야기를 상상한 친구도 있었다. 축구왕을 상상하거나 역도경기장의 긴장된 순간을 상상하기도 하였다. 정말 깜짝 놀랐다. 우리 아이들에게 이렇게 다양한 생각이 있구나, 같은 것을 보고도 저마다 다른 이야기를 만들어내는 아이들 한 명 한 명이 그 자체로 꽃이구나, 하는 생각이 들었다.

또 다른 시간에는 〈세상에 하나뿐인 나의 집 만들기〉도 했었다. 세상에 하나뿐인 나의 집을 그림으로 그리고, 그 집은 무엇으로 만들었고, 어떤 특징이 있고, 누가 사는지를 이야기로 만들어보자고 했다. 당시 4학년 친구가 그린 집이 좀 특이했던 기억이 있다. 이 아이는 사람의 몸에 관심이 많고 관찰하는 것을 좋아했다. 마음껏 상상해서 나만의 집을 그려보라고 했더니, 사람 몸 모양의 집을 그렸다. 그리고 방마다 뱀, 개미, 멧돼지 등 다양한 동물을 관찰할 수 있게 꾸몄다. 그런가 하면 어항 모양으로 집을 지은 아이도 있었다. 환경에 관심이 많은 친구였는데, 그 집에서는 물고기와 같이 살고 쓰레기를 많이 버리면 안 되기 때문에 음식은 먹을 만큼만 가지고 들어가야 했다. 아이들의 상상력이 정말 기발했고, 신기하게도 같은 집이 하나도 없었다.

마지막 수업 날. 수업의 주제를 〈우린 서로 달라요〉로 정했다. 수업에 참여한 아이들도 다름을 인정하고 받아들이는 듯했다. 다른 친구들이 발표하는 것을 들으며 내가 좋아하는 것과 친구가 좋아하는 것은 다르다, 친구의 관심사와 내 관심사가 다르다는 것을 느꼈을 것이다. 내 생각이 존중받아야 하는 만큼 다른 사람의 생각도 존중할 줄 알아야 한다. 생각의 다름이 함께 사는 것의 기본이고, 그래야 함께 존중받고 행복해질 수 있다는 것을 깨닫는 수업이었다.

문학수업을 통해 느낀 것이 정말 많았다. 세상이 아이들에게 틀린 것을 맞는 것이라고 가르치는구나, 내가 더 배웠다. 큰 틀에서 교육제도를 바꾸는 것은 중요하다. 하지만 시스템을 바꾸는 데는 오랜 시간이 걸린다. 변화를 위한 긴 시간을 이겨내기 위해서는 작은 발걸음을 모아 한 발자국씩 앞으로 나아가야 한다. 문제인식을 같이 하는 부모님, 선생님이 있는 현장에서부터 작은 발걸음을 내딛어야 한다. 내가 우리 동네에서 신나는 문학교실이 시작되고 이어지도록 노력하는 것도 이런 이유다. 내가 교실에서 만난 우리 아이들은 '다르다'와 '틀리다'를 분명히 알고 있었다. 우리 모두는 서로 다르기 때문에 각자가 최고일 수 있다는 것을 알고 있었다. 그것이 바로 내가 만난 아이들의 온리 원 희망이었다.

새로운 상상력의 숲

이야기

이야기의 가치는 오랜 세월이 지나도
새로움의 힘을 발휘하는 데 있다.
마르지 않는 생명력으로 자생의 줄기를 뻗어나가는 이야기.
우리가 주목해야 할 것은 소멸되지 않는 이야기의 힘이며,
이야기가 전하는 인간의 진실일지 모른다.
이야기는 어느 한 개인의 것이 아니다.
그것의 구조와 체계 역시 하나의 공동 자산으로서 존재한다.
결과적으로 이야기의 주인은 이야기다.
핵심은 그것을 새로운 동력으로 삼아,
미래를 이야기의 숲으로 가꾸고자 하는
우리의 상상력이다.

이야기에서 만나는 미래

잠자는 시간도 적은 요즘은 엄두도 못 낼 일이지만, 예전엔 밤을 새우며 책을 읽었다. 같은 자리에 몇 시간씩 꼬박 앉아 독서에 흠뻑 빠지곤 했다. 다음 페이지가 궁금해 도저히 잠을 청할 수가 없어, 환하게 동이 트고 나서야 잠들곤 했다. 나는 단숨에 읽히는 단편소설보다 『태백산맥』, 『임꺽정』, 『장길산』, 『토지』, 『아리랑』, 『한강』 같은 장편소설, 대하소설을 좋아했다. 책 속에 빠져 숨 쉴 틈도 없이 읽어나갔는데, 그러면서도 어느 때는 한참 동안 책장을 넘기지 못할 때가 있었다. 소설 속 풍경이나 인물의 삶 한 장면을 머릿속에 그리다 보면, 마치 내가 그 시간과 공간 속으로 들어가 함께 사는 듯한 기분이 들었다. 다양한 군중의 삶을 통해 그 시대를 읽고 상상하는 건 내가 장편역사소설을 유난히 좋아한 이유이기도 했다.

한국 근현대사를 다룬 소설을 통해 많은 사람의 삶을 만났다. 그들의 삶이 쌓여 지금 내가 살아가는 현실이 되었구나, 생각하면 삶의 자세를 정갈히 가다듬지 않을 수 없다. 한 사람의 삶도, 한 시대도, 승할 때가 있으면 쇠할 때가 있고 쇠할 때가 있으면 승할 때가 있다는 운명에서 비켜 갈 수 없다. 그러니 어찌 겸손을 배우지 않을 수 있을까.

최근 나를 다시 이야기의 매력에 빠지게 한 건 '아시아 신화'이다. 세상에는 『그리스 로마 신화』, 『일리아드』, 『오디세이』만 있는 게 아니라는, 당연하지만 낯선 사실을 깨달았다. 중국과 일본, 베트남의 『콩쥐팥쥐』부터

〈아바타〉의 감독 제임스 카메론이 영화로 만들고 싶다고 한 인도 서사시 『라마야나』, 『마하바라타』까지, "작지만 크고, 짧지만 놀라운 상상력"을 가진 이야기들이 많았다. 그 이야기의 울창한 숲을 따라 들어가다 보니 기존 질서에 머문 채 멈춰 있는 낡은 상상력이 보였다. 버림받은 바리공주가 새 생명을 잉태한 이야기, 지렁이와 거북이 같은 동물들의 도움으로 세상을 창조한 방글라데시 소수민족의 창조신화 이야기 등은 그동안 내가 보지 못했던, 혹은 보지 않았거나 잘못 보았던 것들을 새로이 보라고 일러주었다.

세상은 넓고 이야기는 무궁무진하다. 그 이야기 속에는 세상을 다르게 바라볼 수 있는 열쇠가 숨겨져 있다. 누구든 세상을 관통하는 진리와 지혜를 얻고자 한다면 이야기는 그 해답을 찾을 수 있는 열쇠를 전해줄 것이다. 이야기 속에는 생각의 벽을 깨는 정이 숨어 있다. 그 정을 찾아 들고 틀에 갇힌 상상력을 깨라, 새로운 미래는 거기서부터 시작될지 모른다.

아시아 신화와의 만남

아시아 여러 나라의 신화와 설화, 민담, 매력적인 서사를 모아 놓은 이야기 책 『백 개의 아시아』는 두 권으로 구성되어 있다. 그 여러 이야기들을 인문학적 스토리텔링으로 엮어놓았다. 우리는 흔히 신화하면 그리스로마 신화를 떠올린다. 하지만 우리가 살고 있는 아시아에도 이런 신화가 있고 재미있는 이야기들이 있다는 걸 이 책을 통해서 알게 되었다. 아시아 신화 민담에 대해 깊이 이야기 할 기회가 없었구나, 새삼 반성하게 되는 계기가 되었다.

저자는 방현석, 김남일 소설가이다. 1980~90년대 현실참여적 작품을 발표한 소설가들이다. 이 두 작가는 1990년대 중반에 '베트남을 이해하려는 젊은 작가들'이라는 모임을 만들어서 베트남에 직접 가서 현지 작가들도 만났다. 아시아 문학에 관심을 가지게 되면서 아시아 문학을 소개하는 〈아시아〉라는 계간지를 만들어 관심을 확장시켰고 이야기를 직접 찾아다니면서 발굴했다. 10여 명 정도 소설가들이 함께 베트남뿐 아니라 다른 나라들도 여행하면서 아시아 각국 민속학자들을 만나 이야기들을 수집했다. 이야기를 본격적으로 수집하게 된 것은 국립아시아문화전당에서 진행한 아시아 스토리 자원 발굴사업을 함께 진행하면서 부터인데 2,000개의 이야기를 수집했다. 이 책은 그 가운데 100개를 추려서 엮은 것이다. 익숙한 것에 길들여져 새로운 상상은 발동조차 못하고 있는 때, 20년에 걸쳐 아시아 전역에서 이야기를 수집하고 풀어놓은 작가의 수고가 새삼 감사하다.

옛날 옛날에

아프가니스탄 북동지역 깊은 곳에 한 마을이 있었다. 거기에 노래 부르기를 좋아하는 대장장이가 살았다. 그는 먼 나라 왕국과 사라진 공주와 희귀한 보물들에 대해 노래를 불렀다. 그러나 그가 가장 즐겨 부르는 노래는, 노래의 골짜기에 관한 것이었다. 사람들도 산을 몇 개나 타고 가면 노래의 골짜기가 나타난다는 그 노래를 좋아했다.

하도 많이 그 노래를 듣다 보니 그 노래의 골짜기가 마치 자기네 마을처럼 가까운 느낌마저 들었다. 마을에는 포지아라는 아름다운 아가씨가 있었다. 구혼하려는 청년들이 줄을 이었다. 대장장이도 그 중 하나였다.

아가씨는 대장장이에게 말했다.

당신이 노래하는 그 골짜기에 다녀와서 그곳 이야기를 들려주면 당신과 결혼하겠어요.

대장장이는 곧바로 길을 떠났다. 몇날며칠 쉬지 않고 산을 넘고 험한 골짜기를 건넜다. 그렇게 한 달, 두 달이 훌쩍 지나갔다. 그리하여 마침내 그의 눈앞에 아주 친숙한 느낌을 주는 마을이 나타났다.

여러 달이 지난 후, 대장장이는 마을로 돌아왔다. 마을 사람들이 몰려나와 그를 맞이했다. 그러나 그는 끔찍하게 늙어버린 모습이었다. 그가 더듬거리며 말을 꺼냈다.

난 노래 속에 나오는 마을을 찾았어요. 그건 우리 마을과 비슷한 마을이 아니었어요. 그건 바로... 우리 마을이었어요. 집들도 우물도 골목길도 똑같았어요. 심지어 우리 마을에 사는 사람들이 거기도 똑같이 살고 있었어요.

사람들은 깜짝 놀라 신음을 삼켰다. 그런데 더 끔찍한 것은... 그래요, 그들이 가짜가 아니라 우리가 그들의 그림자였어요.

EBS 북카페 '책 읽어주는 국회의원' 2015년 2월 13일 낭독 원고

_『백 개의 아시아』, 김남일 · 방현석 저, 아시아 中

아시아 정신을 이루는 울창한 숲

이야기를 마무리하자면 이렇다. 대장장이가 지독한 상심으로 시름시름 앓다가 죽었고 주위 사람들도 이어 죽고 말았다고 한다. 후에 책에서 본 이 이야기를 현실에서 들려준 사람은 영국 국적을 가진 아프가니스탄 출신의 여성이었다. 2001년도 탈레반이 지배하는 나라를 죽음을 무릅쓰고 탈출한 여성이 자신이 아버지에게 들은 이야기라고 들려준 적이 있다. 아프가니스탄은 여전히 전쟁 중이며 참혹한 현실을 겪고 있다. 고국을 떠나

서 멀리 살 수밖에 없는 어린 딸에게 아프가니스탄 아버지는 이 이야기를 전해주었다. 그리고 그 딸은 바깥 세상에 있는 우리에게 이 이야기를 전해준다. 그녀가 전하고자 한 것은 먼 옛날의 이야기가 아닌, 바로 오늘날 아프가니스탄의 현실일 터. 대장장이가 멀리 돌아 자기 동네에 돌아왔을 때 목도한 진실은 무엇일까, 나는 한동안 말을 잃었다. 간혹 우리가 감당해야 할 세상의 진실이 너무 무겁다는 생각을 하며.

민담이나 신화에는 인생을 살아가며 배울 지혜, 혜안이 담겨있다. 그것은 직접적인 답이 아니다. 우리의 상상력을 발휘하게 해주는 이야기로서 존재한다. 아시아 이야기를 접하다보면 비슷한 이야기를 만나게 되는 경험을 한다. 다른 나라, 다른 지역에서 유사한 이야기가 만들어져 전해졌다는 사실이 매우 재미있다.

예를 들면 〈토끼와 거북이〉 이야기 같은 것이다. 필리핀에는 필란독이라는 꾀돌이 쥐사슴이 있다. 주인공 필란독이 간을 빼고 다닌다고 이야기해서 위기를 모면한다는 내용이다. 인도에는 꾀돌이 사슴 칸칠이가 있고, 캄보디아에는 토끼 재판관이 있다. 이야기의 국적을 따진다는 게 어리석게 느껴질 정도로 비슷하다.

또 우리에게 친근한 〈콩쥐팥쥐〉 스타일의 이야기도 여러 나라에서 공통으로 전해진다. 계모의 괴롭힘을 받는 착한 딸이 다른 사람의 도움을 받아서 계모를 응징한다는 내용인데, 중국에는 '섭한고랑', 이란에는 '머피셔니', 태국에는 '쁠라부텅', 베트남에는 '떰과 깜'이라는 제목의 이야기가 있다. 이런 비슷비슷한 이야기들이 각자의 나라에 맞게 각색되어 전해 오는 것이다. 그것이 바로 한 민족이나 집단이 겪어온 경험이 그 구성원들에게 내면화되고, 사회적으로 풍속화한 삶이 서사적 형식으로 나타난, 이야기가 가진 보편성인 듯 싶었다.

확실히 이야기는 한 나라를 이해하는 데 많은 도움을 준다. 이야기에는 사람들의 삶, 일상, 행동하는 양식이나 가치가 담겨 있기에 그 나라에 대한 문화를 이해할 수 있는 단초가 되는 것이다. 이렇듯 이 책은 백 개의 이야기를 통해 '아시아에 대해서 더 자세히 알고 싶다'는 동기부여를 해주었다. 방현석 작가는 백 개의 이야기가 2,000개 중 최고의 이야기여서 고른 것이 아니라, 아시아 정신을 이루는 수많은 이야기로 가는 백 개의 관문으로서 가치가 있어서 고른 것이라 말한다. 이 이야기를 통해 더 울창한 이야기 숲을 만날 수 있다는 것이다.

이야기의 가치는 오랜 세월이 지나도 새로움의 힘을 발휘하는 데 있다. 마르지 않는 생명력으로 자생의 줄기를 뻗어나가는 이야기. 우리가 주목해야 할 것은 소멸되지 않는 이야기의 힘이며, 이야기가 전하는 인간의 진실일지 모른다. 이야기는 어느 한 개인의 것이 아니다. 그것의 구조와 체계 역시 하나의 공동 자산으로서 존재한다. 결과적으로 이야기의 주인은 이야기다. 핵심은 그것을 새로운 동력으로 삼아, 미래를 이야기의 숲으로 가꾸고자 하는 우리의 상상력이다.

여기서 우리가 잊지 말아야 할 것은 한 번도 소비된 적 없는, 고갈된 상상력을 대체할 무수한 이야기가 여전히 어두운 땅 속에 깊이 잠들어 있다는 사실이다. 우리의 상상을 기다리며.

절망에서 희망을 찾는 사람

어머니

절박한 상황에서도 희망을 주는
새로운 힘을 포착하는 존재가 바로 어머니이다.
나는 박완서 작가의 삶이 어느 한 개인의 삶이라
생각지 않는다. 그것은 가슴에 꿈을 간직한 채 살아가는
오롯한 여자의 삶, 그럼에도 모든 것을 자식과 남편,
형제자매에게 내어주었던 우리 시대 어머니의 삶이었다.
세상 모든 어머니의 가슴 속에는 꿈틀거리는 용기가 있다.
그래서 어머니는 세상을 바꾸는 힘이다.
나는 오늘도 어머니라는 이름에서 희망을 길어낸다.

어머니의 미소가 주는 위안

'어머니' 왠지 듣기만 해도 가슴 한편이 저려온다. 아마도 어머니의 삶에 한 가족, 한 시대의 아픔과 절망, 그리고 그 안에서 모질게 이어가는 희망이 담겼기 때문일 것이다. 막심 고리키의 소설『어머니』를 만난 건 대학을 졸업하고 남편과 함께 노동현장 생활을 익혀가고 있을 때였다. 공장 노동자인 아들이 러시아혁명에 뛰어들면서 어머니도 점차 그 아들을 이해하고 그 길을 함께 한다는 내용의 소설을 읽으면서, 자연스레 내 어머니가 떠올랐다. 아들과 며느리가 민주화운동을 한다며 쫓겨 다니는 동안, 어머니가 겪었던 마음고생이 소설에 등장하는 어머니와 닮았기 때문이다. 당신이 노동자이기도 했던 어머니는 자식들의 삶을 통해 본 부조리한 현실을 가족이라는 울타리 안에 가둬 놓지 않았고, 나는 그런 어머니에게서 어머니들이 행복한 세상을 만들겠다는 꿈을 키웠다.

나는 우리 시대의 '어머니'하면, 작가 박완서 선생이 생각난다. 무엇보다 환하게 웃던 얼굴, 은은한 미소가 먼저 떠오른다. 사실 선생의 인생이 그리 평탄했던 것만도 아닌데 말이다. 마음 따뜻해지고 편안해지는 그 미소 뒤엔 꽃다운 나이 스무 살에 겪은 한국전쟁의 핏빛 참혹이 숨겨져 있다. 작가 스스로 6·25 경험이 없었더라면 소설가가 되지 않았을지 모르겠다는 말을 할 정도로, 그것은 선생에게 현재진행형의 크나큰 상처였다.

어쩌면 이야기가 지닌 위안과 치유의 능력을 믿었던 소설가였기에, 인생의 과정마다 묻어 있는 여러 사람살이를 가장 생동감 있게 그려냈을 것이다. 또 선생은 1988년 남편과 아들을 연이어 잃었다. '지옥 같은 고통'이라는 표현 뒤에 자신이 감내한 고통과 슬픔의 기억을 담담하게, 또 절절하게 풀어내었다. 그 시간을 겪어낸 한 어머니의 미소가 우리에게 준 위안은 그래서 더 특별하게 다가온다.

고통과 슬픔을 뒤잇는 희망

1931년 10월 20일 경기도 개풍군 청교면 묵송리에서 태어났다. 네 살 되던 해에 아버지를 여의고, 홀어머니 밑에서 자랐다. 1950년 서울대학교 문리대 국문과에 입학하지만, 6월 20일 입학식을 치른 지 불과 닷새 만에 6·25 전쟁이 터졌다. 전쟁은 그의 앞날을 바꾸어 놓았다. 전란 중에 오빠와 숙부가 죽으면서 가족의 생계를 책임져야 했고, 전쟁이 끝난 직후에 결혼하고 이어 네 딸과 외아들을 낳아 키우느라 문학과 멀어졌다. 이것이 한국전쟁이라는 굴곡진 현대사를 몸으로 살아내고 뒤이어 남편과 아들을 사별한 슬픔까지 겪은 박완서 작가의 삶이었다. 어쩌면 그렇기에 선생의 글에서 고통과 슬픔을 발견하고, 삶 속에서 이어지는 희망에 대한 메시지를 많이 찾아볼 수 있는 것인지도 모른다.

『세상에 예쁜 것』은 박완서 선생이 돌아가신 뒤 출간된 책이다. 많은 독자가 더 이상 작가를 볼 수 없다는 사실에, 그의 글다운 글을 접할 수 없다는 것에 아쉬워했다. 그러던 차에 맏딸 호원숙 씨가 생전에 선생이 쓴 마지막 글을 찾아냈다. 작가가 노트북과 책상 서랍에 보관해둔 원고 묶음에는 여든 해 가까운 삶과 나날의 에피소드를 특유의 감수성과 혜안으로 풀어 쓴 글들이 있었다. 수필가이기도 한 호원숙 씨가 그 중 38편을 추려서 책으로 묶었다.

뜻 모아 돕다

가뭄 끝에 밤사이 비가 촉촉이 와서 마당의 녹색들이 한결 생기 있게 빛나는 어느 상쾌한 아침이었다. 오늘 아침에는 꽃밭에 물을 주지 않아도 되겠구나. 기분 좋게 마당을 거닐다가 문득 봉숭아가 누워 있던 자리를 보니 어제 저녁때까지 분명히 누워 있던 봉숭아가 꼿꼿하게 서 있는 게 아닌가. 이파리는 거의 다 흙으로 돌아간 듯 줄기만 막대기처럼 서 있었다. 어떻게 그런 일이 있을 수 있었을까. 작은 기적을 보는 것처럼 기쁘면서도 마음이 짠했다. 이파리도 없이 비참한 모습으로 누워있던 봉숭아가 어떻게 일어설 수 있었을까. 늙은이가 자리에 앉았다가 일어설 때처럼 꿍 하고 비명을 지르며 일어섰을까, 소리 없이 조용히 일어섰을까. 혼자 힘으로 일어섰을까, 누군가 가만가만 도와주어서 일어설 수 있었을까. 간밤에 내린 부드럽고 촉촉한 비가 도움을 준 건 확실했다. 비를 실어온 바람도 도움을 주었을 것이다. 그리고 무엇보다도 그 꽃밭의 동무들, 같은 봉숭아나무들끼리 힘내라고 열심히 응원을 했을 것이다. 그 모든 착한 힘들이 협력해서 봉숭아나무를 일으켜 세운 건 확실한데, 어떻게 일어났는지 그 결정적인 순간을 놓친 건 참 아쉽다.

만약 내가 그날 밤 잠자지 않고 봉숭아나무를 지켜보고 있었더라면 그 결정적인 순간을 포착할 수 있었을까. 아마도 못 보았을 것 같다. 내가 지쳐 깜박 조는 사이에 일어서지 않았을까. 땅에 길게 누운 봉숭아나무를 일으켜 세운 힘은 신의 영역이고 신은 자신의 비밀을 사람들이 엿보는 걸 원치 않는 분이 아닐까. 그 봉숭아나무는 일어서기만 한 게 아니라 줄기에서 이파리가 돋기 시작했다. 그리고 다시 꽃봉오리가 맺히기 시작하더니 오늘 아침에 보니 꽃이 피었는데 흰 꽃이 아닌가. 흰 봉숭아는 흔한 꽃이 아니다. 우리 마당에는 없던 꽃이다. 그러니까 우리 마당에서 퍼뜨린 종이 아니라 어디 먼 곳으로부터 바람에 실려 온 게 분명했다. 먼 여행 끝에 겨우 뿌리 내린 흙을 찾았는데 사람의 모진 손에 뽑히고 말았으니 얼마나 억울했겠는가.

왜 모든 착한 힘들이 뜻을 모아 이 보잘것없는 풀 한포기를 도왔는지 알 것 같다.

EBS 북카페 '책 읽어주는 국회의원' 2015년 11월 27일 낭독 원고

_『세상에 예쁜 것』, 박완서 저, 마음산책 中

위안과 희망의 다른 이름

이 글은 박완서 선생이 2007년에 썼으니, 일흔을 한참 넘겼을 때 쓴 글이다. 나이 들지 않는 감수성과 생명에 대한 애정, 또 겸손함이 느껴지는 구절이다. 마당을 정리하다가 엉뚱한 곳에 자리 잡은 봉숭아를 뽑아버렸다. 그런데 뽑아놓고 보니 이미 꽃봉오리까지 달린 봉숭아에게 너무 못할 짓을 한 게 아닌가. 꽃밭에 옮겨 심고 물을 흠뻑 줬다. 막대기를 대줄까 하다가 그까짓 흔해빠진 봉숭아, 하고 내버려두었더니 다음 날 봉숭아가 시들어버렸다. 며칠이 지나자, 서 있지 못하고 땅에 길게 누워있었던 봉숭아가 소리 소문 없이 다시 일어서 있다. 작은 기적이었다. 쓰러진 봉숭아를 다시 일으킨 비와 바람과 꽃밭의 꽃 같은 '고맙고 착한 힘'이 꽃밭만이 아니라 우리가 살아가는 관계에서도 절실한 것 같다. 이렇듯 박완서 선생의 글은 독자를 가르치려거나 어떤 깨달음을 전하고자 하는 부자연스러움이 없다. 그저 일상의 한 단면에서 느끼고 생각한 것을 그대로 보

여주고자 한다. 거기에 작가 특유의 섬세함과 생생한 감수성이 공감과 울림을 준다.

어머니는 위안과 희망의 다른 이름이다. 박완서 선생은 딱 전후세대의 어머니다. 전쟁의 아픔을 고스란히 겪은 분인데다가 아들을 먼저 보내는 상실도 겪었다. 그래서 나는 이 고백에 감동하지 않을 수 없었다. “나는 문학을 하고 싶었던 게 아니라 복수를 하고 싶었던 것이다. 나를 달구었던 것은 창작욕이 아니라 증오였다. 복수심과 증오는 세월의 다독거림으로 위무 받을 수 있을 뿐, 섣불리 표현되어선 안 된다는 걸 차차 알게 되었다. 상상력은 사랑이지 증오가 아니기 때문이다. (중략) 이 나이까지 꾸준히 소설을 써온 건, 이야기가 지닌 살아낼 수 있는 힘과 위안의 능력을 믿기 때문이다.”

처음에는 사는 게 힘들고 잃어버린 게 너무 안타까워서 글을 쓰기 시작했지만, 점점 사랑과 이야기의 힘을 알게 됐다는 거다. 이것은 물론 치열했고 절절했던 시간을 견뎌낸 사람의 연륜이기도 하다. 선생에게 시간은 사랑과 이야기를 통해서 소중한 존재들의 힘을 확인하고, 그러면서 또 사람들과 사랑을 나누며 슬픔을 치유해온 여정이다. 어른이 그리운 시절, 세상에 이런 ‘어른’, 이런 ‘어머니’가 많으면 좋겠다. 사실, ‘어머니’와 ‘평화’는 내가 세상을 바라보는 키워드 중의 하나이기도 하다.

『세상에 예쁜 것』에 나오는 작가의 말이다. “제가 마흔 나이에 소설을 처음 쓸 적에도 당선이 될지 안 될지 모르고 식구들 앞에 자존심 문제도 있으니까 식구들 몰래 밤에 많이 썼습니다. 졸리기도 하고 이 나이에 이게 무슨 짓인가 회의도 많이 들고 그럴 때마다 어머니 생각을 많이 했습니다. 어머니가 나를 최고의 교육을 시키면서 나에게 바란 것은 시집가서 편안히 사는 것 이상의 것이었을 것입니다. 소설가가 되기를 바란 것이 아니었다고 해도, 내가 당선이 되어 내 이름이 신문에도 나온다면 어머니가 얼마나 좋아하실까 하는 생각이 많이 힘이 되었습니다."

선생은 마흔 살 되던 해인 1970년에 전쟁 직후 미군부대에서 만난 화가 박수근의 이야기를 장편소설로 완성한 『나목』을 '여성동아' 현상모집에 공모해 당선되었다. 1976년 「부끄러움을 가르칩니다」를 시작으로 2011년 1월 22일 세상을 달리할 때까지 장편소설 15편, 15권 분량의 단편소설을 펴냈다. 40세에 소설가의 길을 걸어 다시 40년 동안 현역 작가로 사셨던 선생은 개인사와 가족 이야기, 한국 근현대사를 따뜻한 시선으로 담아냈다. 절박한 상황에서도 희망을 주는 새 생명의 힘, 소중한 존재와 순간을 그림처럼 포착한다. 책에 이런 내용이 있다. '고통스럽던 병자의 얼굴에 잠시 은은한 미소가 떠오르면서 그의 시선이 멈춘 곳을 보니 잠든 아기의 발바닥이었다. 포대기 끝으로 나온 아기 발바닥의 열 발가락이 "세상에 예쁜 것" 탄성이 나올 만큼, 아니 뭐라고 형용할 수 없을 만큼 예뻤다. 수명을 다하고 쓰러지려는 고목나무가 자신의 뿌리 근처에서 몽실몽실 돋는 새싹을 볼 수 있다면 그 고목나무는 쓰러지면서도 얼마나 행복할까.'

그렇다. 절박한 상황에서도 희망을 주는 새로운 힘을 포착하는 존재가 바로 어머니이다. 나는 박완서 작가의 삶이 어느 한 개인의 삶이라 생각지 않는다. 그것은 가슴에 꿈을 간직한 채 살아가는 오롯한 여자의 삶, 그럼에도 모든 것을 자식과 남편, 형제자매에게 내어주었던 우리 시대 어머니의 삶이었다. 늙지 않는 감수성으로 느끼고 생각한 삶을 산 박완서. 작가는 말했다. "나를 키운 건 팔 할이 이야기였다." 이야기는 물 위를 걸어가는 우리의 삶 앞에 징검다리를 놓는 효과가 있다. 어디를 디뎌야 할지 암담할 때 이야기는 미지에 대한 호기심과 미래에 대한 긍정을 가슴에 심어주며 희망이라는 징검다리가 생기게 한다. 작가는 가고 없지만 작가가 남긴 수많은 이야기는 우리 앞에 징검다리를 놓으며 영원히 남아 있다.

세월호 사건을 겪으면서 다시 '어머니'가 떠올랐다. 자식을 잃은 부모는 더 이상 전과 같은 생활로 돌아갈 수 없다. 그러나 세월호 어머니들은 각자의 고통에만 머물러 있지 않았다. 자식에 대한 애틋한 사랑은 먹고살기 바빠 외면했던 공동체에 대한 성찰로 이어졌고, 우리는 세월호 어머니들과 함께 개별화된 각자를 뛰어넘는 공감과 연대로 우리를 확장시켰다. 어머니들은 그렇게 절망 속에서 다시 희망을 건져 올렸다. 세상 모든 어머니의 가슴 속에는 꿈틀거리는 용기가 있다. 그래서 어머니는 세상을 바꾸는 힘이다. 나는 오늘도 어머니라는 이름에서 희망을 길어낸다.

세상을 읽고 미래를 열다
유은혜의 낭독

지은이 유은혜

초판인쇄일 2016년 1월 6일
초판발행일 2016년 1월 10일

펴낸이 김재범
펴낸곳 (주)아시아

기획 다랑어스토리
편집 이근욱, 최지애, 김형욱, 윤단비
디자인 디자인아프리카
일러스트 김혜란
경영지원 박신영

출판등록 2006년 1월 27일
등록번호 제406-2006-000004호
주소 서울시 동작구 서달로 161-1 3층(흑석동 100-16)
전화 02-821-5055
팩스 02-821-5057
홈페이지 www.bookasia.org
전자우편 bookasia@hanmail.net

ISBN 979-11-5662-185-0 03800

세우다 · 바른정치

손잡다 · 서민정치

넓히다 · 소통정치